講談社文庫

ルビィ

重松 清

講談社

目次

ルビィ

プロローグ

いまから私が話すことが、すべてのひとに信じてもらえるとは思わない。数で比べてみるなら、たぶん、あまり分のいい勝負にはならないだろう。嘘つき、ほら吹き、ペテン師……私のことを悪く言う言葉は次々に思い浮かぶし、それをすべて打ち消す自信はない。

謙遜しているわけではない。

ナルシシズムの裏返しにすぎない自虐的なポーズをとっているつもりもない。

立場が逆なら、私だって「嘘だろう?」と笑い飛ばすだろう。「タチの悪い冗談はやめろよ」と怒りだすかもしれない。

私があなたに話したいのは、そういう種類の物語なのだ。

*

一人の少女が登場する。彼女と出会い、語り手をつとめる私は、四十五歳。要するに――中年男と少女の物語だ。

それを聞いて、思わず頬がゆるんだ？

いや、それとも逆に、ありえない夢物語の設定だと、ため息交じりにそっぽを向いてしまった？

私があなたなら、反応はきっと後者だ。ため息をつくだけではすまず、聞こえよがしの舌打ちをして、ふざけるな、と吐き捨てるかもしれない。

しかたない。あなたが信じようと信じまいと、受け容れようと受け容れまいと、私は私の出会った少女の物語を話すしかないのだ。それが、彼女の世界からこっちの世界に戻ってきた者の義務だとも思うから。

ところで、「物語」の起源については、いくつもの説がある。その中で私が最も好きな説は、「物語とは、戦場の勝者と、敗者の中の生き残りによって生まれたものである」――つまり、勇者が戦場でいかに素晴らしい勝利を収めたか、あるいは敗者がいかに戦い、いかに滅んでいったかを語り継いでいったのが「物語」の起源だというのだ。

勝者は黙っていても「物語」をつくる権利がある。それを「正史」という。敗者の言いぶんを退け、正義を独り占めして物語られる歴史のことだ。一方、正史では悪に貶められるしかない敗者の「物語」は、ひとびとの間でひそかに語り継がれるしかない。「稗史（はいし）」だ。もちろん、勝者は「稗史」を否定する。時には徹底した弾圧を加える。しかし、ひとびとはその目をかいくぐるようにして、ときには形を変えながらでも、「もう一つの物語」を語りつづけ、聞きつづけてきたのだ。

ちょっと話が大げさになってしまっただろうか。理屈っぽい話は、私だって嫌いだ。

だが、私は、こっちの世界に戻ってきた自分自身のことを思うと、なにか大事な役割を負わされたという気がしてならないのだ。

ほんとうなら誰にも語られることのない、秘められた「物語」を伝えるために——。

こっちの世界とは元来無縁のはずだった「稗史」の語り部として——。

少女は私の職業を知っていた。

「おじさん、作家でしょ」

私の写真を見たことがある、と言った。たいして読者が多くない私の作品も、「たまただけど、読んだことあるよ」と笑っていた。塾で受けた国語の模擬試験に出題されていたのだという。

「面白かったか？」と訊（き）くと、「ちっとも面白くなかった」と笑う——彼女は、そういう子だ。

そして、彼女は私の作品をあっさりとけなしたあと、こんなふうに付け加えた。

「まあ、あの頃は……なにやっても面白くなかったんだけどね」

「あの頃って、いつぐらい？」

「中学三年生のとき」

「受験勉強がキツくてつまらなかったのかな」

紋切り型の質問を、彼女は気のない様子で「まあね」と受け流し、「でも、あの頃はべつにサイテーってわけじゃなかったよ」と言った。

それはそうだろう。

彼女にとって「サイテー」のときは、その二年後に訪れる。

高校二年生。

十七歳の誕生日を目前に控えていた彼女は、剃刀(かみそり)で手首を切って死んだ。

＊

彼女は自ら命を絶った三年後に、私と出会った。

生きていれば二十歳になっている計算で、実際、彼女の風貌は高校生の「少女」というより女子大生やＯＬになりたての「若い女性」と呼んだほうがふさわしかった。

「でも、それはいくらでも変えられるの」

彼女は私に教えてくれた。「その気になれば、幼稚園の子にもなれるし、おばあちゃんにだってなれるんだよ、わたしたちは、みんな」――複数形で言った。

＊

彼女が「わたしたち」と呼ぶ仲間は、たくさんいる。ここ十年ほどの間にうんと増えたと言っていた。

二十歳になる前に自殺をした子どもたちのことだ。

「わたしたちには義務があるの。それをきちんとやり遂げないと、わたしたちの世界でおとなになれなくて、つまり天国に行けないの」

現実の世界でおとなになる日を待たずに自ら死を選んだ子どもたちには、たとえ自分で決めた死だとはいえ、家族や友だちに対しての申し訳なさがある。せっかく生まれてきたのに、その命を使い切ることなく世を去ったことの負い目と言ってもいいかもしれない。

だから――。

子どもたちは、生きていれば二十歳になる年に、もう一度、現実の世界に戻ってくる。

年齢、性別は自由に選べるし、望むのなら、人間以外の、たとえば犬や猫にだってなれる。

「なんのために？」

「だから、義務を果たすために」

「……その義務って、どういうことをするんだ？」

彼女は、「おとぎ話みたいなこと言うけど、笑わないでよ」と前置きして、「たとえばね」とつづけた。

「よくさあ、大地震の起きる前に外で野良犬が吠えて、なんだろうと思って外に出た直後、地震が来て、家がぺしゃんこになって、あのまま家にいたら絶対に下敷きになって死んでたんだけど、あとでご近所に聞いても誰も犬の鳴き声なんて聞いてない……っていう話、あるでしょ」

「ああ……よくあるな、オカルトっぽい実話で」

「あれ、わたしたちなの」

さらりと言った彼女は、つづけて、こんなことも言った。

「戦争中に空襲で逃げまどってるひとたちがどっちに向かっていいかわからなくなって途方に暮れてたら、どこかから『こっちだ！』って男のひとの声が聞こえてきて、みんなそっちに逃げていって……もしも反対側に逃げてたら炎に包まれて全員死んでたはずだ、っていう話もあるでしょ」

「うん、あるな」

「でも、翌朝になって確かめてみたら、『こっちだ！』なんて誰も言ってない、っていうの」

「うん、わかる」

「それも、わたしたちの先輩だと思う」

まだ、ある。

「末期ガンで余命三ヵ月って宣告されたひとが、毎晩病室を回ってくれるナースに励まされて半年も余命が延びたりする話」

「ありそうだなあ、そういうのも」

「たぶん、そのナースはわたしたちなの。だから遺族がお礼を言おうと思って捜しても、『そんな看護師はウチにはいませんよ』って言われるの」

そこまで例を挙げられると、少しずつ、私にも「義務」のニュアンスがわかってきた。

「あとね、ほんとうだったら半年後に亡くなるはずだった一人暮らしのおばあちゃんの家に、子猫がやってきて、おばあちゃんがその子猫をかわいがることを生き甲斐にして、一年も生きたら……それもＯＫ」

この場合は、「わたしたち」の誰かが子猫になって現実に戻ってきた、ということになるのだろう。

つまり、運命によって定められた死の瞬間を少しでも引き延ばせたら――自殺した子どもたちは「義務」を果たした、ということになるわけだ。

＊

くだらない、とあなたは笑うだろうか。ふざけるな、なに考えてるんだ、と腹を立てるだろうか。

気持ちはわかる。確かに、くだらない話だ。美談めいているぶん、なにか不愉快な話でもある。

だが、私は彼女の話に納得した。皮肉ではない。百パーセントとまではいかなくても、八十パーセントは信じた。信じざるを得なかった。

彼女と出会った日――その少し前に、私はワンルームマンションの仕事場で首を吊っていた。

輪っかにしたベルトが喉（のど）に食い込む感触も、体重が一気にかかって首の骨がゴキッと折れた音も、ちゃんと覚えている。

瞬時に意識を失った。

あとはどうなったのか知らない。

気がつくと、まぶしい光の中を歩いていて、そこで向こうから来る彼女と出くわしたのだ。

なんなんだろう、と怪訝に思いながらも、そのまますれ違おうとしたら、彼女に声をかけられた。

「あのー……ひょっとして、おじさん、本に写真とか出てるひとじゃないですか？」

それがそもそもの始まりだった。「どうせ急ぐ用事があるわけじゃないんだから、ちょっと休憩しませんか」と誘われて、地面とも空中ともつかない光の中に腰を下ろした。

そう——それが、すべての始まりだったのだ。

*

「ノルマがあるの」

彼女は言った。「一人助ければそれですむんだったら、話は簡単なんだけどね」と苦笑して、肩をすくめた。

「何人救うんだ？」

「わたしは、七人」

「ひとによって違うのか？」

「そう。みんなが納得するような重くてつらい事情があって、必死にがんばっても追い詰められて、すべてに絶望して、悔しさやせつなさを背負って死を選んだ子は、一人だけ救ってくれればいいの」

「きみは違うのか？」

「わたしは人数も多いし、病気で亡くなるひとを救ってもカウントされないの。けっこう厳しいけど、しかたないよね。生きてることがつまんないから死んじゃいました……って、甘いでしょ、やっぱり」

　思わずうなずいて、あわてて「あ、でも、まあ、きみだってそれなりに……」と言いかけたら、彼女は「優しいじゃん」と笑って、私が自殺した理由を訊いてきた。

「……いろいろあったんだよ」

「芸術の悩み？」

　思いきり格好よく言えばそうなるかもしれない。告別式の弔辞(ちょうじ)では、そんなフレーズも……無理かな、やっぱり。

「疲れちゃったんだ、なんとなく」

　素直に言った。死んでまで見栄を張ってもしょうがないじゃないか、と言い聞かせて、「本を出しても売れないし、評判も悪いし」とつづけ、「才能がなかったってことなんだよ、結局」と自分の言葉にうなずいた。

「そう？」

「……ああ、なかった」

「だから死んじゃったの？」

「よくわかんないんだけどな、一人で仕事場にこもってたら、なんか、もうどうでもいいやって気になっちゃったんだよなあ……」

その程度だったのだ、実際。

「衝動」というほど強いものでもなく、「覚悟」と呼べるような腹のくくり方もしていなかった。

たとえば翌日になって、新作を褒めた書評を見つけると、たちまち元気を取り戻していただろう。「なんで昨日はあんなこと思っちゃったんだろうなあ」とあきれてもいただろう。そんなちっぽけな小石に、たまたまあの日はけつまずいてしまったのだろう……。

＊

まぶしい光の中、私はいまさらながら、自分の行動を悔やんでいた。選択にも至らない軽さで人生が終わった。バカだったな、酒でも飲んで気分転換すれば、それですんでたんだよな、バカだよな、ほんと、バカだよな……。

そんな思いが、ふと口に出た。

「死ななきゃよかったよ」

ぽつりと漏れた言葉に、彼女はふふっと笑って言った。

「おじさん、一緒に来る？」

立ち上がって、「わたしの活躍、見せてあげるよ」と笑う。

彼女のレスキューは、今日からだった。

「……いいのか？　俺が一緒でも」

「いいことに、しちゃう」

心が動いた。彼女に付き合うこと以上に、もう一度、現実に戻れることがうれしかった。

ゆっくりと立ち上がると、彼女は「おじさんの名前、決めなきゃ」と言った。

「いや、俺の名前は……」

「いーのいーの、売れてない作家の名前覚えてもしょうがないから」

キツいことを言うのだ、とにかく、彼女は。

「そうだなあ、自殺した作家だから……太宰治（だざいおさむ）と川端康成（かわばたやすなり）を合わせちゃおうか。ダザイ・ヤスナリさん。どう？　大物二人だよ」

「……きみの名前は？」

「わたし？　わたしは、ルビィってことで。知ってる？　ローリングストーンズの『ルビィ・チューズディ』って曲。そこから、ルビィ」

「好きなのか、ストーンズ」

「っていうか、わたしが自殺したのって火曜日なんだよね。だから……火曜日のルビィ」

そう言って、ルビィは光の中を歩きだした。

私はあわててあとを追い、「現実に戻って……なにをするんだ？」と訊いた。

ルビィは歩きながら振り向いて、「とりあえず娼婦でもやってみようかな」と笑った。

＊

ルビィと私の旅は、そんなふうに始まったのだ。

第一章

1

　ルビィに導かれて、私はまぶしい光の中を進んだ。足を前に運んでいても、歩いているという感触がない。地面の固さがわからず、自分の体の重みも足に伝わってこないのだ。「雲の上を歩く」というのは、こういう感じなのだろうか。

　先を歩くルビィは、鼻歌を口ずさんでいた。聞き覚えのあるメロディーに、カタカナを読んでいるような英語の歌詞をつけて――ストーンズの『ルビィ・チューズデイ』だ、とわかった。

　歌詞は簡単な構文だったし、カタカナ読みの発音のおかげで、かえって単語を聞き取りやすい。

　ルビィは曲の一番だけを歌って、二番から先はハミングでつづけた。歌詞を覚えていないのかもしれない。

　サビのフレーズが繰り返される。

オリジナルのミック・ジャガーの歌で聴いているときにはさほど感じなかったメロディーの美しさに、いま、初めて気づいた。

歌い終えたルビィに「歌、うまいんだな」と声をかけると、彼女は振り向いて、照れる様子もなく「まあね」と笑った。

「でも、英語の発音はひどいけど」

軽く意地悪をしてやると、ルビィは笑顔のまま、「英語のうまいひとは、生まれ変わったらガイジンになっちゃうんだよ。わたしは今度も日本人がいいから、わざと下手に歌ってるの」と言った。

「そうなのか？」

「嘘に決まってるじゃん」

「……でも、生まれ変わるっていうのは？」

「それも嘘」

さらりと答えて、「っていうか、よくわかんない」とつづける。

「死んでから知り合ったひともいるんだろ？　そういうひとは、どこに行っちゃったんだ？」

「いつのまにかいなくなってるね。生まれ変わったのかもしれないし、消えてなくなっちゃったのかもしれないし……ほんと、よくわかんない」

ルビィはそう言って、不意に「すごいっ」と笑った。

「なにが？」

「だって、すごく順応が速いもん。もう完全に死後の世界に馴染んでる感じする。こういうのって、やっぱり、作家だから？」

知らないよ、と私は苦笑して、「いろいろ難しいこと考えるのが面倒だしな」と言った。本音だった。生きていた頃は死後の世界などはなから信じていなかったが、それが「ここ」なら、その現実を受け容れるしかない。私はなにごとにつけ、そんなふうに考える性格だ。

「物分かりがいいひとなんだ、ダザイさんって」

「まあ……そうだな」

「だから自殺したのかもね」

「なんで？」

「だって、物分かりがいいってことは、あきらめがいいってことでもあるわけでしょ。あきらめの悪いひとは自殺しないよ、やっぱり」

確かに、そのとおりなのだろう。

「で、いま、ふと思ったんだけど、物分かりがよくてあきらめのいい性格のひとって……作家には向かないんじゃない？」

それも——たぶん、正解。

私の書いてきた小説は、いつもまとまりのよさを評価され、裏返しに、まとまりすぎている、とも批判されていた。スケールが小さい、物語のダイナミズムがない、小市民的、予定調和を食い破る奔放な想像力に欠けている、線が細い、生命力の強さが感じられない、人間の持っている矛盾をも呑み込むたくましさやしたたかさがわかっていない……作品をこきおろした書評のフレーズはいくらでも思いだせる。死んでもそういう記憶が残っているというのが、なんともいえず悔しい。

「向いてなかったんだよ、作家には」

素直に認めた。

「だったら、なんで作家になったわけ？」と尋ねたルビィの声は、聞こえなかったことにした。

代わりに、「けっこう明るいんだな」と話をルビィに振った。

「うん、それだけが取り柄」

「おしゃべりも好きそうだし」

「まあ、ひとの話を聞くよりは自分がしゃべるほうが好きかな」

「高校生で自殺するようなヤツって、もっと暗いんだと思ってたよ」

きゃはっ、とルビィは笑った。あきれ返った笑い方だった。

「わかった、うん、やっぱりダザイさんって作家に向いてないよ」

「そうか？」

「だって、リアルなことなーんにもわかってないし、勝手に決めつけちゃってるし
……サイテー」

軽い口調だった。

だからこそ、胸に刺さった。

なにか言い返したくても、言葉が出てこない。無理やり絞り出しても、それはしょせん言い訳か愚痴にしかならないだろう。

ルビィはまた前に向き直って、光の中を歩きだした。

私も落ち込みかけた気分をため息でなんとか立て直して、あとを追う。

何歩か進んだところで、ルビィは立ち止まった。

「じゃあ、そろそろ行きますか」とつぶやいて、準備運動をするように肩を小さく回した。

「どこに行くんだ？」

「渋谷(しぶや)にしようかなと思って」

「選べるのか？」

「そう、好きな場所に行って探せばいいの、あと二、三日で死にそうなひと」

「わかるのか？」

「まあね」

「……なんで渋谷なんだ？」

「だって、娼婦といえば、やっぱり渋谷でしょ」

きっぱりとした口調で言ってから、「あんまり根拠ないか」と小首をかしげながら笑い、「でもね……」とつづける。

「渋谷で女子高生を買うオヤジの中には、絶対にいるよ、もうすぐ死ぬひと」

笑みは、すうっと消えた。

真顔になったルビィは、目をつぶるよう私に命じた。

従うしかない。

目を閉じると、「十数えて」と言われた。「で、ゆっくり十数えてから、目を開けて」

かくれんぼのオニになった気分で、言われたとおり「いーち、にーい、さーん……」と数えていった。

十まで数えて目を開けると――私は、渋谷にいた。

ハチ公前のスクランブル交差点の雑踏を、ビルの上から見下ろして……違う、ここは、空だ。

私は空に浮かんで、信号が青になった交差点を行き交うひとたちを見つめていたのだった。

＊

自分の体は消えていた。

まなざしだけが――まるでテレビカメラのように動く。

周囲を見回したが、ルビィの姿は見えない。「懐かしい？　これが『この世』だよ」と、声だけが耳元で聞こえる。彼女の体も消えているのだろう。

しゃべってみた。

「俺たち……透明人間になっちゃったのか？」

だいじょうぶ。しゃべることはできるようだ。

「古いね、発想が。『透明人間』なんて、いまどきおじさんかおばさんしか言わないよね」

ルビィの性格も変わっていない。

「で、どうするんだ？　いまから」

「ねえ、ダザイさん」

「うん？」

「生前の心残り、果たしてみない？」

「……って？」

「ダザイさん、ほんとうはもっと小説を書きたかったんでしょ？」

そんなことない——と言えば、嘘になってしまう。

書きたかった。

だが、書けなかった。

自宅から徒歩数分の仕事場で首を吊ったのは、新作の長編を書いている途中だった。

ひどく難航していた。書き出しすらなかなか決まらず、その日も、パソコンの前にかじりついて半日がかりで書いてみたプロローグを、ため息交じりに全文消去して、なんだか急に疲れてしまい、ふらふらと立ち上がって死の準備に取りかかったのだ。

いままでと同じじゃダメなんだ、と担当編集者に言われていた。いままでの小説とはまったく違う、新しいあなたを見せてくれ——それがプレッシャーになっていた。

新しい自分。そんなもの、ほんとうにあるのだろうか。私はもう四十五歳だった。編集者は「まだ四十五でしょう」と言ってくれるが、本音としては、やはり「もう」だった。

二十八歳でデビューしてから、すでに十七年が過ぎて、地味な低空飛行をつづけながらも、なんとか三十冊に及ぶ小説を刊行してきた。

どの作品にも、「自分」をにじませたつもりだ。いままでに見せたことのない「自分」がまだ残っているとは、とても思えない。

それでも、やるしかなかった。低空飛行をつづけてきた私の飛行機は、ここ二、三年、目に見えて高度を落としてきた。マンネリだと揶揄されながら、だましだましやってきたが、いよいよそれも限界に達してしまった。新作の評判や売れ行きしだいでは、このまま墜落する恐れも十分にある。

やるしかないことに挑んで、結局――なにもできなかった。

書きたかった。書けるものなら、いくらでも書きたかった。そうすれば、死ぬことなんて、なかった……。

「書けるかもよぉ」

ルビィはいたずらっぽく言った。

「無理だよ、そんなの」と私は吐き捨てて、「もういいって」と話を打ち切ろうとした。私はほんとうに、物分かりとあきらめのよさには自信のある男なのだ。

だが――。

「あきらめないで」

ルビィの声が、耳の奥まで届いた。

「だって、ダザイさん、死後の世界に来たことないでしょ？　これ、初めての体験でしょ？」

「そりゃあ、まあ、そうだけど……」

「新しい自分だよ」

「……え？」

「いままでダザイさんが書いたことのなかった新しい世界が、ここにあるじゃん」

胸の内を読み取られた――？

困惑する間もなく、ルビィは、注意事項を説明するように、淡々と、手際よくつづけた。

「えーと、基本的にはダザイさんもわたしに付き合ってもらいます。迷子になっちゃうと、あっちの世界に帰れないで、いつまでもさまようことになっちゃうから。だから、わたしから逃げ出そうなんていう気は起こさないで」

「……わかった」

「でも、わたしの目の届く範囲だったら、動きは自由だから。いまみたいにクールなポジションで様子を見ててもいいし、もっとアクティブにかかわってもいいの」

「って……どんなふうに？」

「ひとの中に入れるのよ、ダザイさんは。そのひとになりきることもできるし、胸の中の本音や秘めた思いを覗き込むこともできる。あと、そのひとの関係者っていうか、人生にかかわりの深いひとの中にも、出入り自由です。フリーパスを持って遊園地で遊ぶみたいなものだから」

「……なるほど」

相槌を打って、ふと思った。

小説の作者と登場人物の関係のようなものかもしれない、これは。

だとすれば、俺は、いままでの自分では発想できなかった登場人物に出会うことができて、いままでの自分では理解どころか想像すらできなかった心理にも触れることができて……悪くないじゃないか……。

「ちょっとは前向きになれた？」

ルビィは笑う。やはり、胸の内はすっかり読み取られているのだろう。

「ただし」

ルビィの口調は不意に強くなり、「わたしの中には入らないで」と、ぴしゃりとつづけた。

「もしも入ったら、その時点で、ダザイさんとはお別れだからね。ここに置き去りにしちゃうから。そうしたら、帰り道がわからなくなって、どこにも行けなくなって……地縛霊とか浮遊霊とかになっても知らないからね」

「そういうルールなのか？」

「ルールっていうか、わたしが嫌なの。オヤジに自分の中に入られるのって、キモいじゃん」

それは、まあ、そうだよな、と納得した。私はほんとうに、自分でもあきれてしまうくらい、物分かりのいい男なのだ。

そして——一人娘の葵のことを、ふと思いだす。

中学二年生の葵は、いわゆる「難しい年頃」のまっただなかで、私の使ったあとの風呂には決して入らなかったし、洗濯物も別々にするよう妻の聖子に頼んでいた。

葵は、父親の死に泣いてくれただろうか。自殺という死に方を選んだことをなじっただろうか。できれば、最後の最後ぐらいは「パパ、パパ」とまとわりついていた昔のように、なきがらにすがって……。

「わがまま」

めぐらせかけた思いを断ち切って、ルビィは言った。

「自分の勝手で死んじゃったくせに、家族のリアクションまで期待するなんて、サイテーの身勝手じゃん」

「……悪い」

思わず言って、べつにルビィに謝る筋合いはないよな、と苦笑した。

「ダザイさん、けっこうずうずうしいひとなんだ」

「そんなことないけど」

「だいじょうぶかなあ、せっかく連れてきてあげたのに、なんか、足引っ張られちゃいそう……」

大げさなため息をついたルビィは、ま、いいや、と気を取り直した。耳元で聞こえていた声が、すっと後ろに遠ざかるのがわかった。

「じゃあ、ダザイさん、お先にどーぞっ！」

「え？」

振り向く間もなく、後ろから背中をトンと押された。体は消えていても確かにそこは背中で、私は前につんのめるような格好でスクランブル交差点に落ちていった。

危ない。

人混みの中に落ちる。

思わず目をつぶると、まぶたの中で、まばゆい光がはじけた。

目を開ける。

私は交差点を渡っていた。

自分以外の誰かの体になって、時間を気にしているのか、せかせかとした足取りで、駅を背に道玄坂（どうげんざか）の方角へ向かっていた。

すうっと、体から抜け出した。

中年男だ。

スーツにネクタイ姿で、スーツはファッションに疎い私でも知っているイタリアの高級ブランドだった。

顔つきも、いかにもエリート然としている。オールバックで整えた髪やメタルフレームのメガネは、渋谷の雑踏よりも霞ケ関のほうが似合いそうだ。

だが――。

体の中に戻ると、わかる。

彼はパンツの下でペニスを勃起させている。

そして――。

右手に提げたアタッシエケースの中に、ロープやムチや、グロテスクなデザインのバイブレーターが入っているのも、わかった。

2

男は道玄坂を途中で曲がった。

慣れた足取りだ。

視線も、左右にぶれたりはしない。

行き先がちゃんとわかっていて、そこは何度も通い慣れた場所なのだろう。

ところで――俺は、どこにいるんだ……？

わからない。男の目になって渋谷の街を見ているかと思えば、ロングに引いたテレビカメラのように、男の姿を外からとらえている。

ルビィは――どこだ？

まぶしい光の中で私を後ろから押してハチ公前のスクランブル交差点に落としたきり、姿も、声も、気配すら消えたままだった。

男は何度も角を曲がる。表通りから遠ざかるにつれて、街並みの雰囲気が変わってきた。お洒落なブティックや美容院に代わって、隠れ家ふうのレストランやバーが増えた。やがて、そのたたずまいがくすんで、ブロック塀やガードレールへのスプレーの落書きが目立ちはじめた。

いまは昼間なのでひと気が少ないが、夜になれば暴力のにおいがたちこめて、一人で足を踏み入れるのがためらわれるはずだ。

エリート然とした男のいでたちはいかにも場違いだった。

だが、男の様子にためらいや困惑はない。

角をさらに曲がる。

車が入れないような細い路地をまっすぐに進み、突き当たりの通りに出ると、そこは円山町(まるやまちょう)のラブホテル街だった。

男は平然と歩きつづける。

途中でアタッシェケースを右手から左手に持ち替えた。

間違いない。アタッシェケースの中身は、バイブレーターとＳＭセットだ。

でも──なぜ……？

ケースの中が透(す)けて見えるというのではなく、わかるのだ。まるでケースに性具を詰め込んだのが自分自身だから、とでもいうように、くっきりとした確信を持って、わかる。

男はホテル街のはずれにある古びたホテルに入った。清潔そうな新しいホテルは途中にいくらでもあったのに、それには目もくれず、そのホテルを選んだのだ。

最初から決めていたのだろう。

入り口は通りからの視線を避けるようにひっそりと目立たない位置にあったが、男は歩調を乱すことなく、すっとそこに入っていった。

何度も使っているホテル、ということなのだろうか。

薄暗い無人ロビーのタッチパネルで、男は部屋を選んだ。

空き部屋だらけだったが、キーを抜き取る男の手の動きには迷うそぶりはなかった。

シンプルな部屋を選んだ。

すぐ隣のパネルには、拘束具のついたベッドや産婦人科の診察台のような椅子が置かれた部屋も紹介されていたが、男は、SMの道具を持ち込んでいるにもかかわらず、ごくふつうのシティホテルと変わらない内装や設備の部屋を選んだのだ。

キーを手に、男はエレベータに乗り込んだ。ドアが閉まると、いままで表情のなかった顔が、わずかにほころんだ。

その瞬間――いくつかのことが、まるで降り注いでくるように、わかった。

男の名前は、前川康宏。

四十五歳。

何年か前の大型合併で誕生したメガバンク・あかつき銀行の本店営業部勤務。

紛れもなくエリートだ。

そんな男が、平日の昼間、場末のラブホテルに、なぜ――？

もっと知りたかったが、それ以上のことは降り注いでこなかった。

代わりに、声が聞こえる。

「ダザイさん、ダザイさん……」

ルビィの声だ。

＊

「どこにいるんだ？」

「どこにもいないの、わたしもダザイさんも」

「はあ？」

「形はないんだよね、わたしたち。だって死んだんだから」

「……あ、そうか」

われながら間抜けな相槌だった。

ルビィもクスッと笑って、その声だけが、どこからともなく聞こえる。

「でも、形がないから、わたしたちはどこにでも行けるし、何にでもなれるの」

確かに、その感覚はなんとなくわかる。さっきエレベータの中で前川のことがいくつか急にわかったのは、彼がほっとして気を抜いた瞬間、その隙をついて彼の中に入ることができたから、なのだろう。

「ダザイさん、けっこうセンスあるよ」

「そうか？」

「うん、サイコーのひと、見つけてきてくれたもん」

前川のこと——か？

「しょっぱなからこういうひとに当たるのって、めったにないんだよ。戦争中ならともかく、あと二、三日で死んじゃうひとなんて、そんなにぞろぞろ歩いてるものじゃないんだから。ふつうはターゲットを見つけるだけでも大変で、タイムリミットをそれだけで使い果たしちゃう子って、けっこういるんだから」

「タイムリミットって、そんなのまで決まってるのか？」

「そう、一週間」

「一週間って……」

確か、ルビィが天国へ行くには七人の「死」を引き延ばすノルマがあるんだと言っていたはずだ。

頭の中を一瞬めぐった思いを素早く読み取って、ルビィは「そうなの、まいっちゃう、忙しいの」と言った。「一日に一人。けっこう大変だと思わない？」

「ああ……」

「でも、それが人生をナメて自殺したことのお仕置きなんだよね」

「ノルマが達成できなかったら、どうなっちゃうんだ？」

「また戻されちゃうの」

「さっきの、まぶしい光のところ？」

「あそこは通路だから。もっと奥のほうに……怖ーい地獄があるの」

ルビィはおどろおどろしい声色を使って言った。

だからこそ——ジョークだな、とわかった。

もっと詳しく聞き出したかったが、ルビィは「それでね」と話を元に戻した。「ほんとに、ダザイさんのおかげで助かった、って感じ」

「もうすぐ死ぬのか？　この……前川っていう男」

「そう。どうも、明日自殺する覚悟みたいよ」

前川はホテルの部屋に入るとスーツの上着をダブルベッドの上に脱ぎ捨て、ネクタイをゆるめて、ソファーに腰を下ろした。

上着のなくなった姿は、外を歩いていたときよりも一回り小さくなってしまったように見える。

ミラーをモザイク模様に埋め込んだ天井をぼんやりと見つめるまなざしには、重い疲れが溶けているようにも見えた。

「明日……死ぬのか」

「そう。もう決めてるみたいだね。完全に覚悟してる」

「じゃあ、彼を救えば、ノルマを一人達成できるってわけか」

「違うの、二人になるの」

「え？」

「ダザイさんがいいタマを見つけてくれたおかげで、いっぺんに二人救えそうなの」

「なんで？」

「このひと、明日自殺するんだけど……その前に、今日、ひとを殺すかもしれない……」

＊

前川は冷蔵庫から缶ビールを出して、立ったまま、ごくごくと勢いよく飲んだ。

小さなゲップをして、深いため息をついて、缶を手に、またソファーに戻る。

確かに、疲れは感じられる。なにか悩みを抱えている雰囲気もある。

それでも、自殺を決意するほど思い詰めているようには見えないし、ましてや殺人を考えているようには……どう考えても納得がいかない。

だが、ルビィは私のそばから立ち去る前に、あきれた声で言った。

「ねえ、ダザイさん、わたし思うんだけど、ひとを殺すときって、『殺すぞ殺すぞ、今日はひとを殺すぞ、さあがんばるぞ』ってのを顔に出すようなひとって、いる？」

確かに、それはそうだ。

「作家でしょ？　ひとは見た目だけじゃわからないっていうのをいちばん鋭く感じ取れるのが作家なんじゃないの？」

なにも言い返せなかった。

とにかく――と、ルビィは言った。

「前川の中に入ってよ、ダザイさんが。で、動機とか、自殺の理由とか、そういうの探ってみて」

「できるのか？」

「ひとのココロの中には、記憶が詰まってる場所があるから。そこに入っていけば、なんでもわかるの」

ひとが息を引き取る間際、自分の一生が走馬燈（そうまとう）のように見える――という話はよく聞く。

「わたしもそうだったもん」

左手首から血がどくどくと流れ、意識が薄れて、消えてしまう寸前、いままで思いだすこともなかった幼い頃からの記憶がとめどなくよみがえったのだという。

私は違った。

なにも思いださなかった。

「ま、そういうひともいるの。たまーにね、不器用なひとは走馬燈を見損（みそこ）なっちゃうの」

ルビィは軽く言う。なんだか、怪談好きなおばあちゃんが、都会から田舎に遊びに来た孫たちにあることないことを吹き込んで怖がらせているみたいだ。

「たぶん、思い出が溜まってる場所がココロの中にあると思うの。そこに入ることができたら、ダザイさん、前川の人生を本人以上に理解できるし、それで自殺も殺人も食い止めることだって、できるかもよ」

どうすれば入れるか。

さっきのように、前川がふと気を抜いた瞬間を狙うしかないのか。

「もしくはシンクロだね」

ルビィは言った。

「前川って四十五歳でしょ。で、ダザイさんも同じくらいじゃない？」

「ああ……同い年だ」

「じゃあ、わりと簡単かも」

「そうなのか？」

「あのね、前川のことをじーっと観察しててよ。もう、細かいところまでじーっと見るわけ。で、あ、わかるな、それ、オレも同じ……っていうところがあったら、すうっと前川の中に入っていく気持ちになって、その気持ちを集中させてみて」

そうすれば――うまくいけば、前川の記憶の中に入れる。

ルビィはそう言って、私から遠ざかっていった。

「わたしは、前川に殺されちゃうひとを捜して、その中に入るから」

それが最後の言葉だった。

私はまた一人でこの場に残されてしまい、一人で前川の凶行と自殺を止めなければならなくなってしまった。

冗談じゃない。

俺はもう自分の人生を閉じたんだから、天国でも地獄でも、とにかく向かうべき場所へ向かわせてくれ。

本人がいなくなってから、文句が次々に出てくる。そういうところも、なんというか、発作的に自殺してしまった売れない作家にふさわしい性格なのかもしれない。

まあ、それはともかく――。

前川だ。

私と同い年でも、きっと似ても似つかぬ成功した人生を歩み、なのに殺人をたくらみ、自らも死を選ぼうとしている男を、私はじっと見つめるしかない。

＊

シンクロのチャンスは意外なほど早く訪れた。

前川はテレビのスイッチを点け、午後のワイドショーを見るともなく眺めながら、缶ビールを啜るように飲んでいた。

酒はそれほど強くないのだろう、頬がほんのりと赤く染まり、瞬きがけだるそうになった。

だが、気持ちにゆるんだ様子は見られない。むしろ、部屋に入ってから時間がたつにつれて緊張が高まっているようにも見える。ビールを飲み干して、缶の腹を親指で押しつぶした前川は、空き缶をゴミ箱に入れた。

きちょうめんな性格――残念ながら、私とはシンクロしない。

前川は、今度はベッドの縁に腰かけて、脱ぎ捨てていた上着に手を伸ばした。ポケットを探り、携帯電話を取り出した。二つ折りの電話を開き、ボタンを押して液晶画面にアドレス帳を表示させて――電話を持った左手を軽く伸ばし、頭を後ろにそらした。

シンクロの材料が、見つかった。

私も同じだ。そろそろ老眼が始まったらしく、携帯電話の液晶画面の小さな文字を読むのがつらいのだ。

前川はメガネの奥で目を細める。そうそうそう、そうなんだ、とうれしくなった。俺たち、同世代なんだな。急に前川に親しみを感じた。

その親しみが、せつなさを生んだ。いてもたってもいられなくなった。

おまえ、ほんとうに自殺するつもりなのか――？

その前に、ひとを殺すの、本気なのか――？

いったい、おまえの人生になにがあったんだ――？

知りたい。命を救うとか、殺人を食い止めるとか、そんなことを考える以前に、とにかく、前川の背負っているものを知りたい。

入っていきたい。

前川、おまえの人生に――。

＊

前川が電話をかけた先は、アドレス帳では『渋谷商事』となっていたが、電話に出た相手は、「はい、『リトル・キッス』です」と名乗った。

前川のほうも「もしもし、中村（なかむら）だけど……」と言う。

「ああ、中村さま、いつもお世話になっております」

「いまから一人よこせるかな。もう部屋に入ってるんだけど」

「ご指名は……」

「誰でもいい、いちばん早く来れそうな女にしてくれ」

デリヘル――なのか……？

3

電話を切った前川は、冷蔵庫から二本目の缶ビールを取り出し、ソファーに座ってビールをまた飲みはじめた。さっきよりピッチが速い。うっすらと赤かった頰は、見る間に真っ赤に染まった。

缶を口に運ぶ合間に、くぐもった声のつぶやきが漏れる。

「……もう、いい……もう、いいよ、もう……」

ため息に言葉が交じっただけのような、力の抜けたつぶやきだった。投げやりにも聞こえるし、逆に気負いを捨て去って、さばさばした様子のようにも感じられる。

いずれにしても、それは、寂しいつぶやきだった。

そして、その寂しさは――私にも思い当たるものだった。

仕事場で首を吊る前、私もそんな寂しさにひたっていた。

最初は自嘲して、薄笑いを浮かべながら、思いどおりにならない中年の日々の寂しさを嚙みしめていた。

だが、その寂しさは胸の中にどんどん広がっていき、やがて胸からあふれて全身をひたし、最後の最後は、ふらふらと、なにかに魅入られるように「生」と「死」を分かつ一線を踏み越えてしまったのだ。

おまえもそうなのか――？

前川に訊きたい。

いまのおまえも、あの日の俺と同じように深い寂しさにひたって、そこから抜け出せずにいるのか――？

まだ二十代や三十代だった頃は、寂しさのために死ぬことなど想像すらできなかった。生きる希望すらなくしてしまうほどの悲しみに襲われたなら、ひとは死ぬかもしれない。だが、寂しさで死を選ぶのは、よほど心が弱い奴か、あるいはつまらないロマンチシズムに酔ってしまう自意識過剰の奴しかありえない。そう思い込んでいた。

四十代の半ばになって、やっとわかった。寂しさは死を選ぶ理由にはならない。ただ、引き金にはなる。寂しさがひとを死へ導いていくことは、びっくりするほど身近に、リアルに、ある。

前川も、たぶん、そうだ。

寂しさが胸からあふれて、つぶやきになって漏れている。

やがてそれは、前川自身を包み込んでしまうだろう。私と同じ四十五歳の男は、まるで川の流れに呑み込まれてしまったように、寂しさに包まれたまま、死へ向かっていくのだろう。

俺たちは同じだ。

俺とおまえは、きっと、同じ種類の中年男だ。

だから――。

おまえの人生に、俺をもぐり込ませてくれ――。

ビールを飲み干した前川は、ソファーから立ち上がった。

その背中に、私のまなざしはすうっと吸い込まれていく。

ぶつかる。

叩きつけられる。

思わず目をつぶった瞬間――まばゆい光がはじけた。

＊

前川の姿が消えた。

部屋をぐるりと見回しても、前川の姿はどこにもない。

見えるのは、背広を脱ぎ捨てた自分の体だけ――いや、違う、このネクタイは、前川が締めていたものだ。

ということは。

俺は、前川の体に入って、前川の代わりに、いま、部屋を見回しているのだろうか……？

バスルームの鏡に顔を映してみた。

間違いない。

鏡の前に立っているのは紛れもなく前川で、けれど、鏡に映る顔と向き合っているのは俺で……。

要するに、私は前川になってしまったのだ。前川の体を借りて、この世によみがえったのだ。

じゃあ、前川の心はどこにいったんだ……？

頭がくらくらする。

洗面台に手をついても体を支えきれない。

床に膝をついてもだめだ。床も、壁も、天井も、渦(うず)を巻くように揺れ動いて止まらない。

また、目をつぶる。

閉じたまぶたのつくった暗闇に浮かび上がったのは、今度は光ではなかった。

メガネをかけた、半ズボン姿の少年がいた。

進学塾の机に向かって、講師が黒板に板書する内容を休む間もなくノートに書き取っていた。講師の服装や髪形はずいぶん古くさい。子どもたちの雰囲気も「昭和」

——私自身の小学生時代に重なる。つまり、この少年は……。

「……もう、いい……もういいんだよ、ぜんぶ……」

前川の声が聞こえる。

寂しい声が、「合格」のはちまきを締めた少年を哀れむように、響き渡る。

場面が変わった。

少年は中学生になっていた。名門進学校の制服を着て、単語カードをめくりながら道を歩いていた。街のたたずまいからすると、一九七〇年代半ば過ぎだろうか。昭和なら五十年代アタマだ。

反対側の歩道に、少年と同じ年格好の、髪をリーゼントにしたガキどもがたむろしていた。あの頃の呼び方をするなら、ツッパリの連中だ。

少年は単語カードから目を離さない。だが、見るからに横顔がこわばり、歩き方もぎごちなくなっていた。

「よお、前川じゃねえかよ」

一人が少年に気づいて、ねばついた声で「おい、こっち来いよ」と呼んだ。

少年は無視して立ち去ろうとしたが、奴らは「なにシカトしてんだよ、てめえ」とすごみながら道路を渡り、少年の前に立ちはだかった。

肩を小突かれた。腰に回し蹴りをくらった。鞄を奪われ、中を漁られ、ジッパー付きのポケットに入れておいた財布を見つけられてしまった。

「借金な」と一人が笑う。

「悪い悪い、今度会ったら返すから」と別の一人が笑う。

「勉強しろよお、勉強して、出世して、金をどんどん稼いで、どんどん俺らに借金させてくれよな」

三人目の言葉に、連中はリーゼントのひさしを揺すってげらげらと笑い、最後に、ついでのように一発ずつ少年のみぞおちを殴ってから、ハンドルをカマキリの鎌のようにねじ曲げた自転車に乗って走り去ってしまった。

ガードレールの陰にうずくまってみぞおちの痛みに耐えていた少年は、腹を押さえたまま、のろのろと立ち上がる。路上にぶちまけられた教科書や辞書やノートを拾って鞄に入れ直し、最後に単語カードを拾って、また歩きだす。単語カードを一枚めくり、新しい英単語の発音を繰り返しながら、重い足取りで家路をたどる。

「……もう、いいよ……もういいんだよ……もう、いいよ……」

おとなになった前川の声が響く。呪文のように。子守歌のように。寂しさのにじんだ声は、ひ弱な少年の背中をそっとさするように繰り返される。

場面が変わった。

少年は高校生になっていた。別の高校の制服を着た女の子と公園で向かい合っていた。

「ごめんね」と彼女は言った。言葉ほどは申し訳なさそうに思っていない軽い口調と、笑顔で。

「じゃあね」

バイバイ、と手を振って少年の前から走り去った彼女には、迎えてくれる男がいた。ひょろりと背の高い男だった。茶色に染めた髪をツンツンと立て、穴だらけのTシャツと、わざとペンキで汚したジーンズをラフに着た——あの頃流行っていたパンクバンドのメンバーかもしれない。

男は「すんだか?」と笑い、少年に見せつけるような大げさなしぐさで彼女の肩を抱いた。彼女もためらうそぶりもなく、男の腕と胸に体を預ける。

男は彼女の耳元でなにごとかささやき、彼女は「やだぁ」とくすぐったそうに笑う。男は「だってよお、かわいそうじゃんよお」と聞こえよがしの大きな声で言って、へヘッと笑いながら少年を振り向いた。

少年はなにも言えない。こわばったままの表情で、ただ黙って二人を見送るだけだった。

「……もう、いいよ……ほんと、もういいんだ……いいんだよ、もう、ぜんぶ……」

場面が変わる。

トレーナーの上にダッフルコートを着て、度の強いメガネをかけた、ぼさぼさ頭のむさ苦しい青年が、大学のキャンパスにいる。

青年は数字がぎっしり並んだ掲示板を緊張した顔で見つめ、次の瞬間、これ以上ないほどの笑顔になった。

「あった！　あった！　あった！」

叫びながら、その場で飛び跳ねた。

バンザイもした。

合格発表――なのだろう。

キャンパスのたたずまいに見覚えがある。東京大学だ、ここは。

「やった！　やった！　やった！」

青年はバンザイをつづける。

しかし、合格を一緒に喜び合う友だちは、いない。

「ざまあみろ！　ざまあみろ！　ざまあみろ！」

青年は一人きりで叫び、一人きりでバンザイをつづける。

「……もう、いいよ……なあ、もういいよ……もういいんだよ……ほんとに、もう、いいんだ……」

＊

そういうことか。

私は洗面台の前にしゃがみ込み、目を閉じたまま、小さくうなずいた。

前川の記憶に残っている少年時代の思い出は、寂しいものばかりだった。

いや、思い出そのものが寂しいのではない。おとなになって──「死」を覚悟してから振り返って、それを寂しいと思ってしまうことが、寂しいのだ。

前川──。

おまえの人生には、いったいなにがあったんだ──？

東大に合格して、勝ち誇ったバンザイを繰り返して……おまえは、孤独だった日々を埋め合わせてお釣りが来るほど幸せになったんじゃないのか──？

＊

チャイムの音が聞こえた。

その瞬間──私の意識は、すうっと、前川の体から離れていった。

シンクロは終わったのだ。

私はまた虚空に浮かぶまなざしになって、前川の姿を見つめる。

前川はきょとんとした様子で、首をかしげながら立ち上がる。

ソファーでビールを飲んでいたはずの自分がなぜ洗面台の前でしゃがみ込んでいるのか、理解できないのだろう。

チャイムがもう一度鳴った。

前川は鏡に自分の顔を映し込み、ふう、とため息をついて、ドアに向かって「ちょっと待ってろ」と声をかけた。

洗面台の前から立ち去ったあとも、鏡にはうっすらと気配が残っている。これをオーラと呼ぶのだろうか。ルビィと出会う前には、もちろん、そんなもの、見えたことも感じたこともなかった。

鏡を見つめる。

私の姿は、やはり映っていない。

代わりに、前川の顔の気配が、ぼんやりとした輪郭を持って鏡に張り付いている。

暗い表情だった。実際に鏡と向き合っていたときにはさほど感じなかったのに、気配として残った表情は、背筋がぞっとするほど暗い。

「ああ、やっぱりだめだね……このひと、死ぬ気だね、そういう顔してるもん」

ルビィの声――。

思わず振り向くと、透き通ったルビィの姿が目に入った。

「ダザイさん、わたしが見える？」

「ああ……ぼんやりと、だけど」

「やっぱり順応性がいいんだね」

さっきまでは、ルビィの声しか聞こえなかった。

「ほんとうは見えるのか？」

「うん。最初は目が慣れてないから見分けられないと思うけど、だんだん見えるようになってくるの。ほら、暗闇に目が慣れてくると、なんとなくまわりが見えるようになるでしょ、それと同じ感じ」

生身の体ではない。陽炎（かげろう）のようにおぼろげで、体の向こう側が透けていて、それでも確かに、ここにルビィは、いる。

「……なんだか、ホラー映画に出てくる幽霊みたいだな」

われながら俗っぽい譬（たと）えしか思い浮かばない。

ルビィも、あはっ、と笑って、「もうちょっとブンガク的に言ってほしいんだけどね、作家のセンセイには」と言った。

「でも……俺には、自分の体は見えないんだけど……」

「そうなの。そこがわたしたちの、ちょっと不便なところかな」

自分で自分の姿を見ることはできない、らしい。

「でもね」とルビィはつづけた。

「自分で姿を見ることができないから、わたしたちはどこにでも自由に行けるの。難しい理屈はよくわからないんだけど、自分で自分の体が見えるってことは、自分の肉体を認識するってことで、で、認識するってことは、ここに『いる』、ここに『ある』ってわけで、要するに『存在』を押しつけられるってわけで、そうなっちゃったら、『ここ』から逃れられないわけ」

「……はあ？」

「風は目に見えないでしょ。それと同じ」

「……なんだって？」

「高校の受験勉強するときに『方丈記』って読んだんだけど、ほら、『ゆく川の流れは絶えずして、しかももとの水にあらず』ってやつ……あの感じなのかなあって、いまは思ってるけど」

よくわからない。ルビィも理屈で説明するのはあきらめて、「ま、いいの、とにかくそういうことで」と話を打ち切って、「部屋に戻ろうよ」と身をひるがえした。

ふわっ、とルビィの体が宙に舞う。

私のまなざしも、それを追って舞い上がる。

バスルームと部屋の間の壁を、私たちはすんなりとすり抜ける。

たしかに、「これが俺の体なんだ」と見えてしまうと、こんなふうに壁をすり抜けるのは、なんとなく、気分として難しそうだよなあ……と理屈にもならないレベルで納得した。

＊

部屋に入ってきたデリヘル嬢は、ぽっちゃりと太った若い女だった。ウエストのくびれはほとんどなかったが、そのぶん胸や尻が豊満で、きっと「巨乳」を謳い文句にして客をとっているのだろう。

「いつもありがとうございまーす、中村さん」

人なつっこい丸顔をほころばせて、前川に挨拶をする。

「サヨコちゃんっていうの、このひと」と、ダブルベッドの真ん中に体育座りしたルビィが教えてくれた。

「けっこう若づくりしてるけど、もう二十八歳なんだよ」

「シンクロしたのか？」と私は天井近くに浮かんだまま訊いた。

「うん、さっき、ちょっとだけ」

「この子が、前川に殺されるのか？」

「このままだと、たぶん……」

サヨコは、もちろん、自分を待ち受けている運命など知らない。

だから屈託のない笑みを浮かべたまま、ベッドのヘッドボードに組み込んだ電話の受話器を取って、「チェンジなしでいいですよね、中村さん」と前川に訊いた。

「ああ……かまわない」

前川は答え、「でも、今日は中村じゃなくて前川だ。前川康宏だから」と自ら偽名を打ち消し、本名を名乗った。「あかつき銀行本店営業部第一課長の前川だ。事務所にそう電話してくれ」

「やだぁ、会社の名前まで要りませんよお」

「いいから！」

怒鳴った。「疑うんなら、名刺を見せてやる！　ほら、見ろ！　俺は嘘なんてついてない！」――アタッシェケースから取り出した革の名刺入れを、ヘッドボードに叩きつけるように放った。

4

サヨコが事務所に電話している間、前川はソファーに座って、組んだ脚を落ち着きなく小刻みに揺すっていた。眼鏡の奥の目も、サヨコの背中を見つめていたかと思えば、壁の抽象画に移り、すぐに足元に落ちて、一息つく間もなく、またサヨコの背中に戻る。

洗面所の鏡に向き合っていたときとは、明らかに様子が違う。緊張している。それも、迷いや逡巡（しゅんじゅん）をたっぷり含んだ緊張だった。

電話を終えたサヨコはベッドの縁に腰かけたまま、前川を振り向き、「びっくりしてましたよ」と笑いながら言った。「偽名をつかうお客さんってあたりまえなんですけど、自分からそれをバラしちゃうひとって、中村さん……じゃなくて、前川さんが初めてだから」

人なつっこい笑顔だ。美人というわけではない。だが、ぽっちゃりした小太りの体つきも含めて、なんともいえない愛嬌（あいきょう）がある。

そんなサヨコが――ほんとうに、殺されてしまうのか？

前川は――ほんとうに、エリート銀行員の生活を捨て去って、サヨコを殺してしまうのか？

なぜ――？

それがわからない。わからないから、知りたい。

前川が殺人を犯すことを決意するまでのいきさつや理由を、どうしても、知っておきたい。

「意味ないよ、そんなの」

ルビィが言った。

私以外の誰にも聞こえない声が、虚空にふわっと浮かぶ。

胸の内を読み取られている。

やれやれ、と私は苦笑して、透きとおった体のルビィを振り向いた。

「しゃべらなくてもすむってわけか……けっこう便利なんだな」

「びっくりしないの？」

「そんなことしてたら、きりがないだろ。もういいよ、要するに、なんでもあり、なんだろ？」

だね、とルビィも苦笑いを浮かべ、すぐに話を戻して、「理由なんて意味ないじゃん」と言った。

「そんなことない」

「そう？　だって、じゃあ、ダザイさんが自殺したとき、ちゃんと理由があった？」

「……ああ」

返事はワンテンポ遅れた。

「その理由って、みんながそれを聞いて納得するようなものだった？」

今度は答えられなかった。

なんとなく疲れたから――で、みんなが「ああそうか、それなら首を吊るのもしょうがないな」と言ってくれるとは、とても思えない。

「わたしだってそうだよ」

ルビィの体は、天井からすうっと虚空を滑り落ちていく。

窓枠にちょこんと腰掛け、天井に残ったままの私を見上げて、「理由を訊かれても困るし、勝手にそれっぽい理由を決めつけられたらムカつくしね」と笑う。

「わかるよ、それは」

「でしょ？」

「でも……」

私も天井から降りた。ルビィのようになめらかに虚空を滑ることはできない。ふらふらと揺れ、自分では見えない体のバランスを崩しかけて、空中ででんぐり返りまでしそうになって、なんとか壁の飾り棚に座った。無重力空間を漂う宇宙飛行士のようなものなのかもしれない。

「でも……なに？」

ルビィにうながされて、私はあらためてつづけた。

「知りたいんだ」

納得するためではない。

ただ、とにかく、知りたい。

「野次馬根性ってこと？」

「そんなのじゃないんだ。俺が知りたいっていうより、前川のために、知っておいてやりたいんだ」

「よけいなお世話なんじゃない？」

そうかもしれない。

だが、少なくとも私は、知ってほしかった。誰でもいい、誰かに、自分が人生の最後に思っていたことを知ってほしかった。

「納得してもらえなくてもいいんだ。ただ、誰にもこの気持ちを知ってもらえずに一人で死んでいくっていうのは、いまにして思えば、やっぱり寂しいよなあ、って

……」

ルビィは黙っていた。

「前川も同じじゃないかと思うんだ、俺。納得とか共感とか賛成とか、そんなのじゃなくて、とにかく誰かに自分の思いを知ってほしいんじゃないかっていう気がするんだ」

ルビィは、まだ、なにもしゃべらない。

「きみだって、そうじゃなかったのか？」

黙ったまま、すっとそっぽを向いた。

ルビィの胸の内は、私には読み取れない。こっちの思いは素通しで覗き込まれてしまうのに、向こうの思いは分厚いベールに覆われてなにもわからない。ひどいハンディキャップを負った関係だ。

「だって、しょうがないでしょ。ダザイさんはまだわたしたちの世界に来てないんだもん。途中で寄り道してるだけなんだから」

素通し——なんだな、ほんとうに、まったく……。

ルビィは私を振り向いて、「オジサンになると、そんなふうに思うのかもしれないね」と言った。

「歳は関係ないよ」

「じゃあ、アレだ、甘ったれのひとはそう思うんだ」

キツい言葉を、笑って言う。

だから、言葉の刃はよけい深々と胸に突き刺さってくる。

今度は私のほうがルビィから目をそらし、この部屋でたった二人だけの生身の人間——前川とサヨコをあらためて見つめた。

サヨコはベッドの上に座り込んで上着を脱ぎ、スカートを脱いで、下着だけの姿になっていた。黒いレースのショーツと、お揃いのブラジャー——服の上から見ていた印象どおりの豊満な乳房だったが、ショーツの上に乗った腹の贅肉は予想以上だった。肌がたるみ、前かがみになるたびに肉が何層にも折り重なって、いかにも安手のデリヘル嬢といった風情だ。

男を誘う色気はほとんど感じない。むしろ、痛々しい。どんな事情があるのかは知らないが、なにもこの体でこういう商売をすることはないだろうに、と思う。

ひとときだけの恋人として、胸をときめかせながら彼女を抱く男の姿は、どうしても想像できない。たかがデリヘル嬢だと見下して、この料金ならこの程度でしかたないか、と自嘲気味にあきらめて、ただ欲望の処理のために彼女の体を使う——そんな男の醒めた表情しか、私には思い描くことができない。

だが——。

「なんとなくわかってきた、ダザイさんが作家としてヘボかった理由」

「発想が貧しいよね、っていうか、頭あんまり使ってないんじゃない？」

ルビイはまた笑う。

「……なんだよ、それ」

「だってそうじゃん、サヨコさんって確かにデブだし、あんまり美人じゃないけど、だったらなんで前川が常連になってるわけ？　あかつき銀行だったら、べつにお金をケチる必要もないじゃん。その気になれば、もっと高級なデリヘルとかソープとか、いくらでもOKなわけでしょ」

「ああ……」

「でも、前川は、サヨコさんを何度もパートナーにしてるし、今日だってチェンジしなかった」

言われてみれば、確かにそうだ。

「だけど、今日はサヨコさんを最初から指名したわけじゃなくて、サヨコさんがここに来たのは偶然だよね」

「うん……」

「ってことは、前川は誰でもよかったわけでしょ、殺す相手」

「だな、うん」

「サヨコさんが部屋に入ってきてから、前川の様子、変わったでしょ。なんか動揺してるっていうか、困ってるっていうか、迷ってるっていうか……それくらいはダザイさんにもわかってるよね」

悔しい。情けない。自分の娘とたいして変わらない女子高生に——正確に言えば女子高生時代に自殺したルビィに、すっかり教えさとされている。

「そんなの、前川とシンクロしなくたって、目に見えることだけでわかると思うけどね」

追い打ちをかけられて、さらに情けなさはつのる。

「じゃあ、ここで質問です。前川はどうして、サヨコさんが来て動揺したんでしょうか。はい、十秒以内に答えて」

「……殺したくないのかな」

「サヨコさんだから？」

「ああ……まさか彼女が来るとは思ってなくて、チェンジはしなかったけど、でもやっぱり彼女を殺すことにはためらいがあって……」

ルビィは「悪くないね」と笑った。

だが、前川とサヨコに目を戻したときには、もう真顔に戻っていた。

「前川の心にためらいがあるんだったら、一線を踏み越えちゃう前に止められるかもね」

前川はブリーフ一枚になっていた。

サヨコは前川が脱いだ服を取って、ていねいに皺を伸ばし、クローゼットのハンガーに掛ける。

「シャワー、行きましょうか」

「……いや、このままでいい」

「そうですかぁ？　わたし、ちょっと汗っぽいけど、いいですか？」

「かまわない」

前川は静かに答え、メガネをはずしてテーブルに置いた。

クローゼットの前からベッドに戻ったサヨコは、さっきと同じようにベッドの真ん中にぺたんと座り込んで、ブラジャーをはずした。

大きな乳房が、ゆさゆさと揺れながら、あらわになった。乳房だけでなく、乳輪も、乳首も、大きい。

「じゃあ、いつものアレ、します？」

前川は黙ってうなずき、ベッドに乗った。

「はい、どうぞ」

サヨコは両手を広げて前川を迎えた。「やっちゃん、おいで」――まるみを帯びた声で言う。

前川はサヨコに抱きついた。いや、サヨコの膝に抱かれた。

「やっちゃん、やっちゃん、やーっちゃん……おいで、おっぱい、ここよ……」

子守歌を口ずさむように、サヨコが言う。前川の髪を優しく撫(な)でて、ほら、と前かがみになって、乳房を前川の顔の前まで持っていく。

むしゃぶりついた。

愛撫ではない。もっと激しく、もっと荒々しく、おなかを空かせた赤ん坊がママのおっぱいに貼りつくように、前川はサヨコの乳首を吸い、もう一方の乳房を揉みしだく。

サヨコは拒まない。嫌がる様子もない。髪を撫でていた手は、まるでむずかる赤ん坊をなだめるように、優しく、ゆっくりと、前川の背中を叩く。

「やっちゃん、ぷーぷー、やっちゃん、ぴーぴー、やっちゃん、ぷーぷー、やっちゃん、ぴーぴー……」

歌ともつぶやきともつかない、なだらかな抑揚をつけて、サヨコは繰り返す。前川は一心に乳首を吸い、乳房を揉む。ちゅうちゅう、と口から音が漏れる。いや、わざと、その音をたてているのかもしれない。

ふと、歌が止まる。

「すみません、中村さん……じゃなくて前川さん、下の名前は『やっちゃん』のままでいいんですか？」

前川は乳首から口を離し、「ああ、それでいい」と不機嫌そうに答えて、また乳首を唇で包み込む。

「下は康宏のままなんですか？」

「いいんだって言ってるだろ」

もどかしそうに答え、もどかしそうに乳首を吸い直す。

「……苗字だけ、偽名だったんですかぁ？」

「うるさい！　いいから早く歌え！　背中、もっとうまく叩け！」

わがままな幼子のように——前川はサヨコに怒鳴る。

のんびり屋の母親のように——サヨコは、はいはい、と微笑んで、また歌をつづける。

「やっちゃん、ぷーぷー、やっちゃん、ぴーぴー、やっちゃん、ぷーぷー、やっちゃん、ぴーぴー……」

前川は目を閉じて乳首を吸う。うぐうぐと頰を動かして、ただ一心に、ひたすらに、サヨコのおっぱいをむさぼりつづける。

私は息を吞んで、ルビィをちらりと見た。

ルビィはベッドの二人を食い入るように見つめていた。信じられない光景に出会ったように目を大きく見開き、横顔をこわばらせている。

わからないのだろう。

だが、私には、前川のしていることが、背筋がぞくっとするぐらいリアルに感じ取れる。

「やっちゃん、ぷーぷー、やっちゃん、ぴーぴー、やっちゃん、ぷーぷー、やっちゃん、ぴーぴー……」

かつて、あの男が母親に歌ってもらっていた子守歌なのだろうか。

初めて聴くメロディーなのに、不思議と懐かしい。

私も、かつて——人生の始まりの日々、この歌を聴いていた。

メロディーは違う。歌う言葉も、もちろん、違う。それでも、同じだ。前川、おまえと同じだ。俺たちは同じ歌を聴き、同じ温もりに包まれて、同じ乳首のやわらかさに体も心もひたして……同じ幸せを味わっていた。遠い遠い昔のことだ。

「やっちゃん、ぷーぷー、やっちゃん、ぴーぴー、やっちゃん、ぷーぷー、やっちゃん、ぴーぴー……」

前川がサヨコをひいきにしていたのは、豊かなおっぱいが母親と似ているからなのだろうか。それとも、子守歌を歌う声が母親そっくりだったからなのだろうか。

「やっちゃん、ぷーぷー、やっちゃん、ぴーぴー、やっちゃん、ぷーぷー、やっちゃん、ぴーぴー……」

私の母親は、痩せて小柄なひとだった。ブラジャーの下にスポンジのパッドをいつも入れていた貧弱な乳房は、サヨコのそれとは似ても似つかない。声だって、こんなにまるくない。もっとか細く、高い声だった。

だが、前川——俺たちは同じだ。

俺の心の奥底にも、いまのおまえがむき出しにしたものと同じ思いが、確かに、ある。

お母ちゃん……。

私は小さくつぶやいた。

東京から遠く離れた故郷で一人暮らしをしている、もうじき七十七の喜寿を迎える母親のことを思いだした。

母親は、私の自殺の知らせを、いつ、誰から聞かされるのだろう。そのときのショックや、遺体と対面したときの悲しみを思うと、いたたまれない。

だから、前川、おまえの中に入りたい。俺を入れてくれ。おまえの記憶を探らせてくれ……。

前川の背中をじっと見つめた。

まなざしが吸い込まれていく。

強い光に一瞬包まれ、思わずつぶった目をおそるおそる開けると——そこには、うずくまって泣きじゃくっている一人の少年がいた。

「なにやってるの！」

とがった女の声が響く。

少年が顔を上げると、怖い顔をした女が立っていた。

「やっちゃん、あんたなんか、もうウチの子じゃないからね」

女は憎々（にくにく）しげに言い放つ。
前川の母親――なのか？

5

幼い前川は、母親を「ママ」と呼んでいた。

「ママ、ごめんなさい、ごめんなさい、ごめんなさい……」

床にしゃがみこみ、頭をかばうように両手で抱えて、一心に謝っていた。

台所だ。

それも、かなり古いたたずまいの――昭和四十年代前半の台所に、前川は、いる。

「なにが『ごめんなさい』なのか言ってごらん！」

そばに立つ母親の声が響く。キリの先端のような、とがった、甲高（かんだか）い声が、丸まった前川の背中に突き刺さる。

「……おねしょしたの、ごめんなさい、ごめんなさい、もうしません、ごめんなさい……」

「なに言ってんの！　おねしょのことだけじゃないでしょ！」

母親の声はさらに大きくなり、前川の小さな背中はビクッとすくむ。

「ごはん……残して、ごめんなさい……ごめんなさい……」

「それだけ？　まだあるでしょ！」

前川は泣きじゃくるだけで、答えない。頭を抱えた肘の隙間からおそるおそる母親を見つめる目には、途方に暮れた悲しみが宿っていた。

だが、母親は容赦なく「早く言いなさい！」と追い詰めていく。右手を振り上げて、ビンタをするポーズもとった。

前川は背中をまた縮め、頭をいっそう深く両手に抱え込んだ。

「ごめんなさい、ごめんなさい、ごめんなさい、ごめんなさい……」

嗚咽交じりの声は、まるで呪文かお経のように聞こえる。

母親は振り上げていた右手をゆっくりと下ろし、「わかんないの？」と言った。声は少し小さくなったが、そのぶん、冷たさが増した。

「やっちゃん、ママがいつも言ってること、まだわかんない？」

微妙に声が優しくなる。

だが――すでにおとなになった私にはわかる。これは、次の言葉の冷たさを際立たせるための罠だ。

あんのじょう、前川が無言のままでいると、母親は一転、「泣くなって言ってるの！　うっとうしい！」とヒステリックに叫んだ。

それだけではない。

「どっか行って!」

絶叫とともに、母親は前川を足蹴にした。床に横倒しになった前川は、今度はおなかをかばって両手を巻き付ける。息を詰めたうめき声が漏れる。体のどこかを痛めたのではなく、嗚咽が漏れるのを懸命にこらえているのだ。

「ああっ! もう、アタマに来る!」

母親はいらだたしげに床を踏み鳴らし、「泣くんだったら外に出て泣いて!」と言い捨てて、前川に背中を向けた。

顔が見える。

いや——見えない。

さっきはチラッと見えていたはずの母親の顔は、いまは、黒一色の仮面になっていた。

そう、それはまさしく仮面だった。表情はわからない。鼻も、口も、ない。目の部分だけがほの白く穿たれて、まるで三日月を貼り付けたように細く吊り上がっている。

瞳はない。どこを見つめているのかわからない。わかるのは、いらだちと憎悪——ただ、それだけだった。

母親の姿が消えたあとも、前川はおなかを抱えたまま、うめきつづけていた。ひとりぼっちだった。

そばに誰もいないから「ひとりぼっち」なのではない。そばにいる大切な誰かに突き放されたからこそ、前川は「ひとりぼっち」の子どもだった。

やがて、前川は起き上がる。手の甲で目元をこすり、嗚咽から変わったしゃっくりで肩を揺らしながら、とぼとぼと歩きだして……何歩か進んだところで、ふっと消えた。

台所の風景も、一瞬にして闇に溶けてしまった。

声が聞こえる。

女が口ずさむ歌だ。

「やっちゃん、ぷーぷー、やっちゃん、ぴーぴー、やっちゃん、ぷーぷー、やっちゃん、ぴーぴー……」

私の目に映る光景は、再び、ラブホテルの一室に戻った。

おとなの前川が、サヨコに膝枕されて、豊満な乳房を揉みしだき、乳首をしゃぶっていた。

「やっちゃん、ぷーぷー、やっちゃん、ぴーぴー、やっちゃん、ぷーぷー、やっちゃん、ぴーぴー……」

サヨコはのんびりした声で歌う。さっきは拍子をとって前川の背中を軽く叩いていた手が、いまは、背中を優しく撫でている。

前川の丸めた背中は、子どもの頃と同じだった。

もちろん、おとなの背中と子どもの背中とでは、大きさはまったく違う。

だが、そこに影のように貼りついた寂しさは——同じだ、と思った。

歌が不意に止まる。

「痛いっ！」

サヨコは顔をしかめ、短く叫んだ。

前川が乳首を嚙んだのだ。

「……もう、いいんですか？」

苦笑交じりに訊かれた前川は、無言でサヨコの膝から体を離し、ベッドに仰向けになった。

天井を見つめる。

暗いまなざしだった。

「じゃあ、失礼しまーす」

サヨコはおどけた声で言って、前川のブリーフをゆっくりとしたしぐさで脱がせていった。

「あれぇ？　今日……どうしちゃったんですかぁ？」

指と舌と唇でサヨコのおっぱいをずっと愛撫していたのに、前川のペニスは萎えて、縮んだままだった。

「疲れてるんだ」

前川は天井を見つめたまま、ぼそっと言った。

「だいじょうぶですかぁ？　なんか今日、元気もないけど……」

「だいじょうぶだ」

「やっちゃん、ファイトですっ」

サヨコはガッツポーズをつくり、屈託のない声と表情としぐさで笑った。

だが、前川は困ったようにかすかに笑うだけで、目を閉じた。

サヨコは前川のペニスに手を添えて、形だけ勃たせ、亀頭を口に含んだ。厚ぼったい唇が、ちゅぱちゅぱ、と音をたてて、亀頭に刺激を与える。

目を閉じたままの前川の表情が、すうっと消える。

仮面に変わる。

黒一色の仮面——母親の仮面とは違って、目の部分すら空いていなかった。

そして、二人の姿は闇に紛れる。

＊

母親がいた。

黒い仮面をかぶった母親が、さっきより成長した前川と向き合っていた。今度の仮面は、目ではなく口がほの白く穿たれていた。笑っている口だった。

その口から、さっきの怒声とは似ても似つかない上機嫌の声がこぼれ落ちる。

「すごいわねえ、やっちゃん。さすがよ、うん、えらいえらい」

前川は、はにかんで笑う。

小学五、六年生といったところだろうか。場所はリビングルームだ。二人はソファーに座っている。テレビのデザインや家具の雰囲気は、私の記憶にもなじみのある昭和四十年代の終わり頃のものだった。

「やっちゃん、タカノくんはどうだったの?」

前川の笑顔が微妙にこわばった。

「ねえ、こんなにいい点数だったんだから、タカノくんにも勝ったんでしょ?」

「……タカノは……」

消え入りそうな声でそう言ったきり、前川はうなだれてしまった。

それが、答えになった。

母親の仮面が変わる。

口が消え、さっきと同じ、吊り上がった細い目が浮かび上がる。

「負けたの？」

声も、とがった。

「……負けたっていうか……タカノは、今度からSクラスに移ることになって……」

「Sなの？　あの子が？」

「……だって、四教科で十番以内に入ったから……」

「やっちゃんは？　先生からなにか言われてない？　なにか言われたでしょ、言ってくれたでしょ、成績表渡すとき」

「……もうちょっとAでがんばれ、って……」

母親の目は、さらに吊り上がった。

それに気づいた前川は、おびえて身をすくめ、うわずった声で「でも、あとちょっとだったって……この調子ならSクラスに行けるって、ほんとだよ、ほんと、嘘ついてない、ほんと、先生そう言った」とつづけた。

だが、母親の吊り上がった目は、動かない。

「……勉強しなさい」

怒りを抑えた声で言うと、前川はしょんぼりとうなずいた。

母親の姿が消える。

ひとりぼっちでソファーに残された前川は、テーブルの上に広げた成績表を手に取って、悲しそうに点数を見つめて、くしゃくしゃに丸める。

それを最後に、前川の姿も消えてしまった。

＊

サヨコの濃厚な愛撫を受けても、前川のペニスは、ほとんど反応しない。勃起はしていても、ペニスの付け根の奥からこみ上げてくるような高ぶりが感じられない。サヨコが指と口を離すと、ペニスはあっけなく横に倒れてしまいそうだ。

なにより――サヨコのあそこを間近に見ているはずの前川の目は、さっきからずっと閉じられている。

あそこに指を沈め、こねるように指先を動かしていても、目は固くつぶったままだった。

サヨコは大きなお尻を振って、鼻にかかった声を出した。前川の気持ちを高めるために、わざと大げさに声をあげたのだろう。

それでも、前川はあいかわらず目を閉じたまま、ただ義務であるかのようにサヨコの股間を指でまさぐるだけだった。

サヨコは股間を前川の顔に押しつけて、もっと強い刺激をせがむ。

前川は舌を使った。興奮に駆られてそうしたのではなく、指を動かす隙間がなくなったので、しかたなく……といった様子だった。

目は開けない。

サヨコのあそこを決して見たくない、と誓っているみたいに、眉間に深い皺を寄せて、目をつぶる。

もしかしたら――。

ふと、思った。

前川はいつも、目を閉じたままサヨコの性器をむさぼっているのかもしれない。

あそこを目の当たりにするのが怖い――のかもしれない。

*

「そうなのかもね」

ルビィが言った。

さっきと変わらず窓枠に腰かけて、興味深そうにベッドの二人を見つめながら、「たぶん、ダザイさんの想像、当たってると思うよ」と言う。

「けっこう冷静なんだな。こういうの見てて、だいじょうぶ？」

ルビィは、ふふっと笑う。

「だって……なんか、びっくりしちゃって」

「知ってた？　こういうことするんだ、って」

「友だちに聞いたことあるし、マンガでも見たことあるけど、ホンモノを見るのは初めて」

軽い調子で応えたルビィだったが、私が「そうか」とうなずき、話の間が空くと、二人を見つめるまなざしが変わった。初めてじかに見る愛撫への好奇心は、もう消えていた。

「寂しいひとだね、前川って」

私の見ていた前川の記憶は、ルビィにも見えていたようだ。

「お母さんの顔が出てこないのって、すごく、寂しいよね……」

私の相槌も沈んだ。

虐待——と呼んでいいのかどうかはわからないが、前川は決して母親に愛されていた少年時代を過ごしたわけではないのだろう。

なのに、おとなになった前川は、サヨコに子守歌をせがむ。母親のおっぱいに甘えるように、サヨコに抱きついて、乳首を吸う。

「あの子守歌って、ほんとうにお母さんに歌ってもらってたのかなあ。ダザイさんはどう思う？」

「……わからない」

「実際に歌ってもらったんじゃなくて、お母さんに歌ってほしかった子守歌だったのかもしれないね」

私もそう思う。

思うからこそ、前川の、少年時代よりも、むしろいまの孤独のほうが胸に迫ってくる。

なにがあった――？

おまえの、いまの暮らしに、なにがあったんだ――？

「でも」

ルビィは感傷を断ち切って、「ひとを殺すのは許せない」と強い口調で言った。

6

「もう、いい」

前川はサヨコの股間から顔をそむけて言った。

「……いっちゃいそう？」

ペニスを指と舌で愛撫していたサヨコが訊くと、「どけ」と邪険に答え、覆いかぶさっていたサヨコの体をはねのけるように、むっくりと起き上がる。

サヨコはベッドから落っこちそうになって、「きゃっ」と短い悲鳴をあげた。大きな乳房が揺れる。二の腕も、ぷるん、と揺れる。脂肪がたっぷりついたおなかが、へその下で段になって、陰毛の茂みを隠した。

「どうしたの？ やっちゃん」――「ママ」の演技をつづけて、「ぽんぽん、痛くなっちゃったのぉ？」と笑う。

だが、前川はにこりともせず、「ちょっと待っててくれ」とベッドから降りた。サヨコの愛撫を受けているときには勃起していたペニスが、いまはもう、あっけなく萎(しな)んでいた。

サヨコもそれに気づいて、「今日、ちょっと疲れてるみたいですね」と素の声に戻って言った。

前川はなにも応えず、ソファーの上に置いてあったアタッシェケースを手に取った。

「……仕事、忘れてたんですか？」

無言でかぶりを振る。

サヨコは怪訝そうに前川の背中を見つめていたが、ま、いいか、というふうにクスッと笑った。長い時間考え込むことが苦手で、嫌いな性格なのだろう。

そんなサヨコに背中を向けたまま、前川はアタッシェケースの蓋を開けて、黒い袋を取り出した。

「なんですか？　それ」

「……こういうの、使ってもいいか」

「え？」

袋から出したのは——手枷と足枷だった。

手枷のほうは、革の首輪の左右に手錠がつながっていた。

足枷のほうは、ヌンチャクのようなつっかい棒の両端に、太股にはめる革のベルトがついている。

サヨコは一瞬、顔をしかめた。

「あ、こういうの、あんまり……っていうか、プレイ料金に入ってないんですよねえ……」

「知ってる」

「それで、あの、ソフトSMだったら、好きな子いるんで、そっちとチェンジとかも、ありかな、って」

えへっ、と愛想笑いを浮かべながらも、まなざしには困惑と怯えの色が宿っていた。

「アザとか残っちゃうと、ちょっと困るんですよ」

「なんで」

「あの……子どもとね、一緒にお風呂に入るんです……だから……」

「子ども、いるのか」

サヨコは、えへへっ、と肩をすくめ、乳房を揺らして、「三つなんです」と言った。「男の子」

前川は手枷と足枷をベッドに放り、肩で大きくため息をついた。

「……しらけちゃいました？」

サヨコの表情は、とたんに申し訳なさそうに沈む。

その顔のまま、手枷を手に取って、小首をかしげながら手錠の輪のサイズを目で測り、首輪についたトゲを指で軽く触る。

興味は——あるようだ。

前川もそれに気づいたのだろう、アタッシェケースの中をさらに探りながら、「こういうの、したことあるのか」と訊いた。

「遊びですけど……たまに。あ、でも、ほんと、遊びなんです、手首をタオルで縛ったりとか、目隠しされたりとか。だから、こういう、本格的なのって、見るの初めて前川は小さくうなずいて、黒く細長いものをベッドに放った。

財布だった。

きょとんとするサヨコに、「好きなだけ、抜いていい」と言う。

「……え？」

「追加料金だ」

「追加って……でも、あの……」

「事務所に通さなくてもいいから、欲しいだけ持っていけ」

黒革の財布は見るからに分厚かった。サヨコも困惑した様子で、おそるおそる財布を取り、中を開けた。

「すごい……」

札束――と言っていいほど、一万円札がぎっしり詰まっている。

前川は初めて頬をゆるめ、「ホテル代だけ残してくれたら、ぜんぶ持っていってもいいんだぞ」と言った。

サヨコは「やだぁ」と笑う。

だが、その笑顔は、さっきまでの屈託のないものとは微妙に変わっていた。札束に落とす目の輝きも、違う。欲が、にじむ。

一枚、二枚、三枚……五万円を財布から抜き取り、「ほんとにいいんですか？」と前川に訊く。

前川はもう返事をしなかった。

さらに三枚抜き取り、少し迷ったすえ、二枚足して、合計十万円――それでも札束の分厚さはほとんど変わらない。

「すみません、じゃあ遠慮なくいただきまーす」

サヨコは気まずさや後ろめたさを振り払うようにおどけた声をあげ、結局二十万円になった自分の取り分を両手に捧げ持って、「ははーっ、ありがとうございまーす」と時代劇のような大げさな身振りで頭を下げた。

前川は笑わない。

サヨコが返した財布を無言で受け取り、なんの興味もなさそうにソファーに放り捨てて、「早くしろ」と言った。「自分で、縛れ」

前川の眼光も変わった。

たぶん――サヨコがにじませた欲を垣間見て、変わったのだ。

＊

「……ヤバいね」

虚空に浮かんだルビィが言った。

なにが——とは、私は訊かない。訊かなくても、わかる。

「前川、本気で殺す気になってるね、ハラをくくった顔になったもん」

「ああ……」

「もう、迷ってない」

「うん……」

「ね、ダザイさん、早く前川の中に入って、お母さんの記憶たどってみてよ。もしかしたら、そこに、なにか突破口あるかもしれない」

言われなくても、そうするつもりだった。

すでにサヨコは両脚の太股を革のベルトで縛った。つっかい棒があるので脚を閉じることはできない。挿入は無理でも愛撫ならいくらでも受け容れられる、そんな微妙な角度で股が開く。

首輪も、つけた。

左手を先に手錠に通し、ロックをした。息づかいが湿り気を帯びていた。SMの仕掛けに、しだいに興奮してきたのだろうか。

右手の手錠も、少し窮屈(きゅうくつ)なしぐさでつけた。前川はいっさい手伝わない。ただ黙ってベッドのそばに立ち、体の自由を奪われていくサヨコの姿を見つめている。

ガチャッ、という音とともに右手の手錠もロックされた。両手が顔の横で固定されて――肘を折り曲げたバンザイのポーズになった。

「あれ？　うわっ、けっこう意外と動けないもんなんですね」

体を左右によじっても、裏返してうつぶせになることはできない。

無理に重心を片側に移そうとすると、首輪が喉に食い込んで、「痛いっ」と顔をしかめる。

「なんか……動けないってわかると、胸、ドキドキしちゃいます」

実際、仰向けになって笑う顔は、微妙にこわばっていた。つっかい棒に邪魔をされながらも、股を閉じようとしているのも、太股の動きで見てとれた。

「ねえ、ここからなにするんですかぁ？　ローソクだめですよ、うん、絶対だめ、体に傷や痕（あと）が残るようなのは、マジNGですからねえ」

急に饒舌（じょうぜつ）になったのは、不安に駆られたせい――だろう。

前川は無言のまま、表情も変えずにベッドに乗った。

手にタオルを持っていた。

「ヤバいよ、ダザイさん――！」

ルビィが叫ぶ。私も息を呑む。だが、なにもできない。

前川はよじって細くしたタオルを両手でかざして、サヨコの顔に近づけていく。

サヨコも「え？　なんですか、ちょっと、やだぁ」と顔をゆがめた。

なにもできない。

前川を突き飛ばすことも。

前川の手からタオルを奪い取ることも。

大声をあげて誰かを呼ぶことも。

火災報知器のスイッチを押してベルを鳴らすことも。

閉ざされた部屋にかすかな風を起こすことすら――私たちには、できないのだ。

「ひっ！」

サヨコが短く悲鳴をあげた。

だが――。

私たちの予想ははずれてくれた。

前川は「目、隠すぞ」と低い声で言って、タオルをサヨコの顔に巻き付けて、目隠しをしたのだ。

「……もうっ、びっくりしちゃいましたぁ……おしっこ漏れそうになったんですよぉ、いま……」

サヨコの声はうわずって震えていた。全身に鳥肌も立っている。

前川はサヨコの上に覆いかぶさった。

「え？　なにするんですか？　見えない、怖い、やだ……やだ……」

乳房にむしゃぶりついた。

乳首を強く吸った。

予期せぬ愛撫に、サヨコはまた短く叫ぶ。

前川は乳首を吸い、乳房を揉みしだきながら、空いた手をサヨコの股間に滑らせた。

荒々しい指の動きだった。

サヨコは何度もうめき、反射的に脚を閉じようとした。

だが、固く太いつっかい棒はぴくりとも動かず、逆に、前川がつっかい棒を持ち上げると、太股ごと一緒に浮き上がってしまう。

「いやっ、いやっ、怖いことしないで……。ね、お願い……お願いします……乱暴なことしないで……」

サヨコの声は涙交じりになっていた。

前川はなにも応えず、荒い息で乳首を吸い、乳房を揉み、股間をまさぐりつづける。

「……だめよお……やっちゃーん、女のひとのあそこは大事なところだから、ていねいに触ってくれないとだめなの、ね、やっちゃん……」

ワラにもすがる思いだったのだろう、とっさにまた母親の芝居を始めたサヨコの頬を――前川は平手で張り飛ばした。

そして、サヨコが脱ぎ捨てていたショーツを丸めて、口の中にねじ込んだ。

いま――わかった。前川がサヨコに目隠しをしたのは、サヨコの視界をふさぐためではなかった。

サヨコの目を見たくなかった。サヨコの声を聞きたくなかった。

だから――。

目隠しをされたまま、もはや悲鳴すらあげられなくなったサヨコが苦しそうにもがくのを見つめて、前川は初めて、ほっとしたような微笑みを浮かべたのだった。

＊

「なにしてんの、ダザイさん」

ルビィがもどかしそうに言う。虚空をふわっと飛んで私のそばまで来て、「早く前川の中に入ってよ」とつづける。

「うん……それは、わかってるんだけど……」

前川とシンクロする材料――いわば鍵穴が見つからない。

前川はアタッシェケースから取り出したバイブレーターをサヨコの性器に挿入した。荒々しい動きだった。性戯として快楽を愉しむのではなく、混じり気なしの暴力をふるうように、スイッチを入れないままでバイブレーターをねじ込んで、引き出して、またねじ込む。

丸めたショーツでふさがれたサヨコの口からは、くぐもったうめき声が漏れる。いや——それは、もう、泣き声になっているのかもしれない。

「ねえ、ダザイさん……ダザイさんも、こういうこと、してないの？　もし、してたらシンクロできるんじゃない？」

「俺……SMの趣味なかったし」

「バイブは？」

「そんなの、使ったことないよ」

「……作家としての好奇心、ゼロ」

そっけなく言って、あらためて前川とサヨコに目をやったルビィは、「ねえ、ダザイさん」と前川を指差した。

「勃ってない……よね」

私もさっきから気になっていた。あれだけ激しい愛撫を自分の思うがままにしていながら、前川のペニスはだらんと萎えたままだった。サヨコの性器にシリコン製のペニスがもぐっていく、そんな光景を間近に見ているのに、彼自身のペニスにはなんの反応もない。

「インポとか、EDってやつ？」

「いや、でも……さっきの話だと、いつもはちゃんとできてるみたいだったけどな」

醒めきったペニスとは逆に、サヨコの性器を食い入るように見つめる前川の目には、ぞっとするほどの強い光が宿っている。

興奮はしているのだ。

ただし、それは、性的な興奮ではない——じゃあ、なんなんだ？

「悔しいね」

ルビィはぽつりと言った。

「……なにが？」

「ここにいるのに、なーんにもできない、わたしもダザイさんも」

黙ってうなずくと、「生きてたら、なにかはできたよね」とつづける。「見てるだけで、なにもできないなんて、そんな悔しさは味わわずにすんだよね、絶対に」

「ああ……」

「わたし、生きてる頃は、生きててもなーんにもできないじゃん、って思ってた。でも、死んだら、もっと、なーんにもできなくなっちゃうんだなあ、って……」

そうだよな、と応えかけたら——前川はバイブレーターをサヨコの性器から抜き取った。

「やだ……血、にじんでる……」

ルビィが声を震わせた。

雁にからみつくように糸を引いた血に、私も息を呑んだ。

前川は、バイブレーターの手元をぐるりと回し、スライド式のスイッチを見つけて、ああ、ここだったのか、というふうに小さくうなずいた。

スイッチがあることを知らなかったのか——？

スイッチを入れると、ペニスがくねりながら回る。そのくねりが思いのほか強かったのだろう、前川はバイブレーターを手から落としそうになった。

もしかしたら——。

前川、おまえもバイブレーターを使うのは初めてなのか——？

私のまなざしは前川の背中に吸い寄せられていく。

シンクロ、できる——。

7

黒い仮面をつけた女が、じっとこっちを見つめている。

いや——見つめているのかどうかは、わからない。

目がない。さっきシンクロしたときには鎌の刃のようなとがった穴が仮面に穿たれていたが、いまは、それすら消えた。真っ黒なのっぺらぼうが、無言でこっちを向いて、だが確かに見つめていることだけは、わかるのだ。

「ママ……」

前川の声が聞こえた。おとなの声だった。

姿は見えない。声が聞こえてくる方向も、私の真後ろのようにも思えるし、真上のような気もするし、黒い仮面の女と私の間から聞こえているようにも思う。

「ねえ、ママ……ママ……」

前川の声は、せっぱつまって、すがりついているような響きだった。声そのものはおとななのに、口調のほうは、子どもの頃よりもさらに幼くなっている。

「だいじょうぶ？　ママ、だいじょうぶ？　ねえ、ママ……」

声が届いているのかいないのか、黒い仮面の女——前川の母親は、なにも応えない。のっぺらぼうのまま、ただ、無言でたたずんでいるだけだ。

「ママ……」

前川の声はか細く震え、泣きべそに近くなった。「ねえ、教えてよ」とつづけた言葉を追い越すように、「ぼくは、どうなの？」と、声はさらにつづく。

「ぼくは、いい子？」

泣きだした。

「ねえ、ぼくは、いい子なの？　いい子でしょ？　ママの言うとおりにしてるよ、ずっと」

しゃくりあげながら、つづけた。

「怒ってるの？　ママ、ぼくのこと怒ってるの？」

悲しい声だった。涙交じりだからというのではない。たとえ笑いながらの言葉だったとしても、その声は、悲しく、寂しく、せつない。

「ぼく、ママの言うとおりにしたよ、ずうっと、がんばったよ。ママに叱られたら怖いから、がんばったよ、誰にも負けなかったよ……」

目の前の光景が、スライドの画像が先に進むように変わった。

颯爽とした（さっそう）スーツ姿の前川が、いた。まだ若い。二十代半ば——バブル景気に日本中が沸き立っていた頃だ。前川はオフィスの会議室で熱弁をふるっていた。スーツの襟（えり）に光る社章は、統合されてあかつき銀行になる前の芙蓉（ふよう）銀行のものだった。

会議室には、年長の男たちが揃っていた。一人だけ飛び抜けて歳が若い前川は、金融再編とグローバル化を見据えた経営戦略をプレゼンしている。

話の内容は、ほとんどわからない。ただ、会議室に居並ぶ、おそらく芙蓉銀行の中枢にいるはずの面々の表情には、前川に対する期待や信頼があふれていた。

「なるほどねえ」

耳元で、ルビィの声がした。振り向くと、いたずらっぽい笑顔で「来ちゃった」と、舌を小さく出した。

「……なんで？」

「だって、これでシンクロできなかったら、ダザイさんに誤解されちゃうでしょ。わたしだってバイブなんて使ったことないんだから」

さらりと言って、「それより」と話とまなざしを元に戻した。

「前川って、やっぱり優秀なエリート銀行員だったんだね。芙蓉銀行も、いま前川が説明したとおりにスキームを組んでたら、統合後も主導権を握れたと思うよ」

「あいつがしゃべってること、わかるのか？」

「だいたいね。バブル崩壊の時期や不良債権の問題の読みも間違ってない。外資のハゲタカ・ファンドまで視野に入れてるなんて、あの頃の評論家よりずっとわかってるんじゃないの？」

「……すごいな」

「前川が？」

「そうじゃなくて……ルビィが」

「あ、言っとくけど、わたし、めちゃくちゃ頭いいから」

自慢するでもなく、ごく当然のことを伝えるように言って、「頭がよすぎたから死んじゃったのかな」と肩をすくめる。笑顔が翳った。それを振り払うように「わたしのことはどうでもいいから」と、また口をつぐむ。

目の前の光景――前川の記憶の中にある光景が変わった。

結婚式だった。ウェディングドレスを着た花嫁とひな壇に並んでスピーチを聞く前川は、とても晴れやかで、誇らしげで……けれど、ときどき、様子をうかがうように式場の後ろのほうに目をやっていた。

母親だ――。

視線の先にいるひとの姿は見えなくても、わかる。そのときの前川の顔には、一瞬、息子の幼さと気弱さが覗いていたから。

場面が、また変わる。

前川は、三十代半ばの年格好だった。激高していた。上司のデスクを叩いて、「どういうことですか！　話が違うじゃないですか！」と激しく抗議している。

上司のほうは、気まずさや後ろめたさがあるのだろうか、うつむきかげんに横を向いて、決して前川と目を合わせようとしない。

「このままだと芙蓉は生き残っていけませんよ！」

前川の言葉に、上司は目をそらしたまま、「体制が変わったんだから……」としか応えなかった。

場面は、さらに変わる。

「いいかげんにしてよ！」

女の金切り声が響く。

前川の妻だ。結婚式のときの幸せそうな笑顔が嘘のように、顔をくしゃくしゃにして泣きじゃくっている。

前川の年格好はさっきと同じ三十代半ばだったが、立場は逆になっていた。さっきはあれほど怒りの感情をむき出しにしていたのに、今度は、上司と同じように気まずそうに目をそらし、なだめることもできない。

「お義母さんがそんなに大事？　だったら、もう、お義母さんと結婚しちゃえばいいじゃない！　いつでも離婚してあげるわよ！」

前川は困り果てた顔で、「おふくろにもちゃんと言っとくから……」と言った。

だが、「じゃあほんとに言ってよ！　わたしの見てる前で、ちゃんと言ってよ！　これ以上ウチのことに干渉しないでくれって、ほんとに言ってよ！　いま電話して言ってよ！」と妻がまくしたてると、前川はうなだれてしまったきり、もう、なにも言えなかった。

＊

なるほどな、と私はうなずいた。

前後の脈絡はなくても、状況の見当はつく。

前川は、芙蓉銀行のメインストリームからはずれてしまった。おそらく、本人のせいではなく、派閥争いの巻き添えをくったのだろう。

母親と妻の間も、うまくいっていない。妻の言葉からすると、母親は結婚後も前川のことを「息子」扱いしたままだったのだろう。

ルビィにも、そのあたりはわかっているのだろうか。

きょとんとしているようなら説明してやろう——と、振り向いた。

ルビィは、妻の罵声を浴びる前川をじっと見つめていた。

悲しそうな横顔だった。

寂しそうな横顔でも、あった。

事情は呑み込めているのだろう。それも、もしかしたら、私よりもずっと深く。

妻から一方的に責め立てられたまま、前川の姿は消えた。

ルビィと私の目の前には、また、黒い仮面の女が立っていた。

仮面はあいかわらずのっぺらぼうのままで、こっちを向いていることだけはわかっても、感情が読み取れない。

前川の声がする。

「ママ……ぼくはがんばったんだ、ずっと、ずっと、がんばってきたんだよ……ねえ、ママ……」

場面が変わる。

ラブホテルの部屋が浮かび上がる。

いまの、ここの、光景だ。

私は——そしてルビイも、前川と同じ視線でサヨコを見つめている。

目隠しをされ、口をふさがれたサヨコは、くぐもった声で叫ぶ。許しを乞うように、何度も首を横に振る。

前川はサヨコの体に馬乗りになって、乳房を両手で揉んでいた。

いや、それは「揉む」というようなしぐさではない。サヨコの胸から乳房をむしり取ろうとするように、荒々しく、爪が肌に食い込むほど強く鷲掴みにしている。

サヨコが苦しそうにうめく。

その声を覆い隠すように、また前川の声が、どこからともなく聞こえてくる。

「ママ……もういい？　もう、終わっちゃっていい？　やめちゃっていい？　ぼく……疲れちゃった……もう、やめたい、ぜんぶ……」

場面が変わる。

黒い仮面の女が、いる。

「ママ、怒ってるの？　ねえ、ほめてよ、やっちゃん、よくがんばったね、って……ほめてよ、ママ……」

前川の母親は、なにも応えない。

＊

場面が変わる。

四十代になった前川が、オフィスで働いている。

すでに芙蓉銀行はない。合併・統合して、あかつき銀行になった。芙蓉銀行は合併後のメガバンクでは主導権を握れなかった。バブル崩壊後の不良債権処理が行き詰まって、ライバルだった第一興和（だいいちこうわ）銀行に吸収される形で、なんとか経営破綻を免（まぬが）れたのだった。

そこまでの経緯は、門外漢の私も知っている。だが、日本経済を支えるプライドを持ってきたエリート銀行マンが、「負け」を思い知らされたときの屈辱感や無力感については――作家として情けない話だが、想像すらできなかった。

　もはや、前川に二十代の頃の颯爽とした面影はなかった。デスクの配置からすると、それなりの肩書きは与えられているようだが、広いオフィスの中、目に見えない大きなうねりや流れのようなものから前川が取り残されているのは、私にもはっきりとわかる。

「エリートって、打たれ弱いってことなのかな……」

　ルビィはぽつりと言った。

　半分は――正解。

　だが、残り半分は、きっとルビィにはリアルに実感することはできないだろう。

　私にはわかる。

　二十代なら、「負け」を挽回（ばんかい）するチャンスはいくらでもある。「負け」を受け容れずに、別の世界に飛び出すことだって、簡単にできる。

　三十代でも、まだ、間に合う。

　逆に、五十代や六十代で背負った「負け」なら、俺の人生はそういうものだったんだろうな、と無理やりにでも納得させることもできるだろう。「負け」の中に、ささやかな「勝ち」や「引き分け」を見出すすべにも長けているはずだ。

　だが、四十代は違う。

「負け」をかなぐり捨ててやり直すには、もう遅い。

けれど、「負け」を背負ったまま生きていくには、その先の日々が長すぎる。

私もそうだ。前川ほどはっきりとした「負け」ではなくても、思い通りにならない人生を生きているんだな、という寂しさが、いつも霧のように目の前にたちこめていた。若い頃に夢見ていたような人生は、送れない。現実の厳しさを思い知らされながら、それでもまだ、もしかしたら……という夢を捨てきれなかった。

中途半端なのだ。その中途半端さにひたっているうちに、じわじわと疲れが胸の奥に溜まっていく。ふだんは気づかない。気づかないからこそ、たちが悪い。ふとしたきっかけで自分の胸の奥を覗いてみたら、もう、どうしようもないほどの疲れが溜まって、澱(よど)んで、貼り付いて、捨て去ることはできない。そして、胸の奥の疲れは、気づいたとたんに全身に広がりはじめる。中年の体と心にかろうじて残っていたはずの「希望」は、オセロゲームの駒のようにパタパタと裏返されて、「絶望」の色に変わってしまう。

私はそんなふうに、死へいざなわれてしまった。

前川もきっと、同じように、ひとの命を奪い、自らの命をも断ち切ろうとしているのだろう。

だが——なぜだ？

自殺だけならわかる。

前川、なぜ、おまえはサヨコの命まで奪わなければいけないんだ？

なにがおまえをそこまでの狂気に駆り立てたんだ――。

おまえが絶望したきっかけは、いったい、なんだったんだ――。

場面が変わる。

仕事を終えた前川は、マンションの部屋に帰り着いたところだった。

真っ暗な部屋の明かりを点けると、ろくに掃除をしていない薄汚れたリビングルームの光景が広がる。

前川は気だるそうにソファーに座り、コンビニエンスストアの弁当の蓋を開けた。

妻はいない。家族は誰もいない。

なのに、前川は律儀に「いただきます」と言って、弁当を食べはじめる。途中でテレビを点けて、バラエティ番組の笑い声を聞きながら、黙々と箸(はし)を動かす。

「離婚、しちゃったんだね……」

ルビィが言った。

私がうなずくと、「でも」と言葉はひるがえる。

「離婚とか、仕事がうまくいってないとか、それは理由じゃないよね。だって、もう、前川って窓際族の仕事も奥さんに逃げられた一人暮らしも、日常にしてるもん」

「ああ……」

「最初はキツくても、何年もつづけてれば、だんだん慣れるでしょ。人間ってそういうものだと思うもん」

「そうだな……」

タフなのかいいかげんなのか、それはわからない。ただ、人間は、希望のない暮らしでも受け容れられる力を持っている。強さなのか、鈍さなのか……いや、その力こそが、「生きる」ということなのだろう。

いまの前川には、それがない。

なぜだ——？

なにが、おまえから最後の最後の力を奪い去っていったんだ——？

一人で弁当を食べる前川の姿が消えた。

入れ替わりに、また、黒い仮面の女が浮かび上がる。

「ママ……ママ……ママは、このままでいいの？　ねえ、ママ、ママはまだ生きていたいの……？」

前川の声が響く。

そのときだった。

ルビィは黒い仮面の女に向かって宙を舞った。

手を伸ばした。

仮面をひきちぎった。

年老いた母親が――いた。

焦点の合わない目で、こっちを見つめていた。

母親は、「どうも、はじめまして」と挨拶をして、笑った。幼い少女のように屈託のない――なさすぎる笑顔だった。

「どちらさまでしょうか？　え？　康宏さんとおっしゃるんですか？　ああそうですか、息子と同じ名前ですねえ……いつも息子がお世話になっております……康宏さんはどちらからいらっしゃったんですか？」

前川は「ママ、ママ……ぼくだよ、ぼく、康宏だよ……」と泣きながら名乗る。

だが、母親は「ああそうですか、康宏さんとおっしゃるんですか、息子と同じ名前ですねえ」と堂々巡りの受け答えをして、焦点の合わない目で虚空を見つめるだけだった。

8

ルビィは身じろぎもせずに前川の母親と向き合っていた。

母親もじっとルビィを見つめる。だが、そのまなざしには深みも温もりもない。黒いガラス玉のような瞳が、ただじっと、ルビィに据えられているだけだった。

表情もない。ぼんやりと、のっぺりと、まるで黒い仮面の下にもう一枚仮面をかぶっていたような、心のありかがさっぱり読み取れない顔だった。

前川の声が聞こえる。

「ママ……ぼくのこと、わかる？　ねえ、ぼくだよ、ぼく、康宏だよ、ねえ……」

悲しげな声だった。

子どもではなく、いまの──四十五歳の中年男の声だった。

「調子はどう？　風邪なんてひいてない？　介護士さんの言うこと、ちゃんと聞いてる？」

今度の声は笑っていた。だが、無理やり笑っているのがわかるから、その声はさっきよりさらに悲しく響いてしまう。

母親の表情は変わらない。

ルビィからちらりと虚空に目を移し、仮面をかぶったような動かない顔のまま、「はい、おかげさまで元気にやっています」と答えるだけだった。

他人行儀に──。

いや、違う、「他人」なのだ。いまの母親の心の中に、息子はいない。あれほど厳しく育ててきて、大きな期待もかけてきた一人息子が、いまはもう、記憶のどこからも消え失せてしまっている。

なるほどな、と私は小さくうなずいた。作家として――というより、年老いた親を持つ一人の中年男としての想像力が、正解を教えてくれる。

母親の見つめる現実の世界には、靄がかかっているのだろう。

長く生きすぎてしまった。体はまだ元気でも、頭のほうが先に年老いて、一歩ずつ死に近づいている。

「どんどん話しかけてあげてください」と、男の声が聞こえた。

前川が「はい……」と力なく応える声も。

「まだ脳の中には活動している部分もありますから、そこを刺激していくしかないんです」

男はつづけた。介護士なのか、医者なのか、男の声にはよけいな感傷はなかった。きっと、前川のような親子をたくさん見ているのだろう。

「ママ……テレビ観てる？　このまえのニュース、観た？　ほら、ぼくの銀行……いまは芙蓉じゃなくて、あかつき銀行になったけど、すごいでしょ、日本一大きな銀行なんだよ。世界でもトップクラスなんだよ。ぼく、そこで働いてるんだよ。すごいんだ、また大きなプロジェクトを任されて、大変だけど、がんばってるんだ……ママ、褒めてよ、ぼく、すごくがんばってるんだよ……」

オフィスの片隅にぽつねんと座る前川の姿を思いだす。忙しく働く同僚を所在なげに見つめながら、前川、おまえはなにを思っていたんだ？

「ああ、そうだ、ママ……トモミのことだけど、いまはあいつも、ものすごく反省してる。やっぱりお義母さんの言うとおりだった、わたしが間違ってた、お義母さんに謝りたい、土下座したい、って言ってる。そうだよね、ママが言うことはいつも正しいんだもんね、あいつにもやっとわかったんだ。今日もあいつ、一緒にお見舞いに行ってママに謝りたいって言ってたんだけど……ぼくが断ったんだ、まだおまえは反省が足りないからママに会う資格はない、って。いいよね、ママ、それでいいよね？でもさ、だいじょうぶだよ、とにかく、もうトモミも反省したし、ぼくも許してやったし、東京で仲良くやってるから、ママ、安心してよ、もう平気だよ……」

一人きりの部屋で、コンビニの弁当を黙々と食べる前川の姿が浮かぶ。

「あ、そうだ、うん、ハルヒコも私立に受かったから。それはこのまえ話したっけ？麻布（あざぶ）だよ、御三家だよ、あいつは理数系が得意だから、麻布に入ってからもいい成績なんだ。東大だよ、そう、もう、東大以外は考えられないよね。親子二代で東大生だ。ぼくは文系だけど、あいつは理系で、医学部なんていいんじゃないかなって、よく話してるんだ。すごいでしょ？　ハルヒコも、おばあちゃんに褒めてもらうんだって言ってがんばってるんだ。今日も連れて来ようかと思ったんだけど、あいつ、図書館で勉強したいって言って……いいよね、ママ、勉強のほうが大事だもんね、それにママ、元気だもん、お見舞いなんて要らないよね……」

家族の去った暮らしは、もう何年もつづいているような様子だった。

離婚の話は、ほんとうは母親も知っているのだろうか。

息子が麻布に通っているのは、ほんとうの話なのだろうか。

いや——それらが事実なのか偽りなのかは、どうでもいい。

そんなことを切々と母親に語りかける前川が——そんなことしか話せない前川が、むしょうに悲しくてしかたない。

無表情のままの母親は、虚空に向かって、ふと気づいたように声をかけた。

「すみません、いろいろ話しかけていただいてるんですが……前にお会いしたこと、ありましたか？」

ガラス玉の瞳には、なにも映っていない。未来も、現在も、そして、過去も。

やっと、わかった。

前川が「生」への執着を捨ててしまった理由が。

母親の代わりに子守歌を歌ってくれていたサヨコを殺そうとした理由が。

「ママ……ねえ、ママ……教えてよ、ぼくはいい子？　ママ、ぼくのことを褒めてくれる？　それとも、怒ってるの？　ねえ、ママ……」

虚空に響く前川の声は、涙交じりになっていた。

「ママ……ぼくは……」

言葉は、そこで止まった。

胸や喉を震わせて深呼吸する気配が伝わった。

「ママ……」

声が、変わる。もう、すがりつく子どもの声ではなかった。愛しいひとを呼ぶ声でもない。

「ママ……俺は……」

自分の呼び方も、変わった。

「俺は……あんたに……あんたの言うとおりにやってきたのに……あんたは、俺を……俺の、人生を……あんたのせいで、俺は……俺の、人生は……」

うめくような低い声が、じりじりと迫ってくる。

はあ、はあ、という苦しそうな息づかいも聞こえる。

「ダザイさん！」

ルビィが振り向いて叫んだ。

「前川を止めて！」

その瞬間、私はラブホテルの部屋に戻っていた。

＊

モーターの音が響く。サヨコの性器から抜け落ちたバイブレーターが、シーツの上で身をくねらせる。亀頭の先についた血が、シーツを汚す。なまなましく、禍々しい、鮮やかな赤い色の血だった。

前川はサヨコの腹の上にのしかかって、乳房を乱暴に揉んでいた。愛撫ではない。乳房をむしり取ろうとするようにわしづかみにして、指先をやわらかい肉にめり込ませている。

タオルで目隠しをされ、ショーツで口をふさがれたサヨコは、苦しそうにもがいている。やめてぇ、お願い、やめてぇ……と頬や唇が動いても、声にはならない。

前川は、乳房から手を離し、肩で大きく息をついた。

そして。

その両手は、ゆっくりとサヨコの首に向かう。

やめろ——！

叫んでも、聞こえない。

やめるんだ——！

肩をつかんで後ろに引き戻そうとしても、透き通った私の手は前川の体をすり抜けてしまう。

なにもつかめない。だから、物をぶつけることもできない。

宙に浮かぶ私はどこまでも無力な存在で……いや、「存在」ですらないのだ。

前川はサヨコの顎と首輪の間に手を入れた。左右の親指で喉仏の両脇を押しつぶしながら、手のひら全体で首を絞めていく。

サヨコは激しく咳き込んだ。だが、口がふさがれているので咳を外に出すこともできず、喉の奥をグルグルと低く鳴らすだけだった。

前川は少しずつ指先に力を込めていく。上体はしだいに前のめりになって、両腕に体重がかかる。

サヨコの太った体がベッドの上で波打った。内股が痙攣するように大きく震える。渾身の力で前川から逃れようとしても、体をはねのけることはできない。

やめろ――！

前川、やめるんだ――！

聞こえないのは承知で、それでも耳元で怒鳴った。怒鳴らずにはいられなかった。

前川は、ぼそぼそとつぶやいていた。

「……ママ……さよなら……ママ、さよなら……ママ、さよなら……」

泣いていた。

感情が高ぶったすえの涙ではない。子どもが途方に暮れて、どうしていいかわからなくなったとき、自然と流してしまうような涙が、ぽろぽろと頰を伝い、サヨコの胸に落ちていく。

私も泣いた。

なぜだろう。自分でもわからない。母親への愛憎の果てに、なんの関係もない女を殺そうとする前川の気持ちなど、理解できるはずもないし、理解したいとも思わない。

だが、私は決して前川を責めてはいない。怒っていないし、憎んでもいない。

ただ、悲しい。

前川の背負った悲しみが――「理解」とは違う意味で、わかる。

そして、その悲しみは、きっと俺の胸のずっと奥深くにもひそんでいるんだろうな、とも思う。

前川はさらに指先に力を込めた。

紅潮していたサヨコの頰に、しだいに紫がかった翳(かげ)りが広がってきた。

やめろ、前川――。

私は静かに言う。

もうやめろ、前川――。

常軌を逸した殺人者をいさめるのではなく、せつない決断をしてしまった古い友人に声をかけるつもりで、私はつづける。

前川――。

俺はおまえではない。

でも、おまえと同じだ。

俺たちは――もう人生の半ばまで生きてきて、思い通りにならない現実はたくさんあって、でも、誰かに褒めてもらいたくて、自分の人生を褒めてくれるひとが誰もいなくなったら、俺たちは皆、生きていく支えを失ってしまって……。

前川の背中に、まなざしが吸い込まれる。私はまた、前川の心の中に入っていく。

*

ルビィは、前川の母親とまだ向き合ったままだった。

だが、さっきとは違う。

ルビィは一心に、私を振り向きもせず、母親に語りかけている。

「笑って」

母親の表情は変わらない。焦点の合わない目は、やはり、なにも見つめてはいない。

「お願い、笑ってあげて」

ルビィの声は、すがっているようにも聞こえたし、もっと強い、凛(りん)とした命令のようにも響く。

「いまの現実がわからなくなっても、過去の思い出が消え失せても、笑わなきゃいけないんだよ、お母さんは」

ルビィは一歩ずつ、母親に近づいていく。

「わかる？　お母さんは、どんなときでも、子どもに笑ってあげなきゃいけないんだよ」

手を伸ばせば届く距離まで来た。

だが、母親のまなざしは、遠近感をなくしてしまったみたいに、ぼんやりとしたままだった。

「あなたは、たぶん、サイテーの母親。わたしが生きてたら、あなたのこと、大嫌いだと思うし、ビンタしちゃうかもしれない。でも、そんなことしたら、前川が怒る。絶対に怒る、あのひと。それ、信じてる。あなたのことが、大、大、大好きなんだよ、あのひと。わかる？　あなたは息子のことをどう思ってたか知らないけど、息子は好きなの、あなたのことが。あなたにおびえて、あなたのことを憎んでるかもしれないけど……でも、子どもはお母さんのことがずうっと好きなの。どんな子どもでも、どんなお母さんでも……」

ルビィの細い背中は、小刻みに震えていた。

泣いている——？

その前に、いまの言葉は、まるでルビィ自身に語りかけているような——いや、もっと言えば、自分の母親に訴えているような口調だった。

「お願い」

涙声になっていた。

「お願い……笑ってあげて。やっちゃん、よくがんばったね、お母さん褒めてあげるからね、って……言ってあげて」

母親は、ゆっくりとルビィに目をやった。いまようやくルビィに気づいたという様子だったが、まなざしが変わった。確かな厚みと温もりを取り戻した。

ルビィは母親の手をそっと取って、両手で包み込んだ。「存在」すらなくした現実の世界とは違って、記憶の中に入ってしまえば、その世界に棲むひとたちと同じ「存在」になれるのだろう、きっと。

「やっちゃんね、いま、困ってるんだよ。お母さんの顔がわからなくなってる。いま怒ってるのか喜んでるのかわからないから、不安で、怖くて、悲しくて……それでいいの？　自分の子どもが途方に暮れてるのに、お母さん、ほっとけるの？」

母親は小さく、けれど、はっきりと、首を横に振った。

「いまのやっちゃんは、お母さんが期待してたような人生を送ってないよ、残念だけどね。でも、叱らないであげて。一所懸命がんばったんだから、お母さんは、叱らないであげて。よくがんばったね、でもまだ人生は終わってないからね、まだまだ先は長いんだからね、って……笑ってあげて、お願い……」

母親はルビィから目をそらした。

うつむきかげんに虚空を見つめた——ちょうど、幼い子どもを見つめる角度だった。

頬がゆるむ。

唇が、かすかに動く。

「やっちゃん、ぷーぷー、やっちゃん、ぴーぴー、やっちゃん、ぷーぷー、やっちゃん、ぴーぴー……」

サヨコが歌っていた子守歌を、母親も口ずさんだ。

微笑んでいた。

愛おしそうに虚空を見つめ、子守歌に合わせてうなずきながら、にっこりと笑っていた。

*

その歌声は——前川にも届いた。

我に返ったように、表情がはっと変わる。

サヨコの首を絞めていた指先から力が抜ける。

涙はあい変わらず頬を伝い落ちていたが、その涙は、もう、さっきと同じものではなかった。

熱い涙が、ぽたり、とサヨコの乳房に落ちた。

第二章

1

ハチ公前のスクランブル交差点は、陽が落ちてからも、ひとの流れが途絶えることはなかった。

ルビィと私は、ビルの屋上の縁に座って、交差点を見下ろしていた。気づくひとは誰もいない。私たちはずっと、透明な姿のままだった。

スクランブル交差点は歩行者用の信号が青になって、歩道にせき止められていた人波が動きだした。

ついさっき、円山町から駅へ向かうひとの流れの中に、前川もいた。

憑きものが落ちたようなすっきりとした顔で、交差点を渡っていた。

不思議なものだ。最初に見かけたときと服装はなにも変わっていないのに、夕暮れの渋谷を歩く前川の姿からは、昼間のようなエリート然とした様子はすっかり消え失せていた。

くたびれた中年男が、向こうから傍若無人の態で歩いて来る若者たちに気おされて何度も道を譲りながら、駅へ向かう。肩を落とし、とぼとぼとした足取りで、帰りを待つ家族の誰もいないわが家へと向かう。

なのに——その顔は、深い微笑みを浮かべていた。眼鏡の奥のまなざしは、目に映るものすべてを慈しむようなやわらかさと温もりをたたえていた。

*

前川は、サヨコを殺さなかった。

自殺もしなかった。

サヨコの首を絞めていた手を離し、泣きながらサヨコに抱きついて、ひたすら詫びた。

サヨコは逃げ出したり警察を呼んだりはしなかった。前川が渡したありったけの金で満足したせいなのか、自分の商売が表沙汰になるのを恐れたせいなのか、それとも、前川の涙になにかを感じたのか……。

答えはわからないままだった。

作家としての想像力は、できれば三番目の答えを選びたかったが、なんとなく、ここで三番を選んでしまうところが、俺が作家として伸びなかった理由かもしれないな、という気もしないではなかった。

正直に打ち明ければ、私は、前川とサヨコが一緒に暮らしはじめるんじゃないかという物語の結末も考えていて、そんな胸の内を読み取ったルビィから、「ダザイさーん、それじゃ売れませんよーっ」とからかわれてしまったのだ。

いずれにしても、サヨコは殺人事件の被害者にならずにすんだ。

前川も、自殺してしまった殺人事件の犯人という哀れな結末を迎えずにすんだ。

ルビィは、二人の命を救った。一週間で七人——のノルマは、残り五人になった、というわけだ。

＊

前川のおだやかな笑顔を思いだすと、こっちまで、自然と頬がゆるんでしまう。

現実の世界では一人息子の顔さえ忘れてしまった母親に、胸の奥で再会して、思いどおりにならなかった人生を、褒めてもらった。

よかったな、と言ってやりたい。

そうだよ、母ちゃんに褒められるのって、ほんとにうれしいんだよな、と——かつて男の子だった一人として、肩を叩いてやりたかった。

「でも、それだけで立ち直れるってのも、すごいよねえ。オトコって、やっぱり単純っていうか、ガキなんじゃない？」

ルビィはあきれたように言って、「ダザイさんも同じ？」と訊いてきた。「お母さんに褒めてもらったらダザイさんも元気になって、死んだりしなかった？」

「……俺は、たぶん、違うと思う」

「じゃあ、前川の気持ち、やっぱりわからないんじゃない？」

「穴が空いてるんだ」

「穴って？」

「寂しさが、心に穴を空けるんだ。その穴を埋めてくれるものが欲しいんだよ、みんな」

穴の形は、ひとそれぞれだ。一夜の酒で埋まる穴もあれば、趣味に打ち込むことでひととき忘れられる穴もある。もちろん、もっと深く穴が穿たれてしまえば、その程度で埋めることはできない。

妻以外の女を抱くことでしか埋まらない穴もあるだろう。妻や子どもに暴力をふるって埋めるしかない穴もあるはずだ。

前川の心にぽっかりと空いた穴は、母親を求めていた。「やっちゃん、よくがんばったね」という一言を求めていた。年老いた母親がうつろな表情を浮かべるようになってから、その穴は深くなる一方だったのかもしれない。

「前川の心に空いた穴は、母親で埋めることができたんだ」

「じゃあ、ダザイさんの穴は、なんで埋められるの？」

「……わからない」

「それが見つかったら、死なずにすんだ？」

「……どうなんだろうな」

心に穴が空いていた。その穴に自ら吸い込まれていくように、死を選んでしまった。

穴を埋めるものがあれば――私は死なずにすんだのかもしれない。

だが、埋めるものを探す以前に、穴そのものの形がわからない。深さもわからない。ルビィも、自分の胸を軽く撫でて、首をかしげながら「わたしの穴かあ……なんだったんだろうね、それ」と言った。

たぶん、前川も、ルビィや私に出会わなければ、自分の心を穿った穴の正体に気づくことなく、母親によく似たサヨコの命を奪い、自ら命を断っていたのだろう。

「一度救った命は、もうずっとだいじょうぶなのか？」

「ダザイさん理論によれば、心に新しい穴が空くまでは平気なんじゃない？」

ルビィは冗談めかした口調で言って、「虫歯の治療みたいだね、なんか」と笑った。

「幸せになれるかな、あいつ」

「さあ……」

そっけなく答えたルビィは、私を振り向いて、「だいいち、『幸せ』って、なに？」と訊き返した。

答えられなかった。苦笑いでごまかして、でも、苦笑いでしか表現できないものはあるんだよな、とも思う。

＊

スクランブル交差点の歩行者用信号は、いつのまにか赤に変わっていた。車道は渋滞していて、ヘッドライトを点けた車が、のろのろと行き交う。

「ねえ、ダザイさん」

「うん？」

「渋谷って、好き？」

「好き嫌いを感じるほど詳しくないけど……まあ、ろくでもない街だよなって感じだったかな」

ルビィは「わかりやすいオヤジだね」と笑って、「わたしは、大嫌いだった」と言った。

なんで——と訊こうとしたら、ルビィはビルの屋上の縁に腰かけたまま、はずみをつけるように脚と上体を振った。

ふわっ、と宙に舞う。

私もあわててあとを追う。

だが、ルビィほど空を飛ぶことに慣れていないせいで、私の体はそのまま地面に向かって落ちそうになり、水の中で平泳ぎをするように両手を動かすと、ようやく体が浮かんでくれた。

ルビィはスクランブル交差点の真ん中に向かっていた。

「どれがいい？」

私を振り向いて、渋滞の車の列を指差した。

「どれ……って？」

「車に乗っちゃおうよ。渋谷って、あんまりいたくないんだよね。どこか別のところに行って探そうよ、死にそうなひと」

「そんなこともできるのか？」

「わたしたちには、なんでもできるんだよ。でも、もう生きてないっていうだけ」

ルビィはさらりと言って、「どの車にも乗れるよ」とつづけた。「ダザイさんに任せるから、選んじゃってくれる？」

「って言われても……」

「たとえば、家に帰ってみるとか」

一瞬——心が動いた。

私がルビィに連れられて戻ってきた「いま」は、いつの「いま」なのかわからない。亡きがらが仕事場から自宅に戻ってきた「いま」なのかもしれないし、まだ首吊り死体のまま誰にも発見されていない「いま」かもしれないし、すでに荼毘に付されて肉体を喪ってしまった「いま」なのかもしれない。

あたりを見回した。

この付近に、ビルの電光ニュースはなかっただろうか。捨てられた新聞でもいい、雑誌の最新号でもいい、とにかく「いま」がいつの「いま」なのかを知る手がかりは、どこかにないだろうか。

その視線をふさぐように前に回り込んだルビィは、「ダザイさんの家って、どこ?」と訊いてきた。

「武蔵野ニュータウン……知ってるかな」

一九八〇年代から分譲が始まり、いまでは人口十万人を超えた、東京と神奈川の県境に近い街だ。

ルビィは、目を大きく見開いた。

「マジ?」

「嘘ついてもしょうがないだろ」

「だって、そこ、わたしのご近所っていうか、まんま、武蔵野ニュータウンだもん」

今度はこっちが目を見開いた。

「……嘘だろ」

「嘘ついてもしょうがないでしょ」

だな、と苦笑した。

同じニュータウンで暮らしていた私たちが、同じように自殺をして、いま、巡り会った。もしかしたら、生きていた頃も、じつは何度かすれ違っていたのかもしれない。

ルビィの大きな瞳は、やがてまぶたで隠された。宙に浮かんだままうつむいて、あいかわらず歩くより遅いスピードで行き交う車の屋根を見つめながら、「じゃあ、だめだ……」とつぶやいた。「わたしは、武蔵野ニュータウンには帰りたくないから、別の街に行くしかないね」

「帰りたくないのか？」

「……うん」

「お父さんやお母さんが元気でいるかどうか、知りたくないのか？」

ルビィは顔をそむけて、「あの車にしよう」と一方的に決め、返事を待たずに宙を滑り降りていった。

空車のタクシーだった。

中年のドライバーが、渋滞にいらだつように首の後ろを揉みながら大きなあくびをしていた。

＊

タクシーは、渋谷の駅前を抜けると、国道246号線に入って、青山(あおやま)方面に向かった。

もちろん、ドライバーは後部座席にいる私たちの存在に気づいてはいない。だから、この車はあくまでも無人で——ドライバーは路上にたたずむ客を求めて左端の車線を走りながら、鼻歌を口ずさんでいた。

思いつくままなのだろう、ワンフレーズずつ、何曲も、途切れることなく歌はつづく。

懐かしい歌ばかりだ。

一九七〇年代の半ばから八〇年代前半にかけて流行った、ニューミュージックと呼ばれた曲が、脈絡なく、次々に、ドライバーの口からこぼれ落ちる。

ドライバーの名前は、すぐにわかった。私が座った目の前——助手席のヘッドボードの後ろに、写真入りの自己紹介のボードが掲げられていた。

〈島野俊夫運転手（45歳）／趣味カラオケ／安全運転に努めますのでよろしくお願いいたします〉

ルビィは運転席の真後ろに座っているので、自己紹介のボードは見えない。教えてやろうかと振り向いたら、ちょうどルビィもこっちを見たところだった。こわばった表情をしていた。

「……どうした？」

「ビンゴ」

「はあ？」

「島野さん、だよね、このひと」

「……なんでわかるんだ？」

きょとんとして訊いた私は、次の瞬間、ハッと息を吞んだ。名前がわかる。年齢がわかる。自然とわかってしまうのだ——そのひとが、ルビィの探している相手の条件を満たしていれば。

「このひと……今夜、死ぬよ」

ルビィはこわばった顔のまま言って、「無駄がなくていいね」と無理やり頰をゆるめた。

このままだと、ドライバー――島野は、死ぬ。どんなふうに命を落とすのかはわからない。ただ、死んでしまうことだけは確かなのだ。

車は表参道を越えて、赤坂見附へと向かう。客はまだ見つからない。今夜タクシーに乗せた客が原因で、死に至ってしまうのか。それとも、客は関係なく、一人で死んでしまうのか。

なにもわからないまま、車は赤坂見附を四谷方面へ左折した。

島野はサザンオールスターズの『いとしのエリー』を最初のワンフレーズだけ歌って、また、大きなあくびをした。

2

タクシーは、青山霊園を突っ切る道路に入って、停まった。島野は大きなあくびをして、サイドブレーキを引き、運転席のシートをいっぱいに倒す。

ルビィは透き通った体を助手席に移した。

島野はタクシー会社の制服の上着を脱ぎ、毛布のように体に掛けた。あみだにかぶっていた制帽を脱ぐと、頭のてっぺんが薄くなっているのがわかる。

「サボってるの？」

振り向いて訊くルビィに、「仮眠だよ」と教えてやった。「この通りは、タクシーの仮眠の名所なんだ」

「名所、ねえ……」

「夏の午後なんて、霊園の石垣が見えないぐらい、ずらーっとタクシーが並んでるんだ」

ルビィは車の前後に目をやって、なるほど、とうなずいた。

メーターを「回送」にして休憩中の車が、何台もある。いまは午後七時――客が増える九時以降に備えて仮眠や食事をとっておこう、ということなのだろう。

島野は胸の上で手を組んで、目を閉じた。ほどなく、小さないびきが聞こえてきた。

「寝付きいいね、このひと」

ルビィは島野の寝顔を上から覗き込んで、あきれたように言った。

「疲れてるんだよ」

タクシードライバーの過酷な勤務状況は、門外漢の私にだって、簡単に見当はつく。

「さっきから、すごく眠たそうだったもんね。何度も何度もあくびしちゃって」

「ああ……」

「でも、ここで仮眠したら、居眠り運転ってことはないよね」

今夜中に、島野は死ぬ。

死に方はわからない。

いちばん可能性があった、居眠り運転による事故死――の線は、これで消えるのかもしれない。

「ねえ、ダザイさん、外に出ない？」

「いいのか？」

「だって、もう、ぐーっすり寝てるもん。しばらくは平気でしょ」

ルビィはそう言って、返事を待たずにドアをすり抜けて外に出た。

私もしかたなくあとにつづく。

外に出る前、シートの背に掲げられた自己紹介のボードをもう一度、見つめた。

写真の中の島野は笑顔を浮かべてはいたが、狭い車内でつかの間の眠りをむさぼるいまの顔と、それほど違ってはいない。ボードもまだ新しい。タクシーの仕事を始めて日が浅いのだろう、きっと。

私と同い年――四十五歳の島野は、どんな経緯でドライバーになったのだろう。若い頃に流行（はや）ったニューミュージックを口ずさみながら、彼は、なにを思いながら東京中を車で走っていたのだろうか……。

＊

夜の霊園はひと気もなく、ぽつんぽつんと置かれた常夜灯の明かりは、光が当たる場所よりもむしろ届かない場所の影を暗くきわだたせていた。

何百……いや、何千の単位だろうか、建ち並ぶ墓石の下には、もっと多くのひとが眠っている。その中には、ルビィや私のように、自ら命を絶ったひともいるはずだ。彼らも皆、いまの私たちのように、見知らぬ誰かの命を救ってから成仏したのだろうか。私も、自分では気づかないうちに、自殺した誰かに命に救われていた可能性はある。だとすれば、せっかく救ってもらった命を、自ら捨ててしまう――バチ当たりな話だよな、とあらためて思う。

ルビィは「失礼しまーす」と言って、墓石の上にちょこんと座った。

私は同じ墓の、区画を分けるコンクリートの小さな柱に腰かけた。

「太宰治のお墓もここにあるの？」

「いや……たしか、三鷹のほうじゃなかったかな。禅林寺とか、そんな名前だったと思うけど」

「詳しいね、やっぱりファンだったの？」

「そういうわけでもないんだけど、まあ、嫌いじゃなかったよな」

「じゃあ、ダザイさんのいちばん好きだった作家って、誰？」

「……わからない」

強がりやごまかしではなかった。新刊が出るたびに買う作家は、何人もいる。何度も読み返したお気に入りの作品もたくさんある。だが、彼らやその作品を「好き」かどうかと訊かれると、素直にうなずくことができない。

「ライバル意識みたいな感じが出てきちゃうわけ？」

また、あっさりと胸の内を覗き込まれた。

「それもないわけじゃないんだけど……なんて言えばいいんだろうな、歳のせいなのかな……」

小説だけではない。いろいろなことに対して、子どもの頃のように無邪気な「好き」を感じられなくなっていた。「べつに悪くない」「嫌いっていうわけじゃない」と受け容れるものの幅は広がっていても、そのぶん、「好き」が浅くなってしまったような気がするのだ。

「それ、なんとなくわかる。わたしも、ダザイさんとちょっと似てるかもしれない」

「でも、女子高生とかって、いちばん好き嫌いがはっきりしてるんじゃないのか？嫌いなものに対しては、もう、思いっきり嫌うだろ」

「たとえばオジサンとかね」

　フフッと笑ったルビィは、その笑顔のまま、「でもね」とつづけた。

「だからといって、『好き』が濃いわけでもないんだよね……」

「嫌い」は、はっきりしている。けれど、「好き」は中途半端で、あやふやで、自分でもそれがどこまで好きなのか——いや、そもそも、好きなのかどうかも、わからなくなってしまう。

　ルビィはそんなふうに説明して、「自分のこともそうなのかなあ」とつぶやくように言った。

「自分のことが好きかどうかもわからない、ってことか？」

「うん……自己嫌悪になるとか、そんなのじゃないんだけど、じゃあ自分で自分が好きなのかっていうと、よくわかんなくて……」

「俺もそうだよ」

　無理に話を合わせたのではなく、自然と言葉が出た。

　そして、夜空をぼんやりと見上げながら、思う。

　将来に絶望して死を選んだわけではなかった。自己嫌悪にさいなまれたすえの自殺でもない。もしも死の動機を数字で示すなら、自分でもびっくりするほど小さな数字しか出てこないだろう。

だが——死んだのだ、私は。

まわりを納得させるだけの悲しみも絶望もなく、まるでなにかの手違いのように、ふらふらと、生と死の境界線を越えてしまったのだ。

どう言えばいいのだろう。車にたとえれば、死へ向かうエンジンがかかっていたわけではない。ただ、サイドブレーキがゆるんで、自然と車が坂道を転げ落ちてしまったような、そんな感じだった。

「いまのたとえ、悪くないね」

ルビィが言った。

「……ひとの心、勝手に読むなよ」

私は夜空を見上げたまま苦笑した。

「でも、わかるよ、マジ。わたしも同じだと思う。サイドブレーキがゆるんじゃって、じわじわ、じわじわ、何日も何ヵ月もかけて、ゆーっくり動いてたんだろうね。で、その動きがあまりにもゆっくりすぎるから、気づいてなかったの」

そうだよな、と私は黙ってうなずき、ルビィのほうがたとえ話が上手いじゃないか、とまた苦笑する。

ひとを生の世界につなぎ止めているサイドブレーキとは、いったいなんだろう。

自分に対してでもいいし、家族や、友人や、仕事や、趣味や、その他いろいろ……

要するに、自分が生きているこの世界を「好き」と思えるかどうか。意外と、そんなものがサイドブレーキになっていたのかもしれない。

「わたしも、そう思う」

ルビィはぽつりと言った。

私はなにも応えない。

夜空はきれいに晴れわたっていて、星がたくさん見えた。

星を見ることなんて、何年もなかったな――。

ふと、気づいた。

＊

島野はきっかり三十分で仮眠から覚めて、上着を羽織って車から降りた。肩や首をぐるぐる回し、あくび交じりの深呼吸をして、「あーあ……」とくたびれた声を漏らした。

膝の屈伸をして、ラジオ体操のような動きで脇腹を左右交互に伸ばし、こめかみや目頭を指で押す。

疲れが溜まっているのは、そんなしぐさの一つひとつからも感じられる。三十分の仮眠で抜けてくれるような疲労ではないのだろう。

体操を終えた島野は、トランクを開けて、車の後ろに回った。

LPガスのボンベでほとんど埋まったトランクから取り出したのは、小さなステンレスの水筒だった。

蓋を兼ねたコップに水筒の中身を少しだけ注ぎ、クッと飲み干した。味わうというような飲み方ではない。喉を潤すほどの量でもない。

薬なのだろうか、と最初は思っていた。だが、水筒に蓋をしながら吐き出す息のにおいで、わかった。

酒だ。

ウイスキーを、ストレートで一口飲んだのだ。

車の屋根の上に座ったルビィも気づいたのだろう、私を振り向いて、「これって、いいの？」と言った。

私は島野と向き合う位置にたたずんだまま、「いいわけないだろ」と答えた。

島野は水筒をまたトランクにしまって、運転席に乗り込んだ。ダッシュボードの小物入れから出した口臭予防のミントスプレーでウイスキーのにおいを消し、制帽をきちんとかぶり直す。

表情やまなざしは、さっきとは別人のようにしっかりしていた。

酔いに至らない程度のアルコールは、かえって疲労を取り去り、意識を鮮明にさせる――という話を、いつか聞いたことがある。

島野も、全身に溜まった疲労をつかの間だけでも消し去るためにウイスキーを呷(あお)ったのだろう。

だが――考えるまでもなく、これは、タクシードライバーとして、決してあってはならないことなのだ。

運転席の後ろに座ったルビィは、失望のため息とともに、「なーんだ」と言った。

「つまんない死に方するんだ、このひと」

飲酒運転になるのか、これくらいの量なら酒気帯び運転にとどまるのか、いずれにしても、酒を飲んで車を運転したせいで、事故を起こして、死ぬ――筋書きがくっきりと見えて、くっきりとしているぶん、なんの悲しさややるせなさも感じさせない。

「さて……どーしましょーか」

ルビィは気のない声で言った。つまらない死に方だろうがなんだろうが、とにかくルビィは島野を死から救わなければならない。

「車を故障させられないのか？」

「できるよ、一瞬だね、そんなの」

「じゃあ……」

簡単にノルマを達成できる。

ところが、ルビィは「ダザイさんはそれでいいの？」と逆に私に訊いてきた。

「どういう意味だ？」

「だって、ここであっさり命を救っちゃっても、このオヤジ、なーんにも変わんないよ。今夜事故を起こさずにすんでも、明日またウイスキー飲んで運転するよ、あさってても変わらないよ。で、たまたま事故を起こさずに死なずにすんでも……それでほんとにいいのかなあ、っていう気はしない？」

「まあ、な……」

「結果オーライでおしまいにしちゃうのって、なんだかなあ……って思うんだよね……」

おせっかいなんだけど、と付け加えたルビィの顔が、がくん、と揺れた。島野が車を発進させたのだ。

霊園の中の通りをまっすぐに抜けて、車は千駄ヶ谷方面へ進む。新宿で客を拾うつもりなのだろうか。運転に危うさはない。さっきは何度も繰り返していたあくびも、いまは止まっている。

「どうしようかなあ……」

ルビィはまだ決めかねている。事故を未然に防ぐのなら、とにかく車を故障させてしまえばいい。いつ事故を起こすかわからないのだから、少しでも早く――できれば、いますぐにでも、車を停めるべきだ。

だが、ルビィのためらいは、私にもわかる。意外とおせっかいで、親切な奴なんだな、と言ってやりたい気もする。からかわれたと思って怒りだすだろうか。褒めているつもりなのだが。

「とりあえず、様子を見るか？」

私の言葉に、ルビィもうなずいて、「シンクロできそう？」と訊いた。

「俺がまた入るのか？」

「だって……ほんと、オジサンとシンクロできるところなんてないんだもん」

そう言われて、ふと思いだした。

ルビィは、なぜ昼間、前川の心の中に入れたんだ――？

もしかしたら、と見当のつくことはある。

「なあ……もし、島野がお母さんのことを考えてたら、ルビィもシンクロできるんじゃないのか？」

それはつまり、ルビィ自身、母親との間に、なにか大きな思いを抱えている、ということになる。

だが、ルビィは私の問いには答えず、「あ、どう？　シンクロできるんじゃない？」と言った。

島野は歌を口ずさみはじめた。

さっきと同じ、若い頃に流行ったニューミュージック――オフコースの『さよなら』のサビの部分だった。さよなら、を繰り返す。

オリジナルの『さよなら』では、三度リフレインされる「さよなら」を、何度も何度も――ルビィの世代には絶対にピンと来ない比喩(ひゆ)をつかうなら、傷の付いたレコードのように、繰り返していた。

同じだ。

島野の横顔を斜め後ろからじっと見つめた。

俺たちは、同じだ――。

まなざしがすうっと島野に引き込まれ、瞬くと、まばゆいオレンジ色の光が目を灼(や)いた。

＊

オレンジ色の光の中、『さよなら』のメロディーが先に進んだ。

「もうすぐ外は白い冬」――歌っているのは、小田和正(おだかずまさ)ではない。島野の声だ。タクシーの中で歌っていたときよりも細く、高く、若い声だった。

オレンジ色の光はあいかわらずまぶしかったが、目が慣れると、風景がしだいにはっきりとしてきた。

島野がいた。いまとは違う。髪が長い。体も細い。着ているのは詰め襟の学生服――高校時代なのだろう。

教室だ。誰もいない教室で、机に腰かけて、島野はフォークギターの弾き語りで、『さよなら』を歌っている。

オレンジ色の光の正体がわかった。それは、放課後の教室に射し込む夕陽だった。

歌が終わる。

拍手が聞こえた。

セーラー服を着た女子生徒が、少し離れた席に座って、一人きりで島野の歌を聴いていたのだ。

3

夕陽の射し込む放課後の教室で、高校時代の島野はギターを弾き、歌いつづける。

吉田拓郎、サザンオールスターズ、かぐや姫、ふきのとう、松山千春、長渕剛、ＲＣサクセション、永井龍雲、風、井上陽水、ＮＳＰ……。

最初の数フレーズやサビの部分だけをさらりと口ずさんだら、すぐに次の曲に移る。思いつくまま歌っているのだろう。

「巧(うま)いの？」

ルビィに訊かれた私は、ためらうことなくうなずいて、「かなり」と言った。

「へえーっ、そういうの、わかるんだ、ダザイさんにも」

「俺も高校や大学の頃は、そこそこギター弾いてたからな」

島野が歌う曲は、ほとんど、あの頃の私も安物のフォークギターで弾き語りしていた。

だからこそ——かなり巧いよな、とあらためて思う。声もいいし、ギターもなかなかのものだ。ソングブックに記されたままを押さえているのではなく、きちんとレコードからコピーしたのだろう、複雑なコードも正確に再現して、指のポジションにも忠実だった。

「ルビィもシンクロできたのか」

「うん、これはわりと簡単だった」

「なんで？」

「サザンとか、わたしもCD持ってたし、ウチのお父さん、吉田拓郎が大好きなんだよね。子どもの頃、カーステレオとかでずーっと聴いてたから」

「お父さんって、いくつだ？」

「わたしが死んだときに四十三だったかな……四だったかな。だからもう、いまは四十代後半だけど」

いかにも取って付けたように「ま、どうでもいいけど」と笑う。「関係ない、関係ない、うん、どーでもいいです」

四十代で、娘を自殺で亡くしたのか――。

いままで考えていなかったルビィの父親のことが、急に胸に迫ってきた。

娘の死を知ったときの思い。

娘のなきがらと対面したときの思い。

娘を荼毘(だび)に付したときの思い。

そして、娘の短すぎた人生を振り返るときの、いまの、思い……。

「やめてよ」

ルビィはぴしゃりと言った。「勝手にいろんなこと考えないで。ダザイさんは関係ないんだから」とつづける声には、いつもの煙(けむ)に巻くようなそっけなさはなかった。むしろ、自分自身の感情の高ぶりを必死に抑えているのか、かすかに震えているようにも聞こえる。

だから、私ももうなにも言わない。

島野は歌いつづける。

中島みゆき、さだまさし、村下孝蔵、甲斐バンド、ユーミン……。

あいかわらず選曲はばらばらだったが、どの曲を歌うときも、島野の表情は楽しそうで、気持ちよさそうだった。

そして、曲と曲の合間に、ときどき拍手が聞こえる。

一人きりの拍手――音の響きは軽やかで、それでいて思いがこもっている。さっきの女の子なのだろうか。

とんぼちゃんの『ひと足遅れの春』を歌い終えた島野は、あらたまった様子で深々と一礼した。

拍手の音は、ひときわ大きくなった。「アンコール!」という声も聞こえた。拍手の主は、やはり、さっきの女の子だった。

島野は長い髪をかきあげて、汗ばんだ額の生え際を手の甲で軽く拭きながら、「アンコールは、なにがいい?」と彼女に訊いた。

「オフコース」

彼女が迷う間もなく答えると、島野も最初からわかっていたのだろう、ギターのチューニングをハーモニクスを使いながら微調整して、「じゃあ、『愛を止めないで』、いきます」と笑った。

拍手がまた大きくなる。きっと、彼女の大好きな曲なのだろう。

「じゃあ……最後の曲は、ミツコに捧げます」

その一言には「やだぁ」と照れくさそうに笑ったミツコだったが、島野が「オフコース、『愛を止めないで』……聴いてください」とつづけると、黙ったまま、曲が始まるのを待った。

島野は目を閉じる。

歌いだす。

さっきまでのような軽い歌い方ではなく、高く澄んだ声をいっぱいに張り上げて、高音部では眉間に皺を寄せながら、フレーズの一つ一つをじっくりと歌い込む。

夕陽が島野を照らす。時間の経過で陽射しの角度が変わったのだろう、オレンジ色の光に、キラキラと輝くかけらが混じってきた。

島野とミツコがどんな関係なのかはわからない。ただ、同級生というだけではないだろう。ボーイフレンドとガールフレンドの段階を過ぎて、ステディな恋人になったばかり――という感じだろうか。

放課後の教室で、二人きりで過ごす。男はフォークギターを弾いて歌を歌い、女はそれをうっとりとした微笑みを浮かべて聴く……。

私自身の高校時代に、そんな体験はなかった。

だが――それでも、わかる。

同じなんだ、と思う。

どう言えばいいのだろう。たとえ一つひとつの出来事は違っていても、私と島野は同じ時代に青春時代を過ごしてきた。同じ曲を聴いて、同じ曲を口ずさんで、同じ夕陽を浴びて、同じ放課後の教室にいた。ほんとうは違う。あの頃の私がいちばん好きだった矢沢永吉（やざわえいきち）を島野は一曲も歌わなかったし、教室のたたずまいだって私の通っていた高校と島野の高校とではまったく違う。島野の言葉に方言はなかったから、彼はおそらく東京やその近郊の出身なのだろう。私は本州の西端に近い田舎町から大学進学を機に上京した男だ。

同じでも、違う。

違うけれど、同じ。

それが矛盾だとは思わない。

時代とは、そして世代とは、それぞれの場所に立つ、それぞれのひとが、それぞれの向きで受け止める風のようなものなのかもしれない。

風は目に見えない。いま風が吹き渡ったんだ、と気づいたときには、すでに風は立ち去っている。

私たちは誰も、風については過去形でしか語れないのだ。

シンクロが終わる。

オフコースを歌う高校時代の島野の姿がしだいにぼやけてきて、入れ代わりに、タクシーを運転するいまの島野の後頭部が目の前に浮かび上がってくる。

島野——。

高校を卒業して二十数年のうちに髪がこんなに薄くなるなんて、あの頃のおまえは想像していたか——？

あの頃の俺は、中年太りにだけはなるまい、と思っていたんだけどな……。

俺たちは同じだ。

違っていても、同じだ。

だから——。

俺は、おまえを救いたい……。

4

新宿通りを駅に向かって走っていた島野のタクシーは、急ブレーキをかけて停まった。

歩道の切れ目から出て手を挙げる客に気づいたのだ。

ルビィと私が乗り込んでから初めての客——コートを羽織ったサラリーマンだっ

た。

島野が後部座席の自動ドアを開けると、客は、ちょっと待った、という手振りで、助手席の窓を開けるよう指示した。

「あのさー、運転手さん、このチケット使えるかな」

客が差し出したチケットを受け取った島野は、ルームライトの明かりにかざして、

「ああ、だいじょうぶですよ」と応えた。

「じゃあ、頼むわ。吉祥寺の御殿山まで。チケット、運転手さんが書いてくれていいからさ」

まだ九時を回ったばかりで、新宿から吉祥寺へ——。

電車が走っている時間帯としては悪くない距離だ。

島野も愛想良く「はい、わかりました」と応え、チケットを勤務表のバインダーに挟み込んだ。

客は小走りに歩道に戻り、鮨屋から出てきた数人の男たちに「車、こちらです」と声をかけた。

接待の酒席を終え、主賓を帰りの車に乗せるのだろう。

真ん中にいる小柄な男に、両脇の男たちは滑稽なほど大仰に頭をぺこぺこ下げ、媚びるような笑顔で話しかけていたが、小柄な男はそれを露骨にうっとうしそうな様子

で受け流し、タクシーに乗り込んだ。

私は男に場所を奪われて、助手席に移る。ルビィは運転席の後ろに座ったまま、男をにらみながら迎えた。

「ごちそうさまでした、ぐらい言えないの？　バーカ、サイテー」

もちろん、その声は男には聞こえない。

「あんたが偉いから接待されてるわけじゃないんだよ。あんたが、たまたま、グーゼン、そういう立場にいるから、みんなおべっか使ってるだけ。そこんとこ忘れちゃったら、あんた、人生の晩年、ヒサンだよ」

一言では気がすまず、いかにも憎々しげにまくしたてる。

尊大な態度にムッとした、というだけではなさそうだった。

「今夜はどうも、お忙しいところをお時間いただきまして、ありがとうございました！　この次はぜひ、二次会にまでお付き合いください！」

見送る側でいちばん年上の男が挨拶をすると、残りの面々もいっせいに最敬礼した。だが、男は車の窓すら開けず、面倒くさそうにうなずいただけだった。

「……出していいですか？」

島野が遠慮がちに訊くと、男は、「ああ」と面倒くさそうなまま、そんなつまらないことをいちいち訊くな、というふうに顎（あご）を前にしゃくった。もう接待をした側に目を向けることもない。

車が走りだす。見送る男たちは、また頭を下げた。男に見てもらえないのはわかっていても、車が遠ざかるまでお辞儀をやめなかった。

男は携帯電話を取り出して、メールをチェックした。

その画面を覗き込んだルビィは、「ふーん、おっさん、部長なんだね、偉い偉い」と吐き捨てるように言って、頭を横から小突いた。男には痛くもかゆくもない――というより、空気が揺れたとすら感じない。私たちはとにかく無力で、透き通った体では、なにひとつ現実にかかわることができなくて……悔しまぎれに、「俺のぶんも一発殴ってやってくれよ、こいつ」とルビィに言った。

「ダザイさんもむかつく？」

「ああ……ふざけんな、って」

男の年格好は、私と――だから島野とも変わらない。さっき島野にチケットを渡した男はまだ二十代半ばだったが、残りの連中は皆、四十代から五十代だった。目に見えない私はともかく、同じ年格好のタクシードライバーの前で、こんな態度をとって、気恥ずかしくならないのだろうか。自分が嫌にならないのだろうか。いや、そもそも、その程度の恥じらいや気配りすら持たないからこそ、この男は出世したのかもしれない。

ルビィは「じゃあ、これ、ダザイさんのぶんね」と右ストレートを男の頬にぶつけて、また携帯電話の画面を覗き込んだ。

「こいつねー、名前、わかった、小林(こばやし)っていうの、小林部長さまさまっ、サイテー」

「……シンクロしたら、もっと詳しいことがわかるのかな」

「わかるかもしれないけど、ダザイさん、シンクロしたい？　わたしは嫌だからね。こんな奴の記憶にもぐりこんじゃったら、自分が汚れちゃうような気がするもん」

その気持ちは、よくわかる。

私は苦笑交じりにうなずいて、「でも……」と言った。「こんなにルビィが怒るとは思わなかったな」

「そう？」

「だって、高校生なんだから、接待なんてよくわかんないだろ」

「そんなことないよ」

ルビィは「お父さん見てたから」とつづけて、小林から顔をそむけ、頬杖をついて窓の外に目をやった。たぶん、小林ではなく、私から目をそらしたかったのだろう。

「さっきの、晩年がヒサンだよっていうの……お父さんがずっと言ってたんだよね、接待でお酒飲んだあと、家に帰ると、すっごく悔しそうに、いつも言ってた」

「そうか……」

「さっきのおじさんたちも、ぜーったいにいま、こいつの悪口で盛り上がってるよね」

「たぶんな」

「ダザイさんもだいじょうぶ？　作家って銀座で接待されたりするんでしょ？　で、編集者にワガママばっかり言ったりして」

「俺はそこまで売れてなかったから。接待なんて、ろくに受けたことなかったよ。せいぜいヒラの編集者に晩飯を食わせてもらうぐらいだったな」

「どう？　ちゃんと、ごちそうさまでした、って言った？」

「……言った言った」

苦笑交じりに答えたとき――携帯電話を閉じた小林は、「吉祥寺の御殿山だから、近くまで来たら起こしてくれ」と島野に声をかけ、コートの襟を掻き合わせて、腕を組んだ。

「あの……すみません」

島野は申し訳なさそうにルームミラーに映る小林を見て、頭を小さく下げた。

「吉祥寺って、青梅街道から五日市街道でいいんでしたっけ」

「はあ？」

小林が不機嫌そうに聞き返すと、島野は身をすくめ、許しを乞うように笑った。

「……すみません、あの、ちょっと、まだ、あんまり慣れてないもんで」

「なに、じゃあ、御殿山ってわかんないのか」

「……すみません」

「道案内させるのかよ、客に」

「すみません……すみません」

小林は舌打ちをして、「たまんねえなあ、ひでえ車に当たって」と聞こえよがしに吐き捨てた。

「おたく、タクシーやって何年目なんだよ」

「あの、すみません、半年なんですけど……」

「初心者かよ。それで一丁前の運転手と同じメーターなんだもんなあ、やってられねえよなあ、客は」

すみません、すみません、と島野は頭を下げどおしで、赤信号に気づくのが遅れ、あわててブレーキを踏んだ。シートにふんぞり返っていた小林は前のめりになって、「いいかげんにしろ、ど素人(しろうと)！」と島野を怒鳴りつけた。

「すみません、ほんと、すみませんでした……」

「なにが趣味はカラオケだよ、なめてんじゃねえぞ、この野郎」

助手席の背に掛かった自己紹介のボードをにらみつけた小林は——「うん？」と声をあげ、しばらく怪訝そうにボードの顔写真を見つめてから、運転席を覗き込んだ。

「島野俊夫って……俺の高校時代の同級生にもいるんだけど……」

小林は島野をさらに覗き込んで、「運転手さん、ひょっとして都立の中野東高校の出身じゃないの？」と言った。さらに、卒業年度も口にして、「どう？　違う？」と訊く。

島野は黙っていた。

それが、つまり、答えだった。

だが、酔った小林にはそれを察する冷静さはなかった。

「なに黙ってんだよ」

舌打ち交じりに毒づいてシートに背を預け、「同姓同名かよ……」と、どこかほっとしたようにつぶやいた。

5

車は新宿駅前の渋滞を抜け、ＪＲのガードをくぐって、青梅街道に入った。

うとうとしていた小林は、ふと目を覚まし、酒臭い息であくびをして、「島野っていたんだよ、同級生に」と話を蒸し返した。

「島野俊夫っていってさ、覚えてるよ……ギターばっかり弾いててさあ、よく歌ってたよ、教室や中庭で。そこそこ巧かったけどな、なんかプロになるのか、ライブハウスで歌うとか、エラソーなこと言ってたけど、俺なんか最初からだめだと思ってたもんなあ。そんな甘いもんじゃないだろ？　プロのミュージシャンなんて。甘いんだよ、あいつ。甘かったなあ、バカだよ、ほんと。同じ『島野俊夫』でも、運転手さんみたいに地道にコツコツ働いてる奴とは大違いだ。くだらん夢を見ちゃって、あいつ、結局大学には行かなかったのかなあ、音楽の専門学校だったのかなあ、どっちにしてもバカだよ、バカ……俺なんか高校の頃からよく言ってやってたんだよ、世間をなめるなって、おまえ程度の歌やギターなら日本中に腐るほどいるんだからって……俺の子分みたいなもんだったんだ、あいつ……俺もな、いまは立場もあるからアレだけど、高校時代なんかはけっこうブイブイ言わせてたなあ。そこいらのヤンキーとか、昔で言ったらツッパリな、うん、少々のツッパリ程度だったら、みんな道の脇によけてたんだよなあ……」

　嘘つき。

　ルビィは小林をにらみつけて言って、サイテー、このクソオヤジ、とつづけた。

　私もそう思う。

ツッパリが道をよけていた――？

この小柄な男に――？

冗談はやめてくれ。

だが、接待の席では、小林のつまらない嘘も、武勇伝として大げさに称賛されるのだろう。「いやあ、小林さん、ときどきドスの利いた目をされることありますもんねえ」と媚びた笑顔で言う男もいるだろう、きっと。そして、ご満悦で酒を啜る小林のグラスや盃（さかずき）に、別の男が両手で酌（しゃく）をするのだろう。

くだらない。

だからこそ、やりきれなさがつのる。さっき小林を見送った連中は、いまごろ、どんな味の酒を飲んでいるのだろう……。

赤信号で車は停まった。

ずっと黙っていた島野が、初めて口を開いた。

「俺、大学には入ったぜ」

「……え？」

「おまえの子分だった覚えはないけどな、高校時代も」

「おい、おまえ……やっぱり……」

「いま思いだした、俺、中野東で、おまえの同期だ」

信号が青に変わる。

車は、さっきまでより荒々しく発進した。

小林の決まり悪そうな顔が、運転席からルームミラーを通して、島野にも見えるだろうか。やったね、ざまーみろ、とルビィが浮かべる満面の笑みも見えればいいのに。

だが、車が走りだしてしばらくすると、小林は酔いで据わりかけた目で運転席をにらみつけた。

「よお、誰に口きいてるんだ？　いまの立場わかってんのか？　俺は客だぞ、客。さっきのモノの言い方はなんなんだよ。ああ？　なにタメ口でしゃべってんだよ。それが運転手の客に対する態度か？」

「……なに言ってんだよ」

島野は苦笑して取り合わなかったが、それでいっそう小林は腹を立ててしまった。

「さっき、俺に『おまえ』って言ったよなあ。覚えてるぜ、俺は。逃げるなよ、嘘ついてごまかすなよ、いいな。おまえは、お客さまを『おまえ』呼ばわりしたんだ。わかってるよな？」

助手席の後ろのカードホルダーから、タクシーカードを一枚抜き取った。カードには車の番号が記され、苦情受け付けのタクシーセンターの直通番号も載っている。

ルームランプを点けてカードを覗き込んだ小林は、「いまは『近代化センター』って言わないんだな」とつぶやき、「でも、二十四時間対応だもんな、それだけ苦情が多いってことだもんなあ」と、にやにや笑いながら携帯電話を取り出した。

島野の頰が急にこわばった。

「……やめてくれ」

か細く、震える声で言った。

「はあ?」

小林は大げさに聞き返し、「おまえ、まだわかってないのか? 口のきき方」と言った。その頰に、隣から身を乗り出したルビィがパンチをぶつけたが、もちろん、小林にはなにも感じられない。

「……やめて、ください」

島野の声はさらに細くなった。

「聞こえねえなあ」

小林はにべもなく言って、携帯電話のキーを一つ押した。ピッ、という確認音が聞こえると、島野は「やめてください!」と悲鳴のような声をあげた。

「なんで? なんで俺がやめなきゃいけないんだ? 運転手の接客が悪いから苦情を訴えるって、客の権利だろう? 悪いのはおまえだろう? 止める前に謝れよ」

「……すみません、でした」

「苦情、そんなに怖いのか」

「……すみません、勘弁してください、困るんです、会社辞めさせられると、ほんと、困るんです……」

ふうん、と小林は面倒くさそうにうなずいて、携帯電話を閉じた。

ルビィのパンチは何発も頬をとらえている。だが、小林は平気な顔で大きなあくびをして、ネクタイをゆるめ、「いまはタクシーも運転手余ってるんだもんなあ。デキの悪いのを飼ってる余裕ねえよなあ」と聞こえよがしにつぶやいた。

私たちは、無力だ。存在すら誰にもわかってもらえない。

私の姿はルビィにしか見えないし、ルビィの目に溜まった涙も、私にしか見えない。

そして、なぜこんなにも小林に対して腹を立てているかは――ルビィ本人しかわからないことなのだろう。

小林はまた大きなあくびをして、「じゃあ、まあ、高校時代の同級生のよしみで、今回だけは許してやるよ」と言った。

島野は無言でハンドルをぎゅっと握りしめる。

「お礼ぐらい言ってくれねえかなあ」

「……ありがとう……ございました」

「客にケツ向けたままのお礼かよ」

「すみません、運転中なんで……あの、今度、信号が赤になったときにちゃんとお礼言います」

「いいよいいよ、うん、許してやるから」

へへっ、と小林は笑いながらタクシーカードをホルダーに戻して、シートに深く座り直した。

「それにしても、島野がタクシーの運転手か……人生いろいろあるねえ、実際」

嘲(あざけ)るように言った。

島野は青から黄色に変わった信号を無視して、交差点を突っ切った。

「キツいだろ、四十過ぎてタクシーなんて。もう音楽はやめちゃったのか？」

「……ええ」

「で、結局どうだったわけ？　デビューできたわけ？」

島野は黙り込む。今度の沈黙は、小林にも意味が通じたようだ。

話が途切れた。

車は中野(なかの)区を過ぎて、杉並(すぎなみ)区に入った。道路は空いている。吉祥寺にはあと十五分ほどで着くだろう。

「あの……住所、ナビに入れて検索しましょうか」

「うん？」

「そうすれば……ゆっくりお休みになっていただけますので」

島野にとっては、そのほうが幸せだろう。眠り込んでくれれば、これ以上の屈辱に耐えずにすむ。

だが、小林は「いや、いい、もう眠くないから」と言った。

口調が微妙に変わった。

表情にも、さっきまでの傲慢(ごうまん)きわまりない様子は消えていた。

「デビューなんて……できないよな、やっぱり……」

ぽつりとつぶやき、窓の外に目をやって、「社会は厳しいよなあ」と苦笑する。

「才能がなかったんですよ」

「いいよ、もう。ふつうにしゃべってくれ」

「……いいんですか？」

「ああ。悪かったな、さっきは。嫌な酒を飲まされたから、なんか、むかついてたんだ」

すまん、と頭を下げる。

ルビィと私は目を見合わせて、やれやれ、と笑い合った。

ほっとした。シンクロできた島野はともかく、小林とは仲良くなれそうにもない。だが、小林だって、島野の同級生で、私と同世代の男なのだ。同じ時代を生きてきて、同じ「いま」を中年として過ごしている男の、哀れなまでに醜い姿は、やはり、見たくない。

「なにカッコつけてんの」

ルビィに言われた。「ダザイさん、一人でリタイアしちゃったくせに」――確かにそうなのだ。

「……ひとの心、勝手に読むなって言ってるだろ」

そんな私たちの会話に気づく由もなく、島野は小林に言った。

「今夜は接待だったんだろ？　すごかったな、向こうは最敬礼だったもんな」

「三友物産で、いま、プロジェクト動かしてるからな。二番手グループのゼネコンにとっては必死だよ、食い込むのに」

「すごいな、三友物産なんて」

「でも……不味いよ、あんな酒は。ちっとも美味くない」

「……そうか」

「笑っちゃうぜ、明日は、俺のほうが接待するんだ。経産官僚の課長補佐相手に、最敬礼だよ。行って来いで、結局同じなんだよ、頭を下げられる回数とこっちが下げる回数は」

　小林は自分でハハッと笑って、また窓の外に目をやった。

「厳しいよなあ、社会とか人生とか、ほんとに……」

＊

　窓に頭を預けた小林がうとうとしているのをルームミラーで確かめた島野は、ささやくような小さな声で歌を口ずさみはじめた。

　サザンオールスターズの曲だ。

『ＹａＹａ』――桑田佳祐が、大学時代の音楽サークルを懐かしんでつくった、追憶の曲。

　途中から歌った。同じフレーズを、繰り返した。

「戻れるなら　イン・マイ・ライフ・アゲイン　目に浮かぶのは　ベター・デイズ」

　小林に捧げているのだろうか。自分自身の胸に染み込ませるための歌なのだろうか。

　俺のための歌でもあるんだよな、と勝手に決めた。

　若い頃からカラオケで必ず歌ったナンバーだ。

　三十代の頃も歌った。二十代の頃も、「学生時代に戻りたいよなあ」なんてエコーの利いたマイクでしゃべりながら、歌った。

なにもわかってなかったんだな。

四十代も半ばになって、もう過去はおろか「いま」に戻ることすら叶わなくなってから、しみじみと、思う。

＊

車が吉祥寺の市内に入った頃、小林は目を覚ました。

自宅への道順を簡単に島野に説明して、「近所に入ったら、またくわしく言うから」とつづけ、ふと思いだした顔で身を乗り出した。

「なあ、島野」

「うん？」

「おととしだったかな、去年だったかな、同窓会あっただろ。おまえ来てなかったっけ」

「ああ……案内はもらったけど、行かなかった」

なぜ——とは、小林は訊かなかった。代わりに、少しためらいながら、ルビィと私も知っているひとの名前を口にした。

「こんなこと言っていいかどうかわからないけど……ミツコも来てた」

島野の記憶の奥底で、放課後の教室で島野の歌を聴いていた女の子だった。

「へえーっ、元気だったか？」

島野は軽く返した。

軽すぎる反応だった——からこそ、島野の胸に広がる苦みは、私にも想像がついた。

「うん、もうオバサンになってたけどなあ。子ども二人だぜ。上の子がもうすぐ高校受験だって言ってたから、いまは大学受験とか、就職とか、そのあたりじゃないかな」

「そうか……」

「別れたんだな、おまえたち」

島野は黙り込む。

小林もすぐに「悪い……ヘンなこと言って」と謝った。

「いや、べつにいいよ、もう昔のことだから。俺も小林に言われるまで完璧に忘れてたもんなあ、ミツコのことなんて」

嘘だ。たとえ思いだすことはなかったのだとしても、忘れてはいないはずだ。島野の記憶の中には、ミツコの姿があんなにくっきりと残っているのだから。

「おまえが来てなかったから、残念がってたぞ、ミツコ。純粋に昔話がしたかったとか、二次会のカラオケで島野くんの歌を聴きたかったとか、そんなこと言ってたんだけど……」

　小林はそこで言葉を切り、さらにためらいがちに、つづけた。

「名簿つくったんだ、その同窓会のとき。ミツコの連絡先も入ってるけど、よかったら教えようか。家に帰ったらすぐにわかると思うし、ケータイの番号教えてくれたら、あとで電話してもいいけど」

　島野は、いや……と断りかけたが、小林は逆に、懇願するように言った。

「さっきのこと、ほんとに悪かった、昔の同級生にあんなひどいこと言うなんてな、自分でもほんとうに嫌になっちゃったよ、自分が」

「もういいって」

「でも、俺の気がすまないんだよ、このままだと。なんでもいいから、友だちっぽいこと、やらせてほしいんだ。そうじゃないと、俺、落ち込んじゃって、今夜は眠れないから」

　身勝手な理屈だとは思う。

　ルビィも、なに言ってんの、というあきれ顔になった。

　だが、私には、小林の気持ちがなんとなくわかる。

　そして――。

「俺のケータイの番号、教えるよ」

ぽつりと言った島野の気持ちも、わかるのだ。

6

小林を家の前で降ろした島野は、車をしばらく走らせて、井の頭公園の駐車場で停めた。

「またサボっちゃうの？」

あきれ顔で言うルビィに、私は「違うよ」と返した。「待ってるんだ、電話を」

「小林からの？」

「ああ……」

うなずいたとき、あんのじょう、携帯電話が鳴った。着信メロディーは——まったく出来過ぎの話だが、ユーミンの『卒業写真』だった。

まだ迷いやためらいがあるのか、しばらくメロディーを流してから、島野は電話に出た。「悪かったな、わざわざ」と低い声で言って、小林が伝える電話番号を勤務表の余白に走り書きした。

その数字を覗き込んだ瞬間、存在を持たないはずの私の胸は、どくん、と高鳴った。

走り書きのメモは市外局番から記されていた。「03」で始まる二十三区内の番号ではない。私にも、そしておそらくルビィにも、馴染みのある数字だった。

「なあ……」

ルビィを振り向くと、「言いたいこと、わかってる」と苦笑いでさえぎられた。「すごい偶然っていうか、運命っていうか、まいっちゃうね」

島野と小林の電話は短いやり取りで終わった。「今度また連絡するから」と島野は電話を切る間際に言っていたが、着信記録に残った小林の番号をメモリーに登録することはなかった。

携帯電話を制服のポケットにしまった島野は、カーナビに指を伸ばし、タッチパネルを操作して検索画面を呼び出した。

勤務表に書いた電話番号の数字を画面に入力して、「加藤（かとう）」と苗字を入れると、馴染みのある——懐かしい地図が表示された。

そこは、武蔵野ニュータウンだった。

「ご近所？」

ルビィが訊く。軽い口調を無理してつくっているのがわかる。

「駅の南側だろ……ウチは逆だ、北側だから」

少しほっとして答え、「ルビィの家はどっち側だったんだ?」と聞き返した。

ルビィは「南側」と答え、「でも遠いよ、うん、地図には駅が見えてるけど、ウチは駅からバスだもん、全然遠いよね」と自分を強引に納得させるようにつづけた。

画面の真ん中に標的のような形で示されたミツコの自宅は、ニュータウンの中心街からほど近いマンションだった。駅からも徒歩十分というところだろう。確かに、ルビィの家からは遠い。それでも、近い。もちろん――私の家からだって。

「なあ、どうする?」

「なにが?」

「だから……車を降りることだって、できるんだろ?」

「それはできるよ、一瞬だね」

でも、とルビィはつづけた。

「島野さん、今夜死んじゃうんだよ。そのことを知らなかったら全然平気だけど、知ってるのに知らん顔して逃げちゃうのって……できる?」

さらに、ルビィは言う。

「見殺しにしちゃうってことだよ、ここで逃げるのは」

まっすぐに私を見つめ、「自分自身を見殺しにしちゃったダザイさん、今度は島野さんのことまで見殺しにしちゃうんですかあ?」と挑発するように笑った。

自分自身を見殺し──。

自殺とは、つまり、そういうことなのだろうか。なんとなく釈然としない気もするが、でも、結局はそうなのか、とも思う。

「ルビィも、自分を見殺しにしちゃったわけか」

「うん……わたしは、いま、そう思ってる。後悔してるわけじゃないんだけど、やっぱり、わたしはわたしのことを見殺しにしちゃったんだなあって思う」

「助けてやれなかった、って?」

「……うん」

私もそうなのだろうか。私にも、ほんとうは自分自身を助けてやれるチャンスはあったのだろうか。

わからない。

ただ、島野が今夜中に死ぬとわかっていて、知らん顔をして車から降りてしまうのは──やっぱり、できないよな、と嚙みしめた。

「皮肉だよね。絶対に帰りたくないって、夕方に渋谷で言ったばかりだったのに、結局連れて行かれちゃうんだもんね」

ルビィはつぶやくように言って、まいっちゃうなあ、とため息をついた。

「まあ……世の中とか人生って、そういうものなんだよ」

私も苦笑いを返す。

「死んでからも『人生』ってあるわけ？」

「あるんじゃないかな、たぶん」

「で、死んでからの『人生』も、やっぱり自分の思い通りにはいかないわけ？」

「……だろうな」

「じゃあ、もう一回死ななきゃ」

ルビィは冗談めかして言って、「けっこうマジに」と真顔で付け加え、また、ため息をついた。

＊

島野は車を発進させた。

ルート探索を終えたカーナビの指示に従って、甲州街道を目指す。調布から中央自動車道に乗って国立府中インターチェンジで降りて、多摩川を渡るルートだった。

「行っちゃうんだね、島野さん」

「うん……」

「電話番号わかってるんだから、電話しちゃえばいいのに」

理屈の筋道では、確かにそうだ。

だが、私は「しないよ、電話なんて」と言った。確信とまではいかなくても、予感よりは自信がある。

「でも、いきなりお宅訪問なんて、かなりヤバくない？」

「それも、しないんじゃないかと思うけどな」

「訪ねないの？」

「うん。俺は、そんな気がする」

「電話もしないし、家も訪ねないんだったら、行く意味ないじゃん」

「意味がなくても……いいんだよ、それで」

車は甲州街道を西に走る。

島野は、小さな声で歌を口ずさんでいた。RCサクセションの『甲州街道はもう秋なのさ』――まだ忌野清志郎（いまわのきよしろう）が派手なメイクをする前、RCが鳴かず飛ばずだった頃の、隠れた名曲だ。

ぼく、まっぴらだ、と清志郎は歌う。

もう、まっぴらだ、と島野も歌う。

嘘ばっかり、と歌詞はつづく。

嘘、嘘、嘘、嘘……と清志郎はレコードの中で、叩きつけるように連呼していた。

島野も同じだ。

嘘、嘘、嘘、嘘、嘘、嘘……。

歌いつづける。

がら空きの甲州街道を、車はスピードを上げて駆けていく。

嘘、嘘、嘘、嘘、嘘、嘘……。

私も歌う。

歌うことで、私たちは一つになり、まなざしが島野の背中に吸い込まれる。

7

ぱらぱらとした拍手に応えて、フォークギターを抱いた島野は、椅子に座ったまま頭を下げた。

「どうも、ありがとうございました」

マイクを通した挨拶の声は、エコーが効きすぎている。

だいいち、マイクが必要なほどの広い店ではない。全体でも小学校の教室ほどのスペースだ。そこにアンプやドラムスの並ぶステージが設えられ、客席には小さな椅子が三十脚ほど置いてあるだけで――客が座っているのは、その半分足らずだった。

島野はギターのチューニングを調整しながら、アルバイト先の居酒屋での出来事を話した。たいして面白くない失敗談だった。話のオチで二、三人が笑い声をあげただけで、中途半端にウケたぶん、かえってそのあとの白けた空気がきわだってしまう。

大学時代――なのだろうか。

放課後の教室でミツコのために歌っていた高校時代よりも、髪が伸びた。少し痩せた。ミュージシャンらしくなった、と言えないことはない。だが、一本きりのスポットライトを浴びる表情には、あの頃のような溌剌(はつらつ)とした輝きはなかった。

「では……次の曲を、いきます」

拍手の数は、さっきよりも減ったように聞こえた。

これは何年前の情景なのだろう。

島野の記憶に刻まれた、ライブハウスで歌う自分の姿は、いったい何歳の頃のものなのだろう。

ギター一本の弾き語りで客を沸(わ)かせられるような時代は、すでに終わっていたのだろうか。

いや、時代や流行を考える以前に、島野はまだプロを目指しているのだろうか。自分の才能を自分で信じられているのだろうか。それとも、もうすでに半ばあきらめていて、しかし夢を捨てるふんぎりがつかないまま、小さなライブハウスで歌っているのだろうか……。

曲が始まる。オリジナルだ、とすぐにわかった。浜田省吾と甲斐バンドと吉田拓郎を合わせたようなメロディーラインや詞の言葉だったからこそ――浜田省吾でも甲斐バンドでも吉田拓郎でもない、これは島野のオリジナルなんだろうな、とわかったのだ。

つまらない曲だ。浜田省吾と甲斐バンドと吉田拓郎のファンが、彼らに憧れたままギターをつま弾き、思い浮かんだ言葉をノートに書きつけてつくった、ただそれだけの意味での「オリジナル」にすぎない。

ギターはあいかわらず巧い。高校時代よりも指の運びは素早く、なめらかになっていた。だが、それだけのことだ。ハッとするような新鮮なフレーズもなければ、ユニークなコードポジションをとっているわけでもない。ギター、巧いね、の一言で終わる。そして「ギターの巧いアマチュア」と「ギターのあまり巧くないプロ」の差は、かぎりなく――絶望的なほどに大きいんだということぐらい、音楽の素人の私にだってわかる。

歌の力は、逆に、高校時代よりも落ちていた。放課後の教室で弾き語りをしていた頃の伸びやかな高音は、いまはない。ピッチも不安定に揺れている。なにより、聴くひとに歌の世界を伝える力が弱い。思いがこもっていない。歌詞とメロディーをただ正確になぞっているだけの歌い方だった。

ステージの上には、「いつ」を教えてくれる手がかりはなかったが、年の数字はなくても、もう終わってるんだな、ということは察せられた。

これは、プロを目指す若いミュージシャンが歌っているステージではない。這い上がるためのチャンスを虎視眈々と狙う若いミュージシャンなら誰もが持っている、ぎらつくような熱さが、ここにはない。

抜け殻だ——と思った。

夢や野心の抜け殻を背負ったまま、もう一度殻をかぶることも、きれいに捨て去ることもできずに、島野はただギターを弾き、ただ歌っているだけだった。きっと、オリジナルナンバーも、ただフレーズを並べてつくっただけなのだろう。

曲が終わる。拍手の音は、さらに減って、いかにも気の乗らないゆっくりとしたテンポになった。

「えー、次はいよいよお別れの曲になってしまいましたが……」

客席からうっすらと漂う気配に、名残惜しさはなかった。やれやれ、やっと終わりか、という苦笑交じりのため息が聞こえてきそうなほどだった。

「世間はバブルで浮かれていますが、大学を追い出されてぶらぶらしている男には、なんの関係もない話でありまして……」

「あーあ……大学、やめちゃってるんだね」

ルビィが不意に言った。

「なんだよ、おまえもシンクロできたのか？」

驚いて訊くと、「さっきの、嘘、嘘、嘘、嘘……ってところでね」と答える。

「知ってたのか、ＲＣ」

「聴くのは初めてだったけど、なんか、わかるじゃん。嘘、嘘、嘘、嘘……っていう感じ。私もわかるもん、嘘、嘘、嘘、嘘……って、すごく、わかる」

話している間に、曲が始まった。

オリジナルの曲だったが、サザンオールスターズのバラードに似たようなメロディーの曲がある。だから、もう——その時点で、だめだ。

ルビィにもそれはわかるのだろう、「なんか、痛々しいね」と言った。「どこかで聴いたことがあるような曲だし、どこかで聴いた曲のほうがずっといいもん」

「……ああ」

「本人にはわかってないのかなあ、自分の才能の限界」

少し考えて、私は「わかってるよ」と言った。

「そうなの？」

「ああ……わかってるんだ、そういうのは自分が一番」

「だったら、さっさとやめればいいのに。大学中退しちゃったわけでしょ？　就職、マジ、ヤバいじゃん」

「あの頃はそうじゃなかったんだよ」

バブルの全盛期には、職はいくらでもあったのだ。転職情報誌は毎週、電話帳ぐらいの分厚さで刊行されていたし、アルバイト先もよりどりみどりだった。「フリーター」という言葉が生まれたのも、バブルの頃だった。

その気になれば、いつでも就職できる。大学中退もたいしてハンディキャップにはならない。あわてることはない。「まっとうな道」に戻れる保証があるからこそ、夢を追いかけていられるし、逆に、夢をあきらめる踏ん切りがつかなくなる。

島野も、そんな一人だったのだろう。居酒屋のアルバイトで生活費を稼ぎながら、小さなライブハウスで歌う――将来への展望などまるで見えなくても、いまが絶望的な状況というわけではない。

だから、逃げられない。

ずるずると、いまの生活がつづく。

そして、気がついたときには、バブルのにぎわいはとうに去り、街には深刻な不況の嵐が吹き荒れて、数少ない求人広告の年齢制限も超えてしまって……どうにもならなくなる。

島野は、そんなふうに自分自身を見殺しにしたのかもしれない。

8

車は武蔵野ニュータウンに入った。

懐かしい街だ。

「懐かしいってほどじゃないんじゃない？　ダザイさんは」

私の胸の内を覗き込んだルビィはからかうように言って、「そこまでセンチメンタルじゃないと作家にはなれないのかなあ」と笑った。

さっきから——多摩川を渡って、武蔵野ニュータウンが近づくにつれて、ルビィは口数が多くなっていた。どうでもいいことを次から次にしゃべって、笑って、それでいて話がふと途切れたときの沈黙は、穴ぼこにすとんと落っこちたみたいに、深く、重い。

気持ちはわかる。

わかるから、私はなにも言わないし、なにも訊かない。島野が口ずさむ八〇年代のニューミュージックの名曲をぼんやりと耳に流し込みながら、島野とルビィと、そして自分自身の寂しさを胸に嚙みしめる。

「不運な街って言われてたんでしょ、ここ」

「ああ……」

一九七〇年代の終わりに造成された武蔵野ニュータウンは、八〇年代の半ばから分譲が始まった。私鉄の駅が開業し、中心部のインフラも進んで、テナントの入居を当て込んだビルも次々に建設されて……さあ、という矢先に、バブル景気が終わって、長い長い不況の時期に入ってしまった。

駅前のデパートは開業からわずか五年で撤退した。バブルまっただなかの地価高騰期に都心からの移転を検討していた企業も、そのほとんどが、都心の地価が下落すると移転をとりやめた。マンションの売れ残りが問題になり、分譲価格を下げると、今度は価格も金利も高い時期に部屋を買った住民が反対運動を起こした。その騒動を取材したNHKのドキュメンタリー番組は、武蔵野ニュータウンのことを「時代に翻弄された街」と呼んだ。

翻弄されたのは、住民だって同じだ。私が住んでいたマンションは、駅からバスで十分、バス停から徒歩五分——それでいて、数年後に分譲された駅から徒歩圏内のマンションよりも分譲価格が高かった。だが、そんなわが家よりもさらに駅から遠く、さらに専有面積も狭いマンションも、バブルの頃にはわが家以上の価格で売り出されていたのだ。

「上見て暮らすな、下見て暮らせ、って感じ?」

また、ルビィに思いを読み取られてしまった。

「……オバサンくさい言い方知ってるんだなあ」

悔し紛れに言ってやると、ルビィは「あ、やっぱりそうなんだ、オバサンっぽいんだ、これ」と笑った。

母親の口癖だったのだという。

新聞に挟み込まれた不動産の広告を見るたびに、自分に言い聞かせるようにつぶやいていたらしい。

「お父さんが決めたの、武蔵野ニュータウンに引っ越すことは。もう、これ以上はマンションの相場は下がらないし、このあたりで買っといたほうがいい、って。引っ越す前のマンションは、けっこう都心の便利な場所にあったんだけど、ちょっと手狭だったから、この際、広さ優先でいくか、って」

「わかるなあ、その気持ち」

「お母さんは反対してたんだよね、もうちょっと待ったら、もっと都心に近いマンションでも手の届く値段になるんじゃないか、って」

「それもわかるよ、すごく」

「で……正しかったのは、お母さんのほうだった、ってわけ」

わかる。とても。ほんとうに、やれやれ、と笑うしかないほどに。

「人生の決断ミスっちゃったんだよねえ、お父さんは」

「……でも、しかたないんだよ、あの時代は」

「だけどね、もっとうまくやったひともたくさんいるわけじゃない。前のマンションで隣だった山本さんなんて、五年待ったおかげで、臨海副都心だよ。港区だよ」

「……いるんだよ、そういう運のいい奴って」

「でも、山本さんって、フツーのオジサンだよ。会社も小さかったし、だから給料とかも安くて、おばさんもパートに出てたんだけど……これで一発逆転したわけだよね。マンションの値段だけじゃなくて、人生トータルしたら、やっぱり便利で広い家に住んだほうがいいに決まってるんだから」

それはそうなのだ、確かに。

バブルを挟んだあの十年ほどの決断や選択が、私やルビィの両親の世代を、「得をしたひと」と「損をしたひと」に分けてしまった。百パーセントを時代のせいにするわけにはいかない。だが、おまえの責任が百パーセントなんだと言われると、ちょっと待ってくれ、ふざけるなよ、と気色ばんでしまうだろう。

ルーレットの「赤」と「黒」のようなものだ。

赤、黒、赤、黒、赤、黒、赤、黒、赤、黒……ポケットは交互に並んでいて、選ぶのは自分でも、玉を操作することはできない。私は——そしてルビィの両親は、なのだ。

「赤」にチップを張った。玉は「黒」のポケットに落ちた。話はただそれだけのこと

「ダザイさんは、どっち？　得したひと？　損したひと？」

「俺か……俺は、どうなんだろうな、欲を言えばきりがないけど、極端に高い時期に買っちゃったわけでもないし、都心から遠いから仕事場のマンションも安く借りられたわけだから……まあ、引き分けなんだろうな」

少しずるい言い方だったかな、と自分でも思った。

ルビィも「オトナの回答ってやつだね」とあきれ顔で笑って、「そういう逃げ方のできるダザイさんが、なんで自殺なんてしちゃうのかなあ」と笑ったままで言った。

「究極の大損じゃん、そんなの」

私にはなにも応えられない。

車が停まる。

ミツコのマンションの前に着いた。

ルビィもさすがにおしゃべりをやめて、島野の横顔をじっと見つめた。

おまえも――。

俺と同世代のおまえも、きっと、「得」と「損」で分けるなら「損」の側にいるのだろう。

同じだ、俺たちは──。

＊

島野はスタジオにいる。レコーディング用のブースに一人で入って、いま、曲のアウトロを弾き終えたところだった。

ギターをチューニングしながら、島野は言った。

「では、次の曲を……」

その言葉をさえぎって、「いや、もういいんじゃないかな」と、男の声がスタジオに響いた。ブースの外のミキシングルームからの声だった。

島野は一瞬不服そうな表情を浮かべたが、男の声が「だいたいわかったから」とつづくと、ため息を呑み込んで従うしかなかった。

ギターのストラップを肩から下ろす。マイクの前のスツールから降りる。表情が、途方に暮れたものに変わってしまう。

ミキシングルームに出ると、分厚いシステム手帳を持った男が、「お疲れさま」と笑った。愛想は良かった。だが、愛想笑いを浮かべる余裕があるということが──無言の回答にもなっていた。

「ギター、もうケースにしまってくれていいから」

アンコールの一曲はない、ということだった。島野はギターをスタンドに立てかけた。ケースにしまわないということで、せめてもの意地を見せたかったのだろうか。

男はその思いを見抜いたかのように苦笑して、腕時計に目をやった。かたわらに控える若い女に「車、そろそろ回しといてくれ」と声をかける。話は長引かない。それもまた、回答の一つなのだろう。

椅子に座った島野と向き合うと、男は「悪くないよ」と笑った。「悪くはないけど……ウチで手がけるのはキツいな」

島野は黙ってうつむいた。

「音楽ファンとして言わせてもらうなら、好きだよ、あなたの音楽は。デモテープでも気に入ったし、いまもいい感じで聴かせてもらった。俺だって七〇年代から八〇年代の音楽で育った男なんだから、懐かしいし、それなりに新しさも感じるし、アンプラグドの味わいで聴かせる、こういう音楽が世の中にないとダメだよなあ、って思う」

でも、と男はつづけた。

「プロデューサーとしての立場で言わせてもらうと、時代が違うとしか言いようがないんだなあ。悪いけどさ、あなたの曲にお金を払って聴く価値はあるんだろうかって思うんだ。悪くないよ、悪くないんだ、ほんとに。ただ……『悪くない』レベルではプロにはなれないんだ」

わかるだろう、と目で訊かれた島野は、うつむく顔の角度をさらに深くして、膝の上で両手を所在なげに組んだ。

「あなた、いくつだっけ」

「……三十二です」

「いい歳じゃないか。バイトで食ってるの？」

「……コンビニで」

「何歳までつづけるつもり？」

「それは、あの……」

「まさか、プロになるまで石にかじりついてでもがんばる、なんて言うんじゃないだろうなあ」

ハハッとプロデューサーは笑って、「それ、悪いけど無謀だよ」と言い切った。「人生を棒に振っちゃうようなもんだぜ」

島野は顔を上げた。なめるな、と挑むような表情ではなかった。一縷の望みを託して、いや、その望みすらなくても、なんとか……と、すがりつく表情だった。

だが、プロデューサーは——たぶん、そんな顔を向けられることにはうんざりするほど慣れているのだろう、愛想笑いのままつづけた。

「プロデューサーの仕事には二つあるんだ。一つは才能の原石を見つけて、それを最高の形に磨き上げる仕事。で、もう一つは、輝きそうもない才能に見切りをつけさせること。冷たすぎると思うかもしれないけど、勝ち目がないのがわかっていながらずるずる引き延ばさせるほうが、ずっと残酷だと思うんだ」

「……はい」

「で、あなたの場合は、残念だけど……引導を渡すことがプロデューサーの仕事になるだろうな」

島野はまたうつむいた。唇を嚙みしめる悔しさはあっても、「あんたになにがわかる」と言い返すほどの自信はないのだろう。

「二十一世紀も、もう目の前なんだからさ」

「まあ、キツいこと言っちゃったけど、『ペニーレイン』の細川さんの紹介だったから、こっちも本気で答えなきゃいけないと思って」

「……ありがとうございました」

「いやいや、細川さんには若い頃から世話になってるから。でも、あのひとだって長年ライブハウスを仕切ってるんだから、俺が今日言ったこと、わかってくれると思うぜ」

「……はい」

「まあ、アレだよな、三十歳過ぎちゃうと、やっぱりきちんとチャレンジしたうえで引導を渡されないと、あきらめがつかないよなあ」

島野はうつむいたまま、ただ「ありがとうございました」と繰り返すしかなかった。

プロデューサーは腕時計を見て、「じゃあ、まあ、そういうことなんで……」と立ち上がった。

島野が出口で見送ろうとするのを、いいからいいから、と制して、愛想笑いで付け加えた。

「スタジオ、あと三十分ぐらいは空いてるから、勝手に使っていいぞ」

せめてもの心遣いなのだろう。

だが、プロデューサーとスタッフがひきあげると、島野もギターをケースにしまって、スタジオをあとにした。これもまた――せめてもの、意地だったのだろう。

スタジオのドアを後ろ手に閉める。バタン、という重い音とともに、私の見つめる島野の過去は、また暗闇に戻る。

＊

ヘッドライトを消した車の中で、島野は携帯電話の画面をじっと見つめていた。

画面には、さっき登録したばかりのミツコの自宅の電話番号が表示されている。

「ずーっと、このまま、なの」

シンクロを終えて戻ってきた私に、ルビィが言った。

午後十時過ぎ――。

通話ボタンを押せば、電話はすぐにつながるだろう。

ミツコ本人が出るのか、夫や子どもが出るのかはわからないが、とにかくボタンを軽く押すだけで、島野は、かつての恋人とつながることができる。

「ダザイさん、いま、どんな過去を見てきたの？」

「……三十二歳の頃の島野に会ったよ」

「まだ音楽をやってたの？」

「ああ……コンビニでアルバイトしながら、まだ、やってた」

あれがプロを目指していた頃の最後の記憶なのだろうか。プロを目指す日々は、まだつづくのだろうか。

「ミツコさんはいた？」

黙ってかぶりを振ると、ルビィも「だよね」とため息交じりにうなずいて、「そりゃそうだよね」とつぶやく声で繰り返した。

島野は携帯電話を閉じる。

シートの横のレバーを引いてトランクを開け、車から降りた。

目の前のマンションを見上げる。

まだ新しい大規模マンション──ということは、ミツコはこの街で「得」をした一人なのだろう。

島野はトランクから水筒を取り出して、また車内に戻った。

ウイスキーを啜る。一口だけではすまず、ごくごく、と喉を鳴らす。酔いたいのか。酔わないと電話ができないのか。いや、それとも、電話をかけたい思いを断ち切るために、酒の力が必要なのか……。

「ね、ダザイさん」

ルビィに呼ばれて、気づいた。マンションの玄関に、エレベータから降りてきた人影が見える。両手に大きなゴミ袋を提げた女のひとだった。

島野の表情が変わる。

「ミツコさん……なの?」

ルビィの声が、うわずった。

9

　マンションから出てきた女性は、エントランスから階段を降りた脇に設けられた共同ゴミ置き場に向かった。島野は車から降りずに、けれど彼女から目を離すことなく、ウイスキーを啜る。

　間違いない。

　彼女は――ミツコだ。

「おっきなゴミ袋だね」

　ルビィがぽつりと言った。のんきな一言に思わず苦笑いを浮かべると、そんな私の鈍感さを咎めるように、そっけなく、つづける。

「ゴミ袋が大きいってことは、幸せに生きてるってことじゃないの？　家族がちゃんといて、毎日ごはんを食べてて、お菓子なんかもみんなで食べてて、だから、あんなにゴミがたくさん出るんだよ」

「……うん」

「幸せに生きてるんだよね、ミツコさん、島野さんとは関係ない人生でね」

　私は黙ってうなずいた。

「忘れちゃってるよね、島野さんのことなんてね」

　私もそう思う。

　だから――と、つづく思いも、たぶんルビィと私は同じだろう。

だが、それを島野に伝えることはできない。私たちはあまりにも無力な存在で、いや、存在すらない透き通った二人で、水筒の蓋に残ったウイスキーを一息に飲み干す島野を、ただ見つめるだけだった。

ミツコはゴミ置き場の大きなポリ容器に、ゴミ袋を放り込んだ。Vネックセーターにスカートという軽装に肌寒さを感じたのか、ぶるっと身震いするように肩をすくめ、足早にエントランスに戻ろうとした。

島野は空になった水筒の蓋をドリンクホルダーに置き、ドアを開けた。

「だめだよ！　やめなってば！」

ルビィの叫びは私以外の誰にも届かない。

代わりに島野の声が響く。

「すみません、待ってください」

怪訝そうに振り向いたミツコは、すぐには島野だと気づかなかった。

「……ひさしぶり」

島野はかすれた声で言って、一歩、二歩とエントランスに近づいていく。

ミツコの表情が変わった。驚きと困惑に頬がゆがむ。走り去ろうとはしなかった。

だが、階段を降りて、島野を迎えようともしない。

「……なんで？」

消え入りそうな声で、つぶやいた。

島野は階段の下にたたずみ、ミツコは階段の途中に立ったまま、動かない。ルビィと私は島野の後ろから、ミツコを見つめる。エントランスの明かりが逆光になって、ミツコの表情は影に隠れていた。だが、「元気だったか？」と声を震わせて訊く島野に、ミツコはなにも応えない。沈黙が、表情よりもはっきりと、彼女の胸の内を伝えているようだった。

もしも島野が階段を一段でも登ったら――と、ふと私は思う。

それを引き取って、ルビィが言った。

「走って逃げちゃうね、ミツコさん」

「追いかけたら……」

「悲鳴とか、あと、防犯ベル」

そうだろうな、と認める。

「……ついさっき、このマンションでお客さんを降ろして、たまたま休憩してたんだ。そうしたら、なんか、見覚えのある顔のひとが出てきたなあ、って」

ハハッ、と島野は笑う。

へたくそな笑い方だ。うわずった声で口にする嘘も、いかにもぎこちない。

ミツコは笑わない。表情はあいかわらず影に隠れて読み取れなかったが、立ち姿にいっそう緊張と警戒心が強まったのがわかった。

「びっくりしたよ、ほんと。こんなところでこんなふうに会うなんてさ……まいっちゃうよなあ」

島野はさらに、無理やり笑おうとした。だが、顔がひきつるだけで笑い声は出ない。

「ねえ」

ミツコが初めて口を開いた。警戒を超えて、敵意すら感じさせる、トゲのある冷たい口調だった。

「誰に訊いたの、ここの住所」

「いや……だから……ほんと、嘘みたいだけど……このマンションのお客さんで、ほら、タクシーの仕事って夜中が勝負なんだよ、だから……たまたま休憩してて……」

やめろ、と言ってやりたい。

島野、もうやめろ——。

「誰が、ここの住所教えたの？」

「だからさ、ほんと、嘘じゃなくて、偶然っていうか……」

やめてくれ、島野——。

「もう来ないで」

　ミツコは言った。

　島野があわてて弁解しようとするのをさえぎって、「悪いけど、ストーカーみたいなこと、やめてほしいの」とつづけた。

　終わった。

　誰が見ても、聞いても、わかる。ミツコの声には、懐かしさはかけらも溶けていなかった。顔の角度が変わって、影の形も変わり、島野を見つめる表情がやっとわかった。おびえている——見てはならないものを見てしまったときのように。

「ねえ、ほんとに、もう来ないで」

「いや、違うんだ、たまたま……」

「ひとを呼ぶわよ」

「ちょっと待ってくれよ、違うんだ、そんなのじゃなくて……」

　島野は半べそをかくように顔をゆがめ、「結婚したのか？」と訊いた。

「……関係ないでしょ」

「子どもとか、いるのか？」

「高校生。男の子、二人だから」

「そうか、俺さ……結局、音楽のほう、やっぱりだめでさ……なんか、人生、大失敗しちゃったっていうか……」

ミツコは「悪いけど、遅くなったらみんなが心配するから」と、あとずさって階段を一段登った。背中を向けることすら、恐れている様子だった。

「ごめんね、でも、もう、昔のことなんだから」

「……わかってる、そんなこと、わかってるんだ」

「もう来ないで」

階段を登る。

「ごめんね、もう来ないでほしいの。わたしは元気だから、幸せだから、困るの、こんなふうに来られちゃうと……マンションにも友だちたくさんいるし、子どもも大きくなってるんだし……」

階段を、さらに登る。

島野は追いかけない。階段の下にたたずんだまま、「ひとつだけ、教えてくれ」とすがるように言った。

「……なに？」

ミツコの表情は険しいままだった。

島野の顔は悲しそうにゆがむ。

「いまでも……あの頃の……オフコースとか、ＮＳＰとか、聴いてるのか？」

ミツコは初めて頰をゆるめた。笑ったのではない。深いため息が、頰の力を抜いてしまったのだ。

「音楽なんか、ほとんど聴いてない。忙しいし、毎日」

「俺……聴いてる」

島野は言った。

「聴いてるし……車の中でも、しょっちゅう歌ってる……」

涙声で、つづけた。

だが、ミツコはもう話には応じなかった。

「島野くん、元気でがんばって。ほんと、それは本気で思ってるから」

階段を登りきって、「じゃあ」と形だけ手を振って踵を返し、そのままエントランスの扉を押した。

駆け出せば、追いつける。

外に連れ戻すことも呼び止めることもできなくても、最後の一言を伝えることぐらいは、できる。

だが、島野は路上にたたずんだまま動かなかった。

終わった。

いや——最初から、すべては終わっていた。

島野にも、それはわかっていたはずなのだ。

＊

車の通行がほとんど絶えた夜のニュータウンを、島野のタクシーは「回送」の表示を出したまま、あてもなく、ただ走りつづける。

「なんとなく見えてきたね」

助手席に座ったルビィが言った。

「ダザイさんにも、そろそろ見当がついたんじゃない？」――後部座席で黙ってうなずくと、「売れない作家でも、その程度の想像力はあるんだね」とつまらなさそうに笑う。

「……想像っていうようなレベルじゃないだろ」

私の言葉も、吐き捨てるようなものになってしまった。

実際、それは「想像」ではなく「理屈」でわかる話だった。小学生の子どもでも、簡単に正解にたどり着くだろう。

島野は酒を飲みながら車を走らせている。ウイスキーを注いだ水筒の蓋を左手に持ったまま、右手だけでハンドルを操作して、制限速度六十キロの道路を七十キロ以上のスピードで飛ばして……ときどき、センターラインからはみ出してしまう。

そういうことか、と私はさっきから何度もため息をついている。

飲酒運転による交通事故で、島野は死ぬ。ひとりぼっちで、死ぬ。

新聞に載るだろうか。ミツコや小林は、それをどんな思いで読むのだろう。バカな奴――嘲笑するのか、苦笑交じりのため息をつくのか、それとも、ほんの少しだけでも、泣いてくれるのだろうか。

車はまたセンターラインを越えた。あわててハンドルを切ると、今度はガードレールにぶつかりそうになる。

タイヤが軋み、水筒の蓋からウイスキーがこぼれる。

それでも、島野は車を停めようとはしない。まっすぐにフロントガラスを見つめていても、ほんとうは、なにも見ていないのだろう。

「ヤバいな」

「うん、かなり、ね」

「……死ぬつもりなのかな」

「どうなんだろう。本人にはそんなつもりはないかもね」

「でも……自殺と同じだよな、こんなの」

「今夜だけじゃないよ。ずーっと、長い時間をかけて、少しずつ自殺してたんだと思う、このひと」

そうだな、と私はうなずいた。

死へと至る長くゆるやかな坂の始まりは、いつだったのだろう。

プロのミュージシャンになるのをあきらめたとき――?

違うだろうな、と思う。

「じゃあ、いつ?」

ルビィが訊く。また胸の内を読み取られた。

かえって、そのほうがいい。口に出して話すときれいに整理されすぎてしまう思いは、確かにある。ルビィと出会って、まだうまく整理のつかない思いを次々に読み取られて、そのおかげで知った。ほんとうに大切なものは、胸に浮かんだばかりの、できたてのほやほやの言葉の中にしかないんだ、と。

島野にもわかっていたはずだ。自分の好きなジャンルの音楽が、八〇年代の終わり頃から急速に時代遅れになっていたことは。

流行に抗って(あらが)もレコードやCDを出すに値する、そこまでの才能には恵まれていないことも、きっと、ずっとわかっていたのだと思う。

プロにはなれない。ライブハウスのオーナーやレコード会社のプロデューサーに引導を渡されるまでもなく、誰よりも先に島野自身が察していたはずだ。

それでも、後戻りできなかった。もしかしたら、もしかしたら……と歌いつづけた。

坂道は、そこから始まっていたのだろう。

「夢をあきらめないって、いいことだと思うけどね」

「夢から覚めるのが怖いだけなんだ」

「……クールじゃん」

「わかるんだよ、俺にも」

同じだ。私はたまたま作家の「プロ」になったが、根っこのところは島野と違いはない。

「ダザイさんも、自分には才能がないって思ってたの？」

「プロになる程度の才能はあると思ってたけど……自分が夢見ていたほどの才能はないんだな、って」

「ノーベル賞狙ってたわけ？」

「そこまで図々しくはないけど……」

他人の評価云々の話ではない。

私は、私自身が憧れるような作家にはなれなかった。私がなりたかったのは私のような作家ではないし、書きたかった小説は、実際に書いてきた小説とは違う。

届かないのだ、理想に。

ずっと現実は理想に負けっぱなしで、それでも、もしかしたら次の作品で、もしかしたらその次の作品で……と願いつづけた。

そして、四十代も半ばになって、私の才能や人気に見切りをつけた出版社もいくつか出てきて、一発逆転を狙う気力もしだいに失せてきて……いま、ここに、いる。

島野——。

おまえも、オリジナルナンバーをつくるたびに、自分の才能のなさを感じていたんじゃないのか——？

おまえの歌う楽曲に対して最も厳しい評価を下していた聴き手は、ほかの誰でもない、おまえ自身じゃなかったのか——？

車はカーブを曲がりそこねて、対向車線に大きくはみ出した。向こうから車が来ていれば、アウトだった。

「マジ、そろそろヤバいよ」

ルビィの声や表情からも余裕が消えた。これ以上、島野に車を運転させるわけにはいかない。救わなければいけない。見殺しには、できない。

「ダザイさん、シンクロして」

「……ああ」

なあ島野、俺たちは同じだ。

俺たちは二人とも、夢から覚めるきっかけを逃してしまったんだ——。

＊

シンクロして飛び込んだ島野の記憶は、酒の酔いのせいだろうか、ひどく不安定だった。

くっきりとした場面は浮かばない。

暗闇の中に、若い頃の島野とミツコが浮かんでは消える。

二人で街を歩いている。

二人で酒を飲んでいる。

アパートの一室で島野が爪弾く（つまびく）ギターを、ミツコは膝を抱きかかえて聴いている。

ミツコの髪型や服装は一九八〇年代前半に流行ったものだったから、これは学生時代の記憶なのだろう。

ミツコが笑う。

ミツコがふくれっつらをする。

そして——ミツコはまっすぐにこっちを見つめ、一粒の涙をこぼした。

10

シンクロした島野の記憶は、酒の酔いのせいか、それともしだいに正気を失っているという証（あかし）なのか、ひどく不安定だった。

少年時代の島野がいる。小学五、六年生の頃だろうか。夜、自分の部屋の窓際に小さなトランジスタラジオを置いて、チューニングダイヤルを慎重に微調整しながら電波をつかまえている。深夜放送だ。音はなくても、流れている音楽はわかる。フォークやロック——学校の音楽の授業では決して教えてもらえない歌が、私にも確かに聞こえる。

場面が変わる。ラジカセの前に座り込んで、フォークギターを弾いている島野がいる。中学生の頃のようだ。カセットテープを少し再生させてはポーズボタンを押し、ギターを弾いてコードやフレーズを確かめてから、またテープを再生させる。気に入った曲をコピーしているのだろう。

場面はさらに変わる。高校生の島野だ。ライブ会場の客席にいる。ステージで歌っているアーティストはわからない。ただ、曲に合わせて手拍子を打ち、歌詞やメロディーを嚙みしめるようにステージをじっと見つめ、ときどき自分でもギターを弾くしぐさをする島野の姿はとても楽しそうで、幸せそうだった。

島野――。

おまえは胸の内に、こんなにも甘酸っぱい記憶を抱いているんだ。

それがわかっているのか、おまえには。

ひとが死ぬということは、胸の奥底に眠る記憶も捨て去るということなんだ――。

場面が変わる。いまの島野が暗闇に浮かび上がる。酔っぱらった客が車内に吐き散らした反吐を、濡れ雑巾で拭いている。汚れた雑巾を手に公園の中に入り、水飲み場の水道で雑巾を濯いで、ぼんやりと夜空を見上げる。

場面が変わる。わが家にいる島野が浮かぶ。家族団欒の光景ではなかった。リビングのテレビでゲームをする小学生の息子、携帯電話でひっきりなしにメールをやり取りする妻、そして一人黙々と遅い夕食をとっている島野……頭のてっぺんの髪の毛がまだ多少は残っているから、四、五年前の光景だろうか。子どもが起きている時間に帰宅しているというのは、タクシードライバーになる前は、ふつうのサラリーマンだったのだろうか。

答えは、次に浮かんだ場面で明らかになった。

「ライブ?」――初めて、声が聞こえた。スーツ姿の男が振り向いて放った言葉だった。

「ちょっと島野さん……冗談はやめましょうよ、ね」

男は困惑しながら言う。

「あのね、島野さんは僕なんかより営業二課は長いんだから、よーくわかってらっしゃると思うけど、商談と個人の趣味、どっちが大事なんでしょうね。新参者の課長にもわかるように教えていただけませんか」

言葉をいちいち耳になすりつけていくような、皮肉に満ちた口調だ。年格好もまだ若い。敬語をつかっているのだから島野よりも年下――それでも、たぶん、上司なのだろう。

「今日は残業できないこと、先月からお願いしてたはずです」

島野が言うと、課長はあきれ顔になって、「残業を断るにも、それなりの理由が必要だと思いませんか?」と返した。「親が死んだとか子どもが交通事故に遭ったとかならともかく、ライブって……趣味でしょう?」

「……いや、でも……どうしても行かなきゃいけないんです」

「なんで? 島野さんが来なくちゃコンサートが始まらないんですか?」

ハハッ、と課長は冷ややかに笑った。

その笑い声を断ち切るように、島野は「そうなんです」と言った。

課長はそれを開き直りだと受け取ったのか、険しい顔になって「どういう意味?」

と聞き返す。「あんた、誰のライブに行きたいわけ？」

「……僕のライブです」

「はあ？」

「僕が歌うんです」

「……あんたが？」

うなずくと、課長は「バカらしい」と吐き捨てた。

島野はもうなにも言わない。

黙って頭を下げ、黙って自分の席に戻って、まわりの同僚の視線を受け止めることなく、黙って帰り支度を始める。

「ちょっと待ってくださいよ、島野さん……あんた、俺の足を引っぱりたくて、そんなクソみたいな嘘ついてるのか？」

「嘘じゃないですよ」

「……あんたがなんでライブしなくちゃいけないんだよ。ただのサラリーマンだろ？　ただの中年オヤジだろ？　ふざけてんじゃねえよ」

島野はなにも応えない。「このままですむと思うなよ！」と怒鳴る課長に背中を向けて、オフィスを出た。

場面が変わる。

同じ背広に同じネクタイの島野が、ギターケースを提げて、開店前のライブハウスの扉を開ける。

「シマちゃん、サラリーマンのまま来ちゃダメだよ」

ヒゲ面のマスターに笑われて、島野は苦笑交じりにネクタイをはずし、「着替える時間がなかったんだ」とバッグからTシャツとジーンズを取り出して……忘れ物に気づいた。

靴が入っていない。このままなら、ビジネス用の革靴でステージに立つことになってしまう。

「ちょっと、近所の店でスニーカーでも買ってくるよ」

照れ笑いで店を出ようとしたところをマスターに呼び止められた。

「シマちゃん……チケット、何枚売れた？」

振り向いた島野は、ワンテンポ遅れて「完売だよ」と言った。「あとで代金は渡すから」

「でも、誰も来ないんだろ？」

「……忙しいから、みんな。とりあえずチケットは買ってくれても、なかなか顔を出すのは難しいよな」

じゃあ、すぐ帰ってくるから、とドアを開けようとしたら、また呼び止められた。

今度はさっきよりも重い響きの声だった。

「シマちゃん」

「……うん？」

「ガラ空きだぜ、今夜も。店売りのチケットは一枚もはけてないし、フリで入ってくる客もいないだろ、どうせ」

「……そういうこともあるさ」

「ノルマも自腹を切るとバカにならないだろ」

「いや……べつに、俺は自腹なんか……」

最後までは言わせてもらえなかった。マスターは静かに、けれどきっぱりと「やめようぜ」と言ったのだ。

ドアを半分開けたまま、島野は動かない。

「なあ、シマちゃん。長い付き合いだからはっきり言わせてもらうけど、つらいよ、見てるのが。チケットのノルマを自腹切ってクリアしてもらっても、うれしくもなんともない。つらいよ、あんたがひとりぼっちで歌ってるのを見てるのは。つらいし、せつないし、むなしいし……」

マスターの表情は、ほんとうに悲しそうだった。

だから——島野は言葉を挟まず、店の外にも出ずに、黙ってマスターを見つめる。

「あんたも、もう四十近いだろ。この歳になったら、もう、どんな奇跡が起きてもメジャーは無理だよ。アマチュアで、趣味で音楽を楽しむにしても、ライブハウスじゃないよ、あんたの居場所は。だって、あんたの曲を聴きたい奴は誰もいないんだぜ、いくら本人に金を払ってもらっても、がらーんとした客席を見るのは、俺もつらいよ。だったら、ノルマをさばけない貧乏なバンドでも、明日が見える、夢がある、そういう連中に小屋を貸してやりたいんだ」

マスターは一息に言って、初めて島野から目をそらし、「今夜で最後にしよう」とため息交じりに話をしめくくる。

最後にしよう。

最後にしよう。

最後に。

最後に。

傷のついたレコードのように、マスターの声が揺れてひずみながら繰り返される。

最後に。

最後に。

最後に。

急ブレーキの音とタイヤが軋む音が、島野の記憶を引き裂いた。

＊

意識が現実に戻るのと同時に、目の前の風景が大きく揺れた。

「きゃっ！」というルビィの悲鳴も耳に飛び込んでくる。

島野の運転するタクシーが、交差点を曲がりそこねて大きくふくらみ、ガードレールにぶつかりそうになったのだ。

「ダザイさん！　もう、マジ、ヤバいよ！」

確かに、シンクロする前と比べて、運転は明らかに荒くなっている。

助手席から島野の顔を覗き込んだルビィが、「やだ！」と叫ぶ。

「どうした」

「ねえ、だめ、このひと……もう、半分寝ちゃってる！」

酔いつぶれたのだ。

それでも、ハンドルを離さず、アクセルを踏み込みつづけているのだ。

車はセンターラインを越える。

遠くから来る対向車にクラクションとパッシングをぶつけられ、あわててセンターラインの内側に戻ると、今度はハンドルを左に切りすぎて、またガードレールにぶつかりそうになる。

焦げ臭いにおいが車内にたちこめる。タイヤの焦げたにおいだろうか。それとも、ブレーキ板が焼け付いているのだろうか。

「ダザイさん！　早くシンクロして、早く島野を救って！」

「……ルビィも来いよ！」

「わたしはだめ！　シンクロできないんだってば！」

島野との間に接点がない。

重なり合うものがない。

だが――。

私は当てずっぽうに怒鳴った。

「同じなんだ！」

「え？」

「島野も、自分の家に居場所がなかったんだ！　会社にもなかった！　居場所がどこにもなかったんだ！」

ルビィの表情が変わる。

と気づく間もなく、私はまた島野の背中に吸い込まれていく。

＊

ライブハウスにいた。

さっきの店だ。

がらんとした客席のいちばん後ろのテーブルに、私はいる。

そして――ルビィも、たったいま大あわてで店に駆け込んできたように、息をはずませて。

「……どういうことなの？」

「勘だったんだ」

「勘って……」

「家でも学校でもいいんだけど、どこかに居場所のあるようなヤツなら、自殺はしないだろうな、って」

勘が当たった。ルビィは島野の記憶に――まるでルイス・キャロルの描いたアリスが穴ぼこに落っこちるように、シンクロした。

「でも、わたし……なんにもできないよ。絶望したオジサンを救い出すことなんて、女子高生にできるわけないじゃん」

わかるよ、と私はうなずいて、ステージに目をやった。

島野が歌っている。Tシャツにジーンズ、そして真新しいデッキシューズ――やはり、これは、さっきシンクロした記憶のつづきだった。

「最後のライブなんだ」

「そうなの?」

「ああ……ライブの始まる前に、店のマスターから引導を渡されてた」

「でも、逆に考えればびっくりだけどね。もうオジサンになって、あんなに髪も薄くなって、それでもまだ夢にしがみついてたなんて、なんか、ちょっと信じられない感じ」

確かに、「執念」とは、もはや呼べない。そんな前向きな言葉で飾ってしまうと、結局、夢から覚める瞬間をずるずると引き延ばしてしまうだけだろう。

だが、それを「未練」と呼んでしまうのも、悲しい。

「……好きだったんだよ。音楽が好きだったから、捨てられないんだ」

私は静かに言った。目はステージの上の島野に向いていても、ほんとうに見つめているのは、もっと遠くの、もっと大きな、もっとたいせつな……俺たち、だった。

曲が終わる。

島野は椅子に座ったまま、深々とお辞儀をする。

ほんとうの記憶では、客席からはなんの反応もなかったはずだ。島野の歌を聴いている客は、私たち以外には誰もいないのだから。

だが——。

私は立ち上がって拍手をした。

ルビィも、なにそれ、と苦笑いしながら席を立ち、頭上で手を叩く。

島野は一瞬きょとんとして、目を何度か瞬き、それから、照れくさそうに――うれしそうに、笑い返した。

その笑顔がストップモーションのように静止して、ゆっくりと揺れながら粒子が粗（あら）くなって、やがて闇に溶ける。

急ブレーキの音が響きわたる。

記憶の世界から現実にはじき出されたルビィと私は、見た。

路肩に車を停めた島野の横顔にも、同じ微笑みが浮かんでいた。目をつぶって、泣きながら笑っていた。

事故ではない。島野は自分から意識して、車を停めたのだ。

生きている。

生きているからこそ――涙はとめどなく閉じたまぶたからあふれ、頬を伝い落ちていく。

＊

車が停まったのは、公園のすぐ近くだった。

島野は車を降りて公園に入り、水飲み場の水道で顔を洗った。カルキと錆のにおいが混じっているはずの水道の水をごくごくと飲み、それでは足りないと思ったのか、頭から水を浴びて、酔いを醒ました。

車に戻り、トランクを開ける。窓拭き用の汚れたタオルで顔と頭を拭いてから、吐き出す息を手のひらで受けてにおいを嗅ぎ、まだウイスキーのにおいが残っていたのだろう、苦笑交じりに首をかしげた。

「……運転しちゃうと思う?」

ルビィが訊いた。

私は少し考えて、「だいじょうぶだよ、酔いが完全に醒めるまではここにいるさ」と答えた。

「自信あるんだね」

「ああ……」

だって、と僕はつづけた。

「あいつのライブは、まだ終わってないんだ」

ルビィは「カッコつけちゃって」と肩をすくめたが、それ以上はなにも言わなかった。

島野は夜空を見上げて、気持ちよさそうに頰をゆるめ、「ありがとうございます……では、次の曲、いきます」とつぶやいた。

そう――ライブは、まだつづく。

「生きている」と同じ意味のライブは、これからもずっと、つづく。

「……いろんな曲を作ってきましたが、これはかなわないな、っていう他人の曲もあります。皆さんもよくご存じの若い奴らが歌ってるんですが、ほんとうは、僕たちの世代にいちばんぴったりくるナンバーです。それを、お別れに歌います……」

島野が歌ったのは、ＳＭＡＰの『夜空ノムコウ』だった。

「あのころの未来に　ぼくらは立っているのかなぁ…　全てが思うほど　うまくはいかないみたいだ」――そのフレーズを、島野は何度も何度も、繰り返し口ずさんだ。

第三章

1

「ダザイさんは、徹夜したことってある？」

高架になった線路の上を歩きながら、ルビィが訊いた。

「原稿の締切がぎりぎりのとき、たまに、だな」

私は、上りと下りの線路に挟まれた保安工事用の通路を歩いている。

「売れっ子みたいじゃん」

「……原稿を書くのが遅いだけだよ」

「他の仕事で忙しかったりするんじゃなくて？」

「朝からずーっと仕事場にこもりきりでも、丸一日かけて二、三枚しか書けないんだ」

「推敲（すいこう）だっけ、そういうのをしてるから？」

「違う……書けないんだ、ほんとに。ストーリーは決まってても、それをどう書いたらいいかわからないし、調子の悪いときにはストーリーすら浮かばないし……」

「そういうものなの？　作家のひとってみんな」

「そんなことないと思うけどな」

私だって、デビューから数年——三十代の頃は、もっと早いペースで原稿を書いていた。作品の出来映えや売れ行きはともかく、「次になにを書くか」で悩んだことはほとんどなかった。注文があることがうれしくて、小説を書くのはもっと楽しくて、自分が作家として生きていることに幸せを感じていた。

四十代になって、変わった。少しずつ、小説を書くことがキツくなってきた。最初のうちは「あれ？」と首をかしげる程度の違和感だったが、それがしだいに大きくなって、気がつくと、仕事場でパソコンに向き合うことが嫌で嫌でたまらなくなった。

「なんで？」

ルビィはさらりと胸の内を覗き込んで、さらりと訊いた。

その口調があまりにも軽かったので、かえって身構えずに答えることができた。

「枯渇って、わかるか？」

「……コカツ？」

「枯れちゃったんだよ。ダムの貯水湖が干上がっちゃったような感じで」

「小説のネタが？」

「ネタっていうより……情熱とか、やる気とか、そんなのが枯れちゃったんだと思う」

自分では、われながら感心するほど素直に答えたつもりだった。

だが、ルビイは気のない声で「ふうん」と相槌を打って、レールの上にひょいと乗った。

平均台の上を歩くように両手を広げてバランスをとり、ときどき体を危なっかしく揺らしながら、一歩ずつ先を進む。

「ねえ、ダザイさん」

「……うん？」

「それって、才能がなかったってことなんじゃないの？」

さっきと同じ軽い口調で、さっきよりはるかに重く、ずしんと胸に響くことを言う。背中を向けたまま――だったから、ただキツいことを言ってからかっているだけではないのだろう。

「賞も、けっこうもらったんだけどな」苦笑交じりに私は言う。「そこそこ売れた本もあったし」

「知ってるよ。だって、教科書にも載ってたし、わたしも模試の国語の問題でダザイさんのこと知ったんだから」

ルビィはそこでやっと私を振り向いて、「プライドが傷ついたんだったら、今度からホンモノの名前で呼んであげようか？」と笑った。「なんだったら『先生』付きで」

「……いいよ、ダザイで」

「すねてる？」

「違うって」

ま、いいけど、とルビィはまた前に向き直り、両手を広げてレールの上を歩きながらつづけた。

「つづけることも才能のうち、だよね、たぶん」

「ああ……」

「ダザイさんには、その才能はなかったわけでしょ」

それは——認める。そうでなければ、たとえ発作的なものだったとはいえ、仕事場で首を吊って死ぬようなことはなかったはずだ。

「わたしも同じだね。人生をつづける才能がなかったってことだよね」

振り向いて笑うルビィに、うまく笑い返すことができなかった。

ルビィは勢いをつけて、レールの両脇に足をついた。幼い子どもの「けん、けん、ぱっ」のようなしぐさだった。

そして、夜明けが近くなった空を見上げ、ふう、と息をついて、今夜命を救ったひとのことを、まるで古い友だちを懐かしむように口にした。

「島野さんは……わたし、けっこう幸せなんだと思うよ」

「そうか？」

「うん。だって、ずーっと音楽が好きだったんだもん。いまでも好きなんだもん。それはさ、プロになるっていう夢は叶わなかったし、そんな夢を持っちゃったから人生を棒に振ったところもあると思うよ。お金とか、仕事とか、そういう面で得をしたか損をしたかで考えたら、やっぱり、損しちゃったんだと思う」

でもね――と、ルビィは夜空を見上げたまま、つづけた。

「中学生とか高校生とかの頃に好きだったものを、オジサンになってもずーっと好きでいられるのって、幸せじゃん」

私は黙ってうなずいた。背中を向けたルビィには届かないしぐさだったが、しっかりと、大きく、うなずいた。

「一つのことをずーっと好きでいられるのも、才能なのかもね」

私も、そう思う。

自ら命を絶つ直前――要するに最晩年の時期、私は小説が嫌いだった。書くことも、読むことも。子どもの頃から憧れていた作家になったというのに、作家と呼ばれる自分が、作家としてふるまう自分が、たまらなく嫌だった。

かつて確かにあったのに、いまは枯れてしまったもの——それは、ストーリーのストックではなく、小説を書きつづける気力でもなく、いちばん肝心な、小説を好きでいる心だったのかもしれない。

ルビィはまたレールの上に乗り、両手を広げて歩きだした。

「島野さん、まだ車の中で寝てるのかなあ。酔いが醒めるのってけっこう時間かかるんでしょ？」

「ゆっくり眠ればいいんだよ」

「朝になっても会社に帰らないとまずくない？　叱られて、処分とか、あとクビとか……」

「そうかもな。でも、だいじょうぶだよ」

「だよね、わたしもそう思う」

島野が背負った人生の重荷は、なに一つ消えてはいない。後悔や未練が彼の胸からきれいに消え失せることは、明日からも、たぶん、ないだろう。それでも、島野は今夜を乗り切った。重い荷物を背負ったまま、「死」へと彼をいざなう穴ぼこを乗り越えた。もうだいじょうぶだ。理屈で説明はできなくても——信じている。

「なにもしなかったけどね、わたしもダザイさんも。あんなので命を救えるなんて、なんか、嘘みたい」

「そんなことないよ」

「そう？」

「ああ……」

がら空きのライブハウスで、島野の歌を聴いた。孤独なステージを終えた島野に、拍手を贈った。ルビィと私が彼のためにしたことはそれだけで、彼の命を救うほどの大きな手助けはなにもしなかった。

だが、島野の歌は、確かに私たちに届いたのだ。ルビィも私も、心からの拍手を贈ったのだ。

それだけで——いい。

「ダザイさん、もしも、自殺する日に読者からファンレターが届いてたら、どうなった？」

少し考えてから、「死んでなかったかもな」と答えた。

ルビィは「素直じゃん」と笑って、そのはずみで体のバランスをくずしかけて、おっとっとっ、と広げた両手を細かく上下させて体勢を立て直した。

危ないところで、なんとかセーフ。まっすぐに背筋と両手を伸ばして一息つくルビィの後ろ姿は、なんだか十字架のようにも、見えた。

＊

夜明けが近い。

東の空が少しずつ白んできた。

私たちは高架になった武蔵野中央駅のホームの屋根から、夜明け前のニュータウンを眺めている。

ルビィにとっても私にとっても、馴染み深い駅だ——もちろん、屋根の上に乗ったことなんて、一度もなかったのだが。

ルビィは駅の北側を向き、私は南側を向いている。お互いのわが家がある方角とは逆だった。家族のいるわが家を見つめる勇気が、私にはなかった。ルビィもたぶん同じだろう。

「ダザイさんは、夜明けの街ってどう思う？　好きだった？」

「……べつに、そんなこと考えてなかったな。徹夜のときはとにかく忙しかったし、仕事場はマンションの三階だったから、眺めもよくなかったし」

ルビィは？　と聞き返すと、答えはすぐに返ってきた。

「わたしは好きだったよ、昼間よりずっと」

「試験前とか徹夜してたのか？」

「……そういう発想って、いかにもオジサン」

「じゃあ……どんなときに徹夜してたんだ？」

「いつでも」

「はあ？」

「わたし、夜の女王だったから」

冗談めいた口調だったが、だからこそ、しゃべったあとのため息に重いものを感じた。

「ウチのマンションは十四階で、建ってる場所も高台だったから、眺めはサイコーによかったの。新宿の超高層ビルとか見えてたからね」

そんな自宅のバルコニーから、明けていく空を眺めるのが好きだった。

真夜中のうちは街灯とマンションの廊下の明かりしかなかった街に、少しずつ窓の灯がともっていくのを見るのが、好きだった。

「危なくないか？」

「なにが？」

「だって、十四階のバルコニーに、徹夜明けの女の子が一人でぼーっとしてて……」

「ダザイさんの小説なら、そこで飛び降り自殺しちゃいそう？」

私は黙ったままだったが、ルビィは勝手に答えを決めつけて、「作家としてだめになった理由、なんとなくわかるなあ」と笑った。「発想が狭いよね、狭くて浅いの」

ほっといてくれ。

ルビィの言うことが決して的はずれではないとわかっているから、よけい腹立たしくて、情けない。

代わりに、訊いた。

「徹夜して、なにやってたんだ？」

「いろいろ」

「渋谷とかで遊んでたのか」

「そういう日もあったし、自分んちにいる日もあったし……いろいろ」

「いつ寝てたんだ？」

「いろいろ」

「学校は？」

「だから……いろいろなんだってば。徹夜して学校に行く日もあったし、寝ちゃって休んだ日もあったし、向こうから『来なくていい』って言われた日もあったし……ほんと、いろいろだから」

「高校、どこに行ってたんだ？」

「西高（にし）。武蔵野西高校、知らない？」

知らないわけがない。名前どおり武蔵野ニュータウンの西端にある学校で、この地域ではずば抜けてレベルの高い学校で、そして——。

ためらいを振り切って、言った。

「ウチの娘も、西高が第一志望だったんだ。まだ中学二年生だから受験は先のことなんだけど、塾でも『西高コース』に入ってたんだ」

葵の顔が浮かぶ。

難しい年頃にさしかかってからは幼い頃のように「パパ、パパ」とまとわりついてくることはなくなっていたが、それでも私は父親として、一人娘の葵のことを心から愛していた。小説が思うように書けなくなってからも、葵がおとなになるまではとにかくがんばっていこうと自分に言い聞かせて……その声がふっと消え失せた沈黙の中で、首を吊ってしまったのだ。

仕事に行き詰まって自殺した父親のことを、葵は軽蔑するだろうか。悲しむ前に怒るだろうか。自殺は弱い人間の逃げ道だと、どこかの標語のようなことを言って、父親を生涯許してはくれないのだろうか……。

背中に、手のひらが添えられた。振り向いたルビィが、私の背中——ちょうど心臓の真後ろに手のひらを置いたのだ。

胸の内は、すでにルビィに読み取られているはずだ。いつもなら、キツい一言を笑って言うところだ。

だが、ルビィは黙っていた。なにも言わずに、私の背中に手をあてたまま、だった。

夜が明ける。

東の空は、だいぶ明るくなった。

「ルビィ……」

「なに？」

「なんで、自殺なんかしちゃったんだ？」

ルビィは少し間をおいて、「ダザイさんは？」とオウム返しをした。

「後悔してないのか？」

「ダザイさんは？」

「……お父さんやお母さんに会いたくないのか？」

「ダザイさんは？　奥さんや子どもに会いたくない？」

「……俺が訊いてるんだ」

「わたしだって訊いてるんだけど」

やれやれ、と苦笑交じりにため息をつくと、それで安心したようにルビィは私の背中から手を離した。

不思議な感覚だ。手のひらが離れたあとのほうが、背中にほんのりとした温もりが染みていく。やがてそれは胸に届き、葵の顔をそっと包んで、消してしまう。

「島野さんのタクシーに戻って、一緒に都心に帰っちゃうのも、ありかも」

ルビィはぽつりと言って、「どうする?」と訊いた。「それとも、電車がよかったら始発に乗って、どこかに行っちゃう?」

私は東の空を見つめて、「どっちでもいいよ」と言った。

「わたしも、どっちでもいいんだけど……」

ルビィは芝居がかったあくびを挟んで、「せっかく来たんだから、もうちょっと、ここにいない?」と笑いながら言った。

「武蔵野ニュータウンで探すのか、次の相手を」

「ってことになるね。四人目かな」

ルビィは、殺人を犯したあと自殺するつもりだった前川を救った。前川に殺されるはずのサヨコも救った。そして自殺同然の飲酒運転で世を去る寸前だった島野を救って……これで七人の命を救うノルマのうち三人ぶんを果たしたことになる。

「見つかるかな、こんなところで」

口にしたあとで、バカなことを言ったな、と気づいた。

ルビィも「自分のことをすぐに棚に上げちゃうんだね、オジサンは」とあきれたように言って、「いるよ、絶対に」と付け加えた。

確かに、そうなのだ。なにしろ、ここに前例が二人もいるのだから。

東の空にオレンジ色の光が混じった——と気づく間もなく、朝陽の最初のひとしずくが光った。

「ほんとうに死にたいひとは、こういう街にいるんだよ、きっと」

ルビィは朝陽をじっとにらみつけて、言った。

2

武蔵野中央駅は、その名のとおり武蔵野ニュータウンのちょうど真ん中にある。街を東西に貫く高架の線路と、やはり高架になった南北の遊歩道が交差するところが、駅だ。

「きれいなものだね」

駅の引き込み線の先にある変電所の鉄塔のてっぺんから遊歩道を眺めて、ルビィは言った。

駅前のたたずまいだけではない。立体交差する道路、ループを描いたジャンクション、碁盤のように等間隔に交差する生活道路、雁行形に建ち並ぶマンション、公園の緑、街路樹の緑、朝陽を映し込むハーフミラーのオフィスビル……すべてが整然としている街だ。

「最初に設計図を描いてからつくった街だからな」

「うん、なんか、定規とコンパスでスケッチできそうな感じだもんね」

確かにな、と私は苦笑する。

ふだんの生活では実感することはなかったが、こうして——生身の人間では立つことのできない場所にたたずんで街ぜんたいの輪郭を見渡していると、ほんとうに計算ずくの街なんだと思う。もしかしたら、この街は空の上から眺めるときに最も美しい姿を見せてくれるのかもしれない。住民ではなく、鳥に見せるための街——それにいったいなんの意味があるかは、わからないけれど。

「設計図どおりになってるのかなあ、いまの武蔵野ニュータウン」

「それはそうだろ、道路なんかは最初につくるんだから。バブルがはじけなかったら、もっとビルやマンションも増えてたんだろうけどな」

それを、ディベロッパーは「誤算」と呼ぶのだろう。だが、そもそも、ひとが生きて暮らす街に「計算」が成り立つんだと考えることじたい、ほんとうは根本的なところで間違っているんじゃないかという気もする。

ルビイも同じことを感じたのか、「じゃあ」といたずらっぽく言った。「住民に自殺者が出ることも、計算してたってわけ？」

私は苦笑いでそれをいなして、「いいこと教えてやるよ」と言った。「ウチの娘の話だけど」

葵が小学四年生のとき、社会の授業で、武蔵野ニュータウンについて調べた。

「あ、わたしも前のマンションにいた頃、やったことある。『自分の住んでいる街について調べましょう』ってやつでしょ？　班で地図をつくったり、お年寄りに昔の話を聞きに行ったり……」

「そうなんだ。葵も地図をつくったんだけど、そのとき、気づいたんだ。この街って、たいがいのものは揃ってるんだけど、いちばん大切なものがないんだ、って」

なんだと思う？　と訊いて、すぐに無意味だったなと気づいた。こっちの胸の内を自由自在に読み取れるルビィにとっては、クイズはクイズにならない。

だが、ルビィは「わたし、答え知ってるよ」と言って、「ダザイさんのココロを読まなくてもわかる」と付け加えた。

「そうか？」

「お墓がないんだよね、ここには」

十万人を超える人口を擁する武蔵野ニュータウンには、墓地がない。斎場も、南側の山を越えた――行政区分では市外になってしまう場所に一箇所しかない。

「どう？　当たりでしょ」

「……ああ」

ルビィはそれを身をもって知ったのだ。

「わたしのお葬式をした斎場って、ほんとに不便な場所で、バスも走ってないの。おとなは車で行けるけど、高校生とか、もう、ヒサンだよね。お通夜のあとなんか、二重遭難っていうか、マジ、友だちの帰り道が心配になっちゃうほどだったし」

「見てたのか？」

「うん、誰が泣いてたとか誰が泣いてなかったとか、ぜーんぶ」

私は違う。自分の葬式はおろか、仕事場で首を吊ったあとどうなってしまったのかも、わからないままだ。

「どうすれば見えるんだ？」

「さあ……」

「教えてくれよ」

「勝手に見えちゃうだけなんだよ、わたしの場合は」

「俺は？」

「ひとのことまで知りませーん」

軽く笑ったルビィは、話を勝手に元に戻して、「お墓も遠いんだよね」と言った。

「ここから車で一時間以上かかるんだもん」

　両親は霊園の墓所を買ったのだという。

「田舎に先祖代々のお墓はあるんだけど、お父さんもお母さんも帰るつもりはないし、わたしだって、知らないひとばっかりのお墓の中に入れられたって困るしね。どっちにしても、いずれは霊園を買うつもりだったの、お父さんたち。でも、まあ、予定より早くお墓が必要になったわけで……それについては、迷惑かけちゃったかな、って」

　私には、葵のために墓所を買うことなんて、見当もつかない。葵が親よりも先に逝ってしまうなど、私にとっても、妻の聖子にとっても、「もしも」や「万が一」を頭につけて想像することすらできない話だった。

　たぶん、ルビィの両親もそうだったはずだ。真新しいお墓の下に最初に入る家族が、自ら命を絶った娘だなんて、世の中にこれほど悲しいことはあるだろうか……。

「そう?」

　ルビィに、また胸の内を読まれた。

「わたしだったら、自殺したおとーさんのお葬式をあげなきゃいけない娘のほうがかわいそうだと思うけどね」――笑いながら、ぴしゃりと言われた。

「……それはそうだけどな」

苦笑いで認めながらも、同じ親として、ルビィの両親の悲しみを打ち消すわけにはいかない。

「どんな死に方でも、親が子どもより先に死ぬのは当然っていうか、自然の摂理だろ。でも、逆はだめだよ、やっぱり」

「だめって言われてもしょーがないじゃん、もう」

「……まあ、そうだけど」

「それに、そんなこと言うんだったら、ダザイさんにも親はいるわけじゃない？」

言葉に詰まる。遠いふるさとにいる母親の顔が浮かんだ。

「息子がお母さんより先に死んじゃうのって、つらいよねー、やっぱり」

ルビィは笑う。

私にはルビィの胸の内を読み取ることができない。なんとも不公平な話だと思う。それでも、私はルビィよりも長く生きてきたおとなで――おとなだからこそ、胸の内はわからなくても、表情や口調から思いを読み取るすべは持っている。

「まあ……どっちにしても、家族の誰かが自殺しちゃうってのは、遺されたほうにとってはキツいよね……」

遊歩道を見つめてぽつりとつぶやくルビィに、よけいな言葉をかけない程度の気配りだって、持ち合わせているつもりだ。

＊

五時台はまだ閑散としていた遊歩道は、六時を回って電車の発着する間隔が短くなると、しだいににぎわってきた。遊歩道をせかせかと歩いてくるサラリーマンやＯＬや学生たちは、駅から徒歩圏内のマンションの住民で、駅のすぐ手前の階段を上って遊歩道に姿を見せるのは、駅行きのバスから降りてきたひとたちだ。

私は鉄塔のてっぺんから南側の遊歩道を見下ろし、ルビィは私と背中合わせに北側の遊歩道を向いて、「毎朝毎朝、こんなに早い時間からご苦労さん、だよね」と笑う。夜明け前にホームの屋根に座っていたときと同じ――お互いのわが家のある方角は向かない。

「ダザイさんの奥さんって、仕事してるの？」

「パートタイムで、英会話教室の経理をやってる」

「作家の奥さんなのに？」

「……素人が思ってるほど金持ちじゃないんだよ、作家ってのは」

「この駅を使ってるの？」

「いや、武蔵野ニュータウンの中の教室だから」

「じゃあ、ここで待ってても会えないんだ。葵ちゃんも中学生だったら駅なんか使わないよね」

なーんだ、と拍子抜けして笑ったルビィは、自分の言葉が諸刃の剣だと気づいたのか、不意に黙り込んだ。あたりまえだ。ルビィがそんなことを言うのなら、私にだって逆襲の手立てはいくらでもある。

「ルビィのお父さんやお母さん……何時の電車に乗るんだ？」

返事は、かなり遅れた。

「……お母さんは専業主婦」

「じゃあ、お父さんは？　七時過ぎぐらいの電車か？」

「……知らない」

無理強いはしない。

ルビィの気持ちは、わからないわけではない。

だが、待っていれば、いずれルビィの父親は姿を見せるはずなのだ。娘を亡くして三年後——たぶん、私とそれほど歳の違わないはずの父親は、いま、どんな毎日を送っているのだろう。娘のことを忘れてしまったはずはない。けれど、しじゅう思いだしているというわけでもないだろう。三年間とは、そういう年月だ。

「きょうだいはいないのか？」

「弟がいるけど」

「いくつ？」

「いまは……小学六年生かな。ちょっと歳が離れてるんだよね」

じゃあ——と、一瞬胸によぎった思いを、ルビィは敏感に読み取った。

「そういう発想、やめない？」

そっけなく言って、「関係ないと思うよ、そんなのは」とつづける。

弟がいるのなら、娘を亡くしたお父さんやお母さんの悲しみも少しは……と思ったのだ。ルビィに言われて初めて、それが両親に対してもルビィに対しても、弟に対しても、とんでもなく失礼で残酷な考え方なのだと気づいた。

私はため息をついて、「ごめんな」と言った。「こういうところがだめなんだな、作家として」

「人間として、なんじゃないの？」

キツい一言だったが、笑いながら言われたぶん、救われた。

「まあ、わたしのことはどうでもいいし、ダザイさんも家族に会いたくないみたいだし……そろそろ、お仕事に取りかかりましょーか」

ルビィは立ち上がって遊歩道をあらためて見渡した。

「いないね、ここには」

今日、死を迎えるひとが——遊歩道を歩くひとの中には見あたらない。

「皆さん、今日一日、元気で過ごすってわけだね」

「大学病院があるだろ、そこならなんとかなるんじゃないか？」

「最初に言ったでしょ。病気で死ぬひとはだめなの。わたしが救わなきゃいけないのは、死なずにすむはずなのに死んじゃうひと、だけ」

つまり――ルビィが探しているのは、不慮の事故で亡くなるひとや、なにかの巻き添えになって亡くなるひとや……それから、自殺するひと……。

「ねえ、ダザイさん」

ルビィの声から笑いが消えた。

「……見つけたよ、いた、あそこ」

ルビィが指差したのは、駅から北へ延びる遊歩道だった。

ひとの流れとは逆に、駅を背にして歩く女性がいる。

大きなショルダーバッグを提げて、すれ違いざまに肩がぶつかるのを避けるように、遊歩道の端をゆっくりと歩いている。

セーターの上にジャンパースカートを着た後ろ姿のシルエットと、スニーカーを履いた足の、一歩ずつを確かめるような運び方で、わかった。

「妊娠してるのか」

「うん……そんな感じだね。さっき着いた電車で来たんだと思う」

まだ七時前――ラッシュアワーには早い。

「満員電車だとおなかが危ないから、早めの電車に乗ったんだろうね」

病院に通うにしては、時間が早すぎる。通院なら逆に、ラッシュアワーが終わった頃の電車に乗ればいいのだから。

ということは――。

彼女の姿をじっと見つめたルビィは、「先生だよ」と言った。「学校の……小学校の先生だと思う。ショルダーバッグの中に、教科書とか参考書とか、あと名簿とか、入ってるから」

「……死んじゃうのか？」

「うん……」

「なんで？」

「わかんないよ、それは。でも、あのひと、今日、死んじゃう」

「赤ちゃんがおなかにいるのに？」

「そんなの関係ないじゃん、赤ちゃんがいるから死んじゃうことだってあるんだし」

ルビィの声には、いらだちが混じっていた。

今日死んでしまう運命を背負った女性教師は、遊歩道とバスターミナルをつなぐ階段を、一歩ずつ慎重に、手すりに手を添えながら降りていく。体が横向きになると、ふくらんだおなかの輪郭がはっきりとわかる。かなり大きい。臨月が近いのかもしれない。

「バス、乗っちゃおう」

ルビィはそう言って、鉄塔からふわっと空を舞った。私もあわててあとを追う。昨日、渋谷のビルから空を飛んだときよりはすんなりと風に乗ることができた。

＊

路線別に乗り場が並ぶロータリーに、出発時刻を待つバスが一台停まっていた。五月台(さつきだい)行きのバスだった。すでに女性教師はそのバスに乗り込み、優先席に腰かけていた。万が一の事故に備えて、まだバスが動き出す前から、席の前のグリップをしっかり握りしめている。

そこまで体を気づかっている彼女が——死ぬ。

ルビィと私が救わなければ、今日のうちに、死んでしまう。

でも——なぜ……？

ルビィはバスの乗車口の前にたたずんだまま、デッキに足をかけようとしない。ためらっている。おびえているようにも、見える。

「どうした？」

声をかけると、こわばった顔で答えた。

「……この先生……わたしの弟のクラス担任……」

ショルダーバッグの中の名簿に、弟の名前が書いてあった、という。

3

バスは、駅から北へ向かった。ドアの上の路線図で確かめると、終点の「五月台」の二つ手前に、「五月台小学校前」という停留所がある。「弟が通ってるのって、そこなのか？」と訊くと、ルビィはそっぽを向いて黙っていた。だから――たぶん、それが正解なのだろう。

私はドアの前から離れ、ルビィの座った席の真後ろに腰かけた。

「どうするんだ？」

「なにが？」

「だから……行くのか、学校まで」

ルビィは窓の外に目をやって、まだ完全に起き出してはいないニュータウンの街並みをじっと見つめる。

馴染み深い風景のはずだ。もしもルビィの自宅が五月台にあるのなら、毎日このバス路線を使って駅まで出て、バスを乗り換えて武蔵野西高校に通っていたのかもしれない。

「そんな面倒くさいことしないよ」

ルビィはそっけなく言った。「じゃあ、自転車か？」と訊くと、もっとそっけなく「原チャリ」と答え、「西高ってバイク通学ＯＫなんだっけ？」とさらに訊くと、さらに不機嫌そうに「バレなきゃいいの」と答えて、透き通った拳で窓ガラスを軽く叩いた。

「ひとのこと勝手にあれこれ考えるのって、やめてくれる？」

「……ひとの胸の内を勝手に読み取るのも、やめたほうがいいと思うけどな」

「だったら、考えるのやめてよ。なにも考えてなければ読まずにすむんだから」

機嫌が悪い。それも、いつものそっけなさとは違って、ピリピリと張り詰めたような不機嫌さだった。

弟のこと――なのだろうか。

このまま、あの女性教師を追って五月台小学校まで行けば、ルビィは三年ぶりに弟と会う。もちろん、弟にこっちの姿は見えないのだが、ルビィは一方的に弟と再会を果たすことになる。それが百パーセント喜ばしいことだとは、私だって思わない。

……また、ルビィの嫌がることを考えてしまっている。なにも考えずにいるというのは、ほんとうに難しいことなのだと、あらためて知った。

……と考えていることも、もちろん、ルビィには読み取られてしまう。

「無心になれないんだね、おとなって、やっぱり」

ルビィは言った。あいかわらず窓の外に目をやったままだったが、初めて声に笑いが溶けた。

私もほっとして、それでやっと胸の中ががらっぽになった。

「思ったこと、すぐにしゃべればいいんだよ。どうせ黙っててもわかるんだから」

「それはそうだけど……」

「言いたいことがあるのに黙ってるのって、ヘンじゃん。それに、そういうときって、結局勝手に結論を出して、勝手に納得しちゃって、しかもその結論が的はずれになってるわけ。親が子どものことを勝手に心配して、でも本人には直接言えずに一人で悩んでるときって、たいがいそうだよ。悩めば悩むほど、どんどん、とんちんかんなことを考えちゃうの。ダザイさんだって、自分でもそのパターンだと思わない？」

苦笑交じりにうなずいた。葵の顔が思い浮かぶ。と同時に、顔を知らないルビィの両親のことも――。

そんな胸の内に気づいているはずのルビィは、「ま、いいけど」と軽く身をかわすように言って、初めて通路越しに女性教師に目を移した。

彼女は、優先席に座り、大きなおなかをかばうように膝にバッグを載せて、プリントに赤ペンを走らせている。

もちろん、彼女は今日のうちに死んでしまう自分の運命を知らない。昨日のつづきの今日を送り、今日のつづきの明日が待っていると信じ切っていて、その信頼の中で、おなかの赤ちゃんを育(はぐく)んでいる。

「六年二組」

ルビィはぽつりと言って、「六年二組の担任だね、この先生」とつづけた。

「名前は？　わかるのか？」

「美咲(みさき)先生。片山(かたやま)美咲……かわいい名前だね」

「死ぬのは、間違いないのか？」

「うん……かわいそうだけど」

「赤ちゃんは？」

ルビィは美咲先生をしばらくじっと見つめてから、ため息をついた。

「……だめみたい」

妊娠中の母親と胎児がいっぺんに命を落とす——早産だろうか。それとも交通事故かなにか、なのだろうか。いずれにしても、なんの前触れもない、不慮の悲劇だということは確かだ。

「今日の、いつ死ぬんだ？」

「わかんない」

「どこで？」

「だから、わかんないってば」

「学校で倒れたりするんじゃないだろうな、まさか」

「ちょっと黙っててよ、うっさいなあ、ほんと」

いらだっている。

このまま五月台小学校に行くと弟と会ってしまうから――それだけ、なのか？　他にもっと、ルビィをいらだたせるものがあるのか？

私にはルビィの胸の内を読み取ることはできない。ずいぶん不公平な一方通行だ。

朝のラッシュとは方角が逆のせいだろう、がら空きのバスは途中の停留所のほとんどを通過して、気がつけば、窓の外の風景はすっかり郊外のマンション街区になっていた。

車内アナウンスが響く。

次は五月台小学校前――女性のひらべったい声のアナウンスが「お降りの方はお近くのボタンを……」と言い終える前に、美咲先生は降車ボタンを押した。

バスが減速する間にプリントをバッグにしまって、バスが停まって降車口のドアが開いてから、ゆっくりと、慎重に、手すりにつかまりながら席を立つ。ちょっとしたしぐさにも気を抜いている様子はない。一歩ずつ通路を進み、柱をしっかりと右手でつかんで、降車口のステップを一段ずつ、体をわざわざ横向きにして降りていく。その間もずっと、左手はおなかに添えられたままだ。

ここまで気を配って、ここまでおなかの命をいたわっていて……それでも、今日、彼女は生まれる前の我が子とともに命を絶たれてしまうのか……。

やりきれない思いで席を立ち、座ったままのルビィに「降りるんだろ？」と声をかけた。

ルビィは小さくうなずき、「降りなきゃしょうがないよね」と自分に言い聞かせるようにつぶやいて、私のあとについて外に出た。

バスを降りてから小学校の正門までの一本道を、美咲先生はゆっくりと歩いていく。車道を走る車はほとんどなかったが、万が一のことを恐れているのだろう、彼女は狭い歩道を通り、犬を散歩させるひとや自転車に乗ったひととすれ違うときには自分から脇によけて立ち止まった。

ほんとうに大切にしている。母となる日を間近に控えた自分と、産声（うぶごえ）をあげる日を待ちわびている赤ちゃん——二人分の命を、こんなにもいつくしんでいるひとが、あと十数時間のうちに……。

やりきれなさを超えて、悲しさも超えて、怒りさえ覚えた。

冗談じゃない、ふざけるな、と怒鳴りつけてやりたかった。もしも神さまという奴が空の上にいて、人間には逃れようのない運命を差配しているのなら。

美咲先生は歩きながら、微笑みをたたえておなかを見つめる。なにかをそっと語りかけるように、おなかを手でさする。優しそうな笑顔だ。僕にも覚えがある。葵がおなかの中にいる頃、妻の聖子はいつもそんな笑顔を浮かべていた。そして、その微笑みは、赤ちゃんが生まれたあとには、かぎりなく、たとえようもなく、優しくやわらかいものに変わっていくのだ。

だから――。

私はうめくように言った。

「……助けられるんだろ?」

並んで歩くルビィの返事はない。足を止めず、すっと、私の目から逃げるように顔をそむける。

「なあ……俺たち、あのひとを助けられるんだろ?」

ルビィは黙ったままだった。

＊

職員室に一番乗りで入った美咲先生は、カフェインレスのコーヒーをいれると、またプリントの添削にとりかかった。

まじめな先生だ。たぶん児童にも慕われているだろうし、みんなの大好きな先生が赤ちゃんを産むことは、子どもたちにとっては命の重さと尊さを学ぶなによりの機会になってくれるだろう。

だから——。

職員室の空いた席に座った私はまた、うめき声でルビィに言った。

「助けるんだよな？　それ、ノルマなんだもんな？」

前川やサヨコ、島野のときも、もちろん命を救いたいと思った。彼らをこのまま死なせたくない、と願った。だが、美咲先生の場合は違う。もっと強い思いが胸に込み上げる。

このひとを死なせてはならない。

このひとと、赤ちゃんは、なにがあっても命を救わなければならない。

ルビィは、言葉ではなく、ため息を返した。それも、あきれた——いや、うんざりしたような、聞こえよがしのため息だった。

「よく言えるね、ダザイさんがそんなこと。自分は勝手に自殺しておいて、命の重さだとか尊さだとか、どの口で言ってるわけ？」

「……いや、だからさ……俺は自殺しちゃったわけだけど……」

「自分の後悔を他人に背負わせるのって、意味ないじゃん」

どうもおかしい。

そっけない口調や皮肉めいたモノの言い方はいつもどおりだが、なにか妙に投げやりで、私が美咲先生の命を救いたいと願うことじたいに腹を立てているようにも聞こえる。

「なにかあったのか？」

私には見えていないものが、ルビィには見える——それをきちんと教えてくれないから、もどかしくてしかたない。

「ねえ、ダザイさん……別のひとにしちゃおうか」

「はあ？」

「探せばすぐに見つかると思うんだよね、今日死んじゃうひとなんて」

「ちょっと待てよ、なんだよそれ」

「悪いけど……パスしたい、ここは」

見殺し——ということになる。

もちろん、そんな一言で引き下がれるわけがない。

「理由を言えよ」

口調を強めて言うと、ルビィも、だよね、とうなずいた。

「さっき、美咲先生にシンクロしてみたの。五月台小学校ってわたしの母校だから、その接点で」

「……で？」

「ヤバいもの、見ちゃった」

「……なにを？」

「わたし、マジ、美咲先生を助けられないかもしれない」

はぐらかしているわけではなさそうだった。その証拠に、ルビィの声ははっきりとわかるほど震えて、うわずっていた。

「……ヤバいものって、なに？」

ルビィは、さらに声をうわずらせ、ひとつながりの言葉になるのを恐れるように「お、と、ぅ、と」と音を区切りながら言った。

弟――。

シンクロして覗き込んだ美咲先生の記憶の中に、ルビィの弟がいた。

「いや、でも、それは……」

当然のことではないのか？

教師の記憶に教え子が出てくるのはあたりまえのはずだ。

だが、ルビィは私の胸の内を読み取って、静かに、ため息交じりにかぶりを振った。

「おびえてる」

「……弟のことを？」

「そう。美咲先生、ウチの弟におびえてる……」

ルビィは弟の名前を告げた。

卓也(たくや)――という。

「どうせわかっちゃうことだから」と、苗字も教えてくれた。

寺島(てらしま)卓也――。

ルビィの苗字も、だから、「寺島」ということになる。

「卓也のこと、先生、すごく怖がってるの……先生の記憶の中にいる卓也って……わたしの知ってる卓也とちょっと違ってて……」

「どんなふうに？」

ルビィは黙り込む。思いだしたくもないというふうに、首を激しく横に振る。本人から聞くのが無理なら、私が直接、美咲先生の記憶の中に飛び込んでいくしかない。

だが、どこでシンクロすればいいのだろう。妊娠中の小学校の女性教諭との間に、シンクロできるところなど、いったいどこにあるのだろう……。

職員室のドアが開き、年配の教師が入ってきた。

「おはようございます」と挨拶をする美咲先生の表情が、微妙に曇った。年配の教師も、なにか含むもののあるような中途半端な笑顔で美咲先生に応え、職員室のいちばん奥まった席についた。

「教頭、あのひと」——ルビィが言った。「わたしが六年生の頃に異動してきたの」とつづけ、「管理教育っての？　すっごく厳しくて、嫌な先生だった」と付け加えた。

確かに、席について美咲先生を見つめるまなざしには、なんともいえない陰険さや小狡さが感じられる。

「片山先生、ちょっといいですか」

座ったままで手招いて、席を立つ美咲先生のおなかのあたりを、無遠慮に、じろじろと見つめる。

「早出をしないと、なかなか片山先生ともゆっくり話せませんからね」

「……すみません」

美咲先生の表情は曇ったままで、声も低く沈んだ。

「どうですか、二組の様子は。少しは落ち着きましたかねえ」

「……はい」

「いや、ねえ、そういう曖昧な『はい』じゃ困るんですよ。これ以上いまの状態がつづくようだと、もう、保護者のクレーム、学校としては止められませんよ。教育委員会まで行っちゃいますよ、話は。そうなったら、あなたの教師としての将来にもかかわってくるでしょう」

美咲先生は黙ってうつむいた。悲しさと悔しさが、後ろ姿からも感じ取れる。

「授業が成り立っていないんじゃ、もう、学校じゃないでしょう、教師じゃないでしょう」

学級崩壊――なのだろうか……。

「産休補助の先生の目処は、もうついてるんですよ。ですから、何度も言ってますけど、早めに産休に入ってもらったほうが、片山先生のためにも、六年二組の児童のためにもいいんじゃないでしょうかねえ……」

教頭は大げさなため息をついて、話をつづけた。

「結局、問題なのは一人でしょう？」

美咲先生があわてて打ち消そうとするのをさえぎって、「しょうがないんですよ、アレは」と吐き捨てるように言う。

「先生もご存じだと思いますけどね、ほら、寺島くんは、お姉さんが自殺しちゃってるでしょ、どうもね、そういうのがおかしなトラウマになっちゃってるんですかねえ……」

ルビィの体が、びくっと揺れた。透き通った全身なのに、顔が見る間に青ざめていくのが、わかった。

4

始業のチャイムが鳴って、職員室にいた教師たちは、それぞれの担任する教室に向かう。ルビィと私は廊下のロッカーの上に座って、その姿をぼんやりと見つめた。

ドリンク剤を服んでから職員室を出る教師もいれば、同僚と愚痴めいた口調でおしゃべりしながら歩く教師もいる。廊下の窓から空を見上げてため息をつく若い女性教師を、ベテラン教師が、大きなあくびをしながら追い越していく。

颯爽と廊下を歩く教師もいないわけではなかったが、全体としては、教師たちは皆、疲れ気味だった。教室のある校舎から聞こえてくる子どもたちの声が元気いっぱいだから、よけいに、教師たちの疲れがきわだってしまう。

「なんか……大変そうだね」

ルビィはぽつりと言った。

「いまは小学校でも荒れてるっていうからな」

「知ったふうなこと言わないでよ」

八つ当たりするような乱暴なしぐさでロッカーから降りて、ひとの流れが途切れた戸口から、職員室の中を覗き込んだ。

ほとんどの教師が職員室を出たあとも、美咲先生はまだ自分の席に座っていた。学級通信のプリントを机の上に置いたまま、目を閉じて、何度も深呼吸する。

気持ちを落ち着けるため――なのだろうか。

それとも、教室で子どもたちと向き合うための勇気が欲しい――のだろうか。

美咲先生が担任する六年二組は、学級崩壊に陥って（おちい）いる。始業までの時間で確かめた。間違いない。机を並べる六年一組と六年三組の担任教師は、美咲先生に「なにかあったら、すぐに声をかけてくださいね」と心配そうに言っていた。「体のこともあるんですから、とにかく無理しないで、自分一人で受け止めないでくださいよ」

美咲先生は笑って「ありがとうございます」と応え、「でも、だいじょうぶですよ」と小さくガッツポーズをつくったが、笑顔がしぼんだあとは、表情に翳りがよぎった。二人の同僚も顔を見合わせて、「でも、ほんと、無理しないでくださいね」「すぐ隣にいるんですから、なんでもおっしゃってください」と念を押すように言ったのだ。

だが、教室に入ったあとは、教師は一人きりで子どもたちと向き合うしかない。六年一組と六年三組の担任教師もすでに自分たちの教室へ向かった。

気がつくと、職員室に残っているのは美咲先生だけだった。

「おなかに手をあててるね、美咲先生」

「ああ……」

「だいじょうぶなのかな、具合悪いんじゃないのかなあ」

「もし具合悪いんだったら、休むだろ、いくらなんでも」

「でも……まじめそうなひとだし、少々のことなら無理しちゃうんじゃないの？」

このまま放っておけば、美咲先生は今日、死んでしまう。そこまではわかっている。問題は、死因だ。それが謎に包まれているかぎり、美咲先生の命を救うためになにをすべきなのか、見当もつかない。

「教室に行かせないほうがいいような気がする……ちょっと、なんか、嫌な感じ……」

六年二組の教室で、なにかが起きる——のだろうか。

そして、それには、ルビィの弟もかかわっている——のだろうか。

ルビィは黙って小さくうなずいた。

私の胸の内を読み取って、「なんとなく……そんな気がしてる……」と言った。

美咲先生はようやく目を開けて、席を立った。

「さあ、今日も一日、がんばりましょうっ」

自分を元気づけるようにつぶやき、出席簿とプリントを小脇に抱えて、職員室を出て行く。

「止めないのか」

「だって、シンクロできないんだもん。さっきはすぐにできたのに、いまは……だめなの、できないの」

美咲先生は廊下を進む。おなかをかばって手を添えて、足元に気をつけて一歩ずつ、ゆっくりと。

「ダザイさん、シンクロして」

「いや……そう言われても……」

いままで救ってきた前川や島野は同世代の男だったが、美咲先生は女性だ。シンクロする材料がない。

美咲先生は階段を上る。途中の踊り場で足を止め、ふーう、と長く尾を引くため息をついて、また歩きだす。

「ねえ、なんとかしてよ」

「無理だ……さっきからずっと探してるんだけど、なにも見つからないんだ」

美咲先生は二階の渡り廊下を通って、教室のある校舎に入った。「六年生の教室、三階だから」とルビィが言うとおり、さらに階段を上って、途中の踊り場でさっきよりさらに深いため息をついて、手すりを握り直した——そのときだった。

三階の廊下から、サッカーボールがバウンドしながら落ちてきた。

「バーカ！　なにやってんだよ、ド下手！　死ね！」——男の子の声。

「悪い悪い、ごめん」——これも、男の子の声。

ボールは美咲先生のすぐ横をすり抜けて、踊り場の隅で止まった。

最初に怒鳴った男の子が、「今度ミスったら殺すぞ、てめえ！」とまだ文句を言いながら、ボールを拾いに駆けてきた。

短い髪を立てて、ウインドブレーカーにハーフパンツという、いかにもいまふうの男の子だった。

始業チャイムはとっくに鳴っているのに、美咲先生を見ても悪びれた様子はなく、階段の上から先生に言った。

「拾えよ、ババア」

美咲先生よりも先に、ルビィの表情が変わった。

まさか——と私が思う間もなく、先生は感情を必死に押し殺した声で言った。

「……ボール拾ってあげるから、教室に入りなさい、寺島くん」

ルビィの弟だ。

「ボールあった？」と廊下から訊かれた卓也は、振り向いて「あったあった」と答え、「いま、ババアに拾わせてるから」と笑った。

「マジ？　先生来てんの？」

「いるけど、関係ねーよ」

卓也は、美咲先生に向き直って、「早く拾えよ」と言った。まだ声変わりしていない高く細い声だからこそ――刃のように、キン、と響く。

美咲先生は黙って、踊り場の隅に転がったサッカーボールを拾い上げようとした。だが、おなかが邪魔になって、うまくかがめない。壁に手をついて体を支え、ゆっくりと膝を曲げて……小脇に抱えていたプリントが、バサバサと音を立てて落ちてしまった。

卓也はニヤッと笑って、「落ちたプリントなんか配るなよ、汚いから、ばい菌つくから」と言った。「はい、やり直しーっ、プリントアウトしてこいよ」

「……教室に入りなさい」

「ボール」

「あとで持って行くから、早く教室に入りなさい」

「めんどくさい」

「……寺島くん、教室に入って」

「一万円くれたら入ってやるけど」

「お願い……教室に入って……」

美咲先生の声は、涙ぐんでいた。

「早くボール持ってこいよ」と言い捨てて、走り去った。

＊

ルビィは呆然（ぼうぜん）としたまま、しばらく黙っていた。

私も、なにも言えない。

教育の現場が荒れているのは、知識としては知っていた。少年犯罪や学級崩壊、いじめ、教師の自殺などの報道を見聞きするたびに、ニッポンはどうなってしまうんだ……と暗澹（あんたん）たる思いになって、ひるがえってわが家を見て、葵がそれなりに素直で真面目に育ってくれたことにホッとして、いやまだわからないぞ、と気を引き締めて……それだけのことだった。

心がすさんでしまった少年が、どんな目でおとなを見つめるのか。

そして、そんなまなざしをぶつけられたときのおとなはどうなってしまうのか。

初めて知った。新聞記事やニュースの画面とは違う、重苦しいなまなましさとともに。

プリントを拾い集め、サッカーボールを抱いた美咲先生は、ゆっくりと、力のない足取りで階段を上っていく。廊下はまだざわざわと騒がしい。女子の「教室入ってくださーい」の声をかき消して、男子が「うっせーよ、バーカ」と言う。でたらめなことをやっているのは卓也一人というわけではないようだ。

「ねえ……」

ルビィが言った。「美咲先生とウチの弟だったら、どっちがシンクロしやすい？」と訊いて、「まあ、どっちも簡単にはシンクロできないと思うけど」とつまらなさそうに笑う。

確かに、男性という点では同じでも、四十五歳の中年男と小学六年生の少年に、シンクロできそうなものがあるとは思えないし、なにより――私は卓也に対して強く憤っている。

「ちょっと、やっぱり卓也くんにシンクロするのは難しいかなあ……」

「『くん』なんて要らない」

「……卓也、どうだった？」

「なにが？」

「三年ぶりだろ、顔を見るのって」

ルビィが自殺して以来――ということになる。

「背、高くなってたね」

「……昔から、あんな感じだったのか？」

ルビィは黙ってかぶりを振り、ため息をついた。

「なにがあったんだろうな」

「それを想像するのが作家の仕事なんじゃないの？」

「……まあ、そうだけど」

教頭の言っていたとおり、姉の自殺が卓也の心に傷を残してしまったせいなのだろうか。

そう考えるのが一番すんなりと納得がいく。だが、だからこそ、それを認めたくはない。

「だったら作家の意地でいろいろ考えてみてよ、パターンを」

ルビィは「まあ、ブレイクしきれずに自殺しちゃった作家サンには無理だと思うけど」と切り捨てるように笑って、つづけた。

「理由とかなんとか、そんなのはどうでもいいから、とにかく卓也にシンクロしてみてよ」

そして――。

「時間がないんだから」

それは確かにそうなのだ。

卓也の喜び、卓也の怒り、卓也の哀しみ、卓也の幸せ……なんでもいい、どこでもいい、なにか一つ、通じ合うものさえあれば……。

美咲先生はやっと六年二組の教室の前まで来た。廊下で遊んでいた数名の男子も、先生の姿を見ると、教室に入った。だが、それは、先生に叱られるから、というような感じではなかった。むしろ、本番はいまからだからというふうに、みんなニヤニヤ笑っていた。そして、最後に廊下からひきあげた卓也は、挑発するように美咲先生を振り向いて、じっと先生を見つめてから、教室に入っていった。

私には、わからない。

それを「信じる」と呼んでいいのかどうか、決めかねている。

だが――。

「なあ……」

彼女には、伝えておきたい。

「俺、さっきから思ってるんだけど……卓也って、ただ美咲先生のことが嫌いなんだっていうだけじゃない気がするんだ」

「どういうこと？」

「うまく言えないんだけど……さっき階段の上から先生としゃべってて、最後に目をそらしただろ。そのときの顔、一瞬だけなんだけど、なんか、すごく寂しそうな顔だったんだ」

いまも、そうだった。

教室の戸口に立って、先生を見つめ、ふっと目をそらして教室に姿を消した、そのときの横顔は、先生を困らせたり悲しませたりするのを楽しんでいるようには見えなかった。

「だから」とつづけた。

「もしも、卓也に、まだ、ほんの少しでも先生に対して申し訳なさとか後ろめたさとか、そういうものがあるんだったら……」

シンクロできるかもしれない、とつづける前に、ルビィは言った。

「あるよ」

確かな根拠を持っているような口調ではなかったが、かといって、ただの希望を口にしただけでもないような微妙な力強さが、ルビィの声にはあった。

「あの子ね、わたしが生きてた頃は、すっごい甘えん坊で、ひとなつっこい子で、知らないおとなのひとともすぐに仲良くなっちゃって、お父さんもお母さんも、逆に誘拐とかのほうを心配してたんだから」

「うん……」

「優しい子なんだと思う、基本的には」

わかるよ、とうなずいた。

ルビィは振り向いて、「ほんとにわかってくれてる？」と訊いた。いつもの皮肉めいた訊き方ではなく、本気で——もう一度うなずくのを待っているように。

だから、今度は確信を込めて、大きくうなずいた。私だって、かつては男の子だったのだ。おとなが考えるほど純粋でも単純でもない男の子の社会の中で生きてきたのだ。心の根っこからすさんでしまった奴と、そうでない奴の区別ぐらいはつくつもりだ。

「ありがとう」とルビィはやっと素直に、そして寂しそうに笑った。

そのとき——遅ればせながら、気づいた。

卓也とシンクロ？　そんなこと、できるはずがない。私たちがシンクロできる相手は、死が間近に迫ったひとだけなのだから。

「やっと気づいた？　ニブいよ」

ルビィは笑ったまま言って、「そういうこと」と、六年二組の教室に向かって歩きだした。

「おい……それって……」

「さっき卓也の顔見て、わかったの。死ぬのは美咲先生だけじゃない。先生と、赤ちやんと、それから……」

卓也も——。

ルビィは、そうみたい、とつくり笑いをゆがめてうなずいた。

5

十分足らずのホームルーム——『朝の会』の間、教室はひとときも静かにならなかった。

私語をかわすだけではない。友だち同士でモノを投げ合ったり、立ち歩いたり、いきなり歌を歌いだす子までいる。最初のうちは「静かにしなさい」「大事な話、してるのよ」と注意する美咲先生の声が、なんとかざわめきを押さえつけていたが、途中からはタガのはずれたような笑い声や机をガタガタ揺らす音が加わって、もう、先生が話す声もほとんど聞き取れなくなってしまった。

女子は、まだ、いい。

ひどいのは男子——その中心にいるのが、さっきからずっと教室中を立ち歩いている卓也だった。

先に『朝の会』をすませた六年一組の男性教師が教室を出て、廊下で遊んでいた二組の子どもに「ほら、なにやってるんだ、教室に入りなさい」と声をかけ、廊下側の窓から二組の教室を覗き込んだ。心配そうな顔……だが、そこにはうんざりした様子もにじんでいる。無理もない。これだけの騒ぎ方なのだから、隣の教室にも迷惑がかかっていないはずがない。

美咲先生はおなかに手を添えながら声を張り上げ、時には出席簿で教卓を叩いて、なんとか子どもたちを集中させようとする。

だが、無理だ。先生が困れば困るほど、みんなはおもしろがって、さらに騒ぎ立ててしまう。

「ひどいね……」

ルビィは憤然とした声で言った。教壇の脇にたたずむ私たちの前を駆け抜けた男の子の頭をポカンとぶって――もちろん、その手は男の子の体をすり抜けるだけだったのだが、「もう、サイテー、こいつら」と口をとがらせる。

私は黙って、あいまいにうなずくだけだった。言葉が出てこない。文句を言いつづけるルビィの声も、そのほとんどは耳に流れ込んでは消えていった。

私のまなざしは、卓也を追う。私には見えない卓也の運命が、ルビィには見えている。それが悔しくて、もどかしくて……そして、誰とも分かち合えない哀しい予感を一人で背負ったままのルビィに、申し訳なくて……。

「気にしなくていいよ」

ルビィは言った。「だって、ハンパに『わかる』なんて言われたら、そっちのほうがむかつくし」と無理に笑って、あらためて卓也に目をやった。

教室の後ろまで立ち歩いて、友だちとサッカーボールを軽く蹴って遊んでいる卓也は——今日、死ぬ。

教室に入る前、ルビィは淡々とした口調で、「事故や急病ってわけじゃないみたい」と言った。

体よりも、心が先に死ぬ。

心が死んだので、体がそれを追いかけて死の世界へと向かう。

ルビィは、卓也の死をそんなふうに説明していた。

「どういうこと?」と訊いても、それ以上は教えてくれない。はぐらかしているのではなく、弟の死を言葉に出して語ることを、ルビィ本人がなによりも恐れているみたいだった。

事故でもない。

病気でもない。

体よりも先に、心が死ぬ。

考えられる死因は——一つ、ある。

まさか、と打ち消したくても、他の答えはどうしても出てこない。

私の胸の内は読み取れるはずなのに、ルビィもなにも言わない。

チャイムが鳴った。六年二組の『朝の会』は、時間をめいっぱい使って、ただ騒がしいだけで終わった。

「……じゃあ、トイレ行きたいひとは行ってきてください」

美咲先生が言うと、教室の後ろから「職員室帰んねーのかよ！」と男子の不満げな声が返ってきた。

卓也だ。足元に転がってきたサッカーボールを巧みな足づかいで胸元に軽く蹴り上げ、片手で受け取って、「邪魔だよなあ、休み時間に教室にいると」と吐き捨てるようにつづける。近くにいた数人の男子も、卓也の目配せを受けて「そうそうそう」とうなずいた。

美咲先生はこわばった笑顔をつくって、「五分しかないんだから、職員室に戻ってると、一時間目に遅れちゃうからね」と言った。

「そんなの関係ねーよ、トロトロ歩いてるから時間かかるんじゃんよ」

卓也はひらべったい声で言う。女子の何人かが振り向いて「ちょっと、寺島くん」とたしなめたが、卓也が「うっせーよ、ブス！」と怒鳴って、手に持ったボールをぶつける真似(まね)をすると、悲鳴とともに席を立って逃げ出し、それでよけいに教室は騒がしくなってしまう。

「……じゃあ、廊下に出てるから」

美咲先生はため息交じりに言って、そのまま、逃げるように教壇から降りてしまった。完全に負けだ。なめられきっている。

卓也は追い打ちをかけるように「帰れ！　帰れ！　帰れ！」とコールを始めた。さすがに最初は誰も乗ってこなかったが、卓也に目配せ――いや、にらみつけられると、一人また一人とコールに加わっていく。

「ガキ大将だったのか、昔から」

私が訊くと、ルビィは小さくかぶりを振って、「あんな子じゃない」とつぶやくように言った。「友だちは多かったし、けっこうしっかりしてたし、ガキ大将はガキ大将なんだけど……あんなことしない、絶対に……」

じゃあ、いつから、そして、なぜ――。

私の考えに先回りして、すっと身をかわすように、ルビィは言った。

「まあ、お姉ちゃんが死んだら、ふつうは変わっちゃうよね、ちょっとは」

「……いくつだったんだっけ」

「三年生……一番ヤバい時期だったかもね。もっと子どもだったら自殺の意味とか重さとかわからないままですんだかもしれないし、逆に、もうちょっとおとなだったら、ひとが死ぬことを、しっかり理解できたかもしれないけど……三年生じゃあね、無理だよね、やっぱり……」

＊

廊下には、一組と三組の担任教師が待ち受けていた。我が物顔で走り回る子どもたちから美咲先生をかばうように二人で囲み、口々に言う。

「今朝は特にひどいですね、寺島」

「そう、わたしも廊下で聞いてて、ぞっとしちゃいましたよ」

「片山先生……僕らもずっと我慢してたんですよ。やっぱり、二組の担任は片山先生なんだから、僕らが横から介入するわけにはいかないだろう、って。でも、さすがにもう限界じゃないですか？」

「わたしも山本先生に賛成なんです。それはもちろん、片山先生がお一人で解決できるんでしたら、それが一番いいわけですけど、正直に申し上げて、このままだと状況は悪くなる一方でしょう」

「さっき佐藤先生にうかがったんですけど、教頭のほうに保護者から抗議が来てるみたいですね」

「ひどいですよね、片山先生の頭越しなんですから」

「いや、佐藤先生、そのレベルで話が止まってれば、まだいいんですよ。僕が心配なのは、教育委員会まで行っちゃうような気がして……」

「マスコミのルートだってあるでしょうねえ」

「片山先生、もしアレでしたら、一時間目、僕も教室に入ってましょうか。ウチのクラスにはテストでもさせますから」

「あ、それ、三組的にも助かります。っていうのも、一時間目、図形の応用問題をやろうと思ってるんですよ。だから子どもたちにも集中させたいんで、ちょっと、二組さんがこの騒がしさだと困るんですよね。山本先生に見てもらえるんなら、それ、かなりありがたいな、って」

一組の山本先生も、三組の佐藤先生も、決して美咲先生を責めてはいない。けれど、それが逆に美咲先生にいたたまれない思いを背負わせるんだろうな、という気もする。

「とにかく、美咲先生の体が一番心配なんですよ、僕も佐藤先生も」

「そう、経験のないわたしが言うスジじゃないと思うんですけど、産休に入る直前が一番キツいっていうらしいんですよ、みんな。おなかも重くなってるし、体調も悪くなってるし……だから、ほんと、無理しないでほしいの」

美咲先生は申し訳なさそうに肩をすぼめ、頭を何度も下げる。

二人とも美咲先生と変わらない年格好で、同年代ならではの連帯感でフォローを申し出てくれる。その思いに対する感謝の念は、もちろん、美咲先生にもある。それでも、決して二人に助けは求めない。もはや自分の力ではどうにもならないんだとわかっていても、「助けてください」とは言えない。だからこそ、消え入りそうな声で繰り返す言葉は、「すみません」と「ありがとう」ばかりだった。

わかる——。

同僚二人に挟まれて、一言ごとに身を縮める美咲先生の背中を見つめて、私は思う。

いまの美咲先生の気持ちは、私も何度となく味わってきた。

プライドがあるのだ、人間には。

それは決して、誰かに勝つとか、誰かに負けたくないとか、相手と比べてどうこうという問題ではない。キツいことを言われて反発するときよりも、むしろ逆に、温かい言葉で包まれながら、それに甘えまいとするときに、プライドが必要になる。

私はおそらく、二流の作家のまま死んだ、と評されるのだろう。後世に残るような作品を書いたとは自分でも思わない。賞賛と批判を比べれば批判のほうが多かったし、新作を刊行するたびに、評価や部数への期待はみごとに裏切られてきた。

そんなとき、一番つらいのは、罵詈雑言(ばりぞうごん)にも等しい辛辣(しんらつ)な批判を浴びることではない。むしろ励ましに満ちた温かい言葉を誰かから——とりわけ同世代の同業者から投げかけられたときに、黙って奥歯を噛みしめていたものだった。

美咲先生も同じだ。

わかる。

俺たちは、同じだ——。

まなざしが美咲先生の背中に吸い込まれていく。

やっと、シンクロできた——。

*

暗闇の中に、六年二組の教室の風景が浮かび上がる。

クラス全員おとなしく席に着いて、教壇の美咲先生をじっと見つめている。卓也がいた。にこにこ笑って、先生の話が始まるのを待っている。表情が幼い。体つきも、なんとなく小柄で……いや、それは、他の子どもも同じだ。

「六年二組の皆さん、進級おめでとう！」

先生は張りのある声で言った。それを受けて男子の誰かが「ありがとうございまーす！」とおどけた声で応え、教室に笑い声がめぐる。みんな穏やかで、楽しそうで、なにより美咲先生のことが大好きなんだというのが伝わるにぎやかさだった。

四月——進級したばかりの六年二組の教室は、こんなにも幸せな空間だったのだ。

「はい、ちょっとみんな静かにしてくれるかなあ。いまから大事な話をするからね」

先生の声に、すぐに笑い声はやんで、教室は静かになった。

「このクラスは五年生から持ち上がりなので、もう、あらためて自己紹介したり、先生が挨拶したりしなくてもいいと思うんだけど……一言だけ、先生からみんなに報告したいことがあるの」

先生のまなざしは、ゆっくりとしたリズムを刻むように、教室の端から端まで——つまり、子どもたち一人一人の顔を見て、最後に窓の外の青空に向かった。

「なんか、ちょっと恥ずかしいんだけど……先生のおなか、いま、赤ちゃんがいるんです」

教室は静かなままだった。あまりにも意外な知らせだったからなのだろう、みんなきょとんとしている。

「十一月には赤ちゃんが生まれるの。それまで、先生、おなかの中で赤ちゃんを元気に育ててあげないといけないの。だから、五年生のときみたいに昼休みに一緒にサッカーをしたり、縄跳びをしたりとか、もうできなくなっちゃったんだけど……あと、これ、すごく残念なことなんだけど、修学旅行の引率もできないし、赤ちゃんが生まれる少し前から学校もお休みして、みんなが卒業するまでは帰ってこられないの」

教室は少しずつざわつきはじめた。男子より先に女子のほうが事情を呑み込んで、隣同士でおしゃべりしたり、先生のおなかに目をやったり、うれしそうな笑顔を浮かべたりしていた。

「ねえ、先生」

男子の一人が言った。「じゃあ、途中でいなくなっちゃうの？」――その声に、教室のあちこちから「えーっ？」「なんでーっ？」と不満そうな声があがる。

卓也は、黙っていた。

無言で先生を見つめていた。

頬杖をついて口元を手で隠しているので、表情をはっきりと読み取ることはできない。だが、先生を見つめるまなざしには、「へえーっ、そうなんだぁ」と思いがけない知らせに驚き、そしてそれを喜んでいる温もりが確かに感じられた。

先生は「はいはい、皆さんのご不満ももっともでございます」と笑いながら、けれど申し訳なさそうに、みんなをまた静かにさせて、話をつづけた。

「先生も、六年二組の担任を引き受けるにあたっては、いろいろ悩みました。途中で担任の先生が替わると、かえってみんなに迷惑をかけちゃうんじゃないかと思って……。でも、いまね、ほんとうに、子どもたちに命の重さや尊さをどう伝えていくか、おとなたちはみんな真剣に考えてるの。そのとき、先生、思ったの。こうやってね、先生のおなかに小さな命がいて、少しずつ、少しずつ大きくなっていくの。これから、先生のおなか、どんどんふくらんで、最後は風船みたいになっちゃうの。そういうところを、ぜんぶ、二組のみんなにも見てもらいたいの。一つの命が生まれてくるっていうのは、こういうことなんだって、みんな、男子も女子も、一人一人、考えて、感じて、受け止めてほしいの。だから、今年の総合的な学習の時間のテーマは『命の重さ』だから、二組は、先生の赤ちゃんのことを教材にできないかなって思って……だから、担任を引き受けることにしました。先生、がんばってぎりぎりまで教室に来ますから、だから、みんなも、先生の赤ちゃんのことを応援してあげてほしいの」

教室は、しん、と静まりかえった。だが、それは、言葉にならない思いに満ちた、熱い沈黙だった。

「これから半年以上かけて、新しい命が誕生するドラマ……みんな、応援してくれる？」

先生の言葉に、クラス全員、拍手と歓声で応えた。

いや――違う。

全員ではない。

にぎやかな教室の中、卓也だけは頬杖をついたまま動かなかった。

先生を見つめるまなざしから、温もりが退いていくのが、わかった。

6

ひとの記憶に、日付はついていない。だが、服装や教室のたたずまいから月日の経過はわかる。

春から初夏、梅雨をへて夏——季節が移っていくにつれて、卓也は美咲先生に対して反抗的になっていった。

笑わない卓也の顔が、暗闇の中に浮かんでは消える。やがて、そこに、暗い影が見え隠れしはじめた。

なぜ——?

卓也を見つめる美咲先生のまなざしが、揺れている。

困惑して、心配もしている。

記憶の中には、職員室で同僚の教師に「男の子って、急に無口になっちゃうこと、よくあるんですか?」と相談する場面も残っていた。放課後の職員室で卓也の家庭調査票を読み返し、電話機に手を伸ばしかけて、ため息交じりにやめる、そんな場面もあった。

長袖のシャツが半袖に変わった頃、卓也の表情には、はっきりとした敵意が浮かぶようになった。

友だちと喧嘩をすることが増えた。それも、ただ取っ組み合うのではなく、倒れた相手の頭を踏みつけたり、目を狙って指で突こうとしたり、首を絞めたり……。小学六年生の喧嘩とは思えないほど荒々しい。そしてなにより、すさんでいる。

「ねえ、寺島くん……」

教室のベランダで、美咲先生は卓也に語りかける。昼休みなのか、グラウンドで遊ぶ子どもたちの姿も見える。職員室に呼び出したり放課後の教室に残らせたりしないのは、なるべく大仰にしたくないという美咲先生の心づかいなのだろうか。

「最近、ちょっとイライラしてるんじゃない？」

笑いながら——けれど、目は注意深く卓也の表情を探りながら、訊く。

「朝ごはん、ちゃんと食べてる？」

卓也はなにも答えない。ベランダの手すりに抱きつくように腕をかけて、グラウンドを見つめたまま、先生を振り向くこともない。

逆に、卓也のそばにいた男子が数人、好奇心をむき出しにして、先生と卓也を見比べる。

先生はその子たちに、苦笑交じりにやんわりと、こっちを見ないよう、目でうながした。

みんなも素直にそれに従った。

だが、おどけたしぐさで目をそらした一人が、鼻歌でも口ずさむように言った。

「卓ちゃん、先生のこと嫌いなんだってーっ」

卓也は打ち消さなかった。一瞬、ひやっという困惑を横顔ににじませたが、反応はそれだけだった。

「えーっ？　そうなのぉ？　先生、寺島くんに嫌われちゃったのぉ？」

先生は笑いながら言った。平静を装っていても、声は明らかにうわずって、かすかに震えてもいた。

卓也はなにも言わない。

黙ってグラウンドを見つめる。

先生も、それ以上は言葉をつづけられなかった。

＊

場面が変わる。

季節は、梅雨——。

雨の日の教室は、外で遊べない子どもたちの欲求不満が澱（よど）んだような、むしむしとした熱気がたちこめていた。

　美咲先生は算数の授業をしていた。教室は静かだった。だが、その静けさには、ぎりぎりのバランスを保っているだけのようなもろさと危うさがある。なにかのはずみでバランスが崩れてしまうとあっけなく粉々に砕け散ってしまいそうな、そんな静けさのなか、先生は授業をつづける。

　黒板に問題を六問書いた先生は、教室を振り向いて「じゃあ、これを誰かにやってもらいますね」と言った。

　子どもたちを見渡すまなざしには、微妙なぎごちなさがある。卓也の席に近づくと、不自然に揺れ動いたり、すっと横に流れたりする。

　五月の頃とは困惑の種類が違っている。あの頃は、卓也が笑わなくなった理由がわからないことの戸惑いだった。しかし、いまは——まなざしの揺れは、逃げまどう揺れだった。

　先生も気づいている。あの日、卓也の友だちが言った言葉は嘘でも冗談でもなかったのだ、と。

「えーと、じゃあ……誰にやってもらおうかなあ……」

　先生は男女取り混ぜて、五人指名した。その中に卓也の名前はなかったが、問題はもう一問残っている。六問の中では最も易（やさ）しい問題だ。

「最後の問題は……」

卓也を見て、また逃げるように目をそらして、うわずった声で「寺島くんにやってもらいます」と言った。

教室がわずかにざわついた。

男子の何人かが卓也を振り向き、先生に向き直って、にやにや笑う。女子の中にも、心配そうに二人を見比べる子がいた。

卓也は黙って席を立ち、黙って前に出てきて、先生には目を向けずにチョークを手に取り、黒板をじっと見つめた。

指名された他の子はさらさらと問題を解いて、答えを書き終えた子から順に席に戻っていく。

卓也は動かない。

チョークを持った手はだらんと下がったまま、黒板には向かわない。

教室のざわめきに、微妙な緊張が交じってきた。

先生は何度か深呼吸して、「ほら、がんばって」とつくり笑いの声を卓也にかけた。

だが、卓也の反応はない。最後の一人になっても問題文をにらみつけるだけだった。

「……寺島くん、どこでひっかかっちゃったかなあ」

震える声で先生が言った、その瞬間——卓也は右手のチョークを足元に叩きつけ、その勢いで、黒板を右の拳で殴った。

「寺島くん！」

卓也は黙って駆けだした。

教壇に立つ先生とぶつかりそうになって、先生は思わずおなかをかばって身をかわした。

卓也を、受け止めることができなかった。教室を飛び出してしまった卓也の背中に、「寺島くん！　戻りなさい！」と泣き声で叫ぶしか、なかった。

＊

場面が変わる。

梅雨明けのまぶしい陽射しが注ぎ込む教室で、美咲先生は途方に暮れてたたずんでいた。

教室は、もう、授業をできるような状態ではなかった。

私語が絶えない。席を立ち歩く男子が何人もいる。教室の後ろでは、先生のことなど気にもかけずにマンガを回し読みしているグループもある。女子は「静かにしてよ」「席に着きなさいよ」と声をかけるが、誰も聞き入れない。

いや――女子も、ただ男子を注意して、先生をかばっているだけではなかった。不満そうな顔で先生を見る子が何人もいる。「先生のせいだよ」「先生がちゃんとしてくれないから、こんなになっちゃったんだよ」……声が聞こえる。実際に先生の目に映る教室の光景では、誰もそんなことは言っていない。だが、先生の記憶の中では、確かにその声が響き渡っている。聞こえているのだ。耳ではなく、心が、子どもたちの声を聞き取っているのだ。

先生のせいだよ。

先生が悪いんだよ。

先生、もうだめだよ。

先生、責任とってよ。

先生……先生をやめちゃえば？

バン！　と大きな音が響いた。誰かが蹴ったサッカーボールが、教室の後ろの掲示板に当たったのだ。

誰か――と、ごまかす意味など、なにもない。

掲示板に跳ね返ったサッカーボールは、弾みながら卓也のもとに戻っていく。卓也はボールを片手で受け止めて、先生を振り向いた。

悪びれた様子など、なにひとつない。むしろ、先生を挑発し、なにもできない先生を嘲笑(あざわら)うように頬をゆるめ、目が合うとすぐに、ぷいと顔をそむける。

「静かにしなさい！」

先生は叫ぶ。

「席に着きなさい！　もうチャイム鳴ってるのよ！」

叫びつづける声に、もう一つの先生の声が重なる。そっちは、つぶやき……いや、うめき声だった。

痛い。

痛い。

おなかが、痛い。

痛い。

誰か……助けて……。

教室の光景が、不意に真っ暗になった。女子が「きゃあっ！」と悲鳴をあげ、別の女子が「先生、だいじょうぶ？」と心配そうに声をかけてきた。

おなかの激痛に耐えられなくなってしゃがみ込んだのか、それとも教卓に突っ伏してしまったのか、記憶の中の光景は暗闇のままだった。騒がしかった物音や話し声も、消えてしまった。

だが、その静寂を引き裂くように、卓也の声が響く。

死んじゃえばいいんだよ、このまま——。

実際に卓也が口にしたのかどうかはわからない。

ただ、先生はその声を記憶に刻みつけていた。先生の困惑と、悲しみと、苦しみを、すべて集めて凝縮した卓也の声は、地の底から聞こえるように、重く響き渡ったのだった。

＊

場面が変わる。

蟬時雨（せみしぐれ）の注ぎ込む職員室に、美咲先生はいる。

神経質そうに扇子（せんす）で顔をあおぐ教頭と、応接コーナーのソファーに座って向き合っている。

「二学期からの産休補助の先生は、もう確保してあります。ですから、ほんとうに、ご無理なさらなくてもいいんですよ」

教頭は言った。「これはね、先生のご健康のためを思って言ってることなんですよ」と念を押して付け加える、その一言が逆に、教頭の本音をにじませていた。

「……わたしはだいじょうぶです」

美咲先生の声は、重い疲れを無理に押し隠しているように聞こえる。

「だいじょうぶと言われましてもねえ……夏休みを挟んだからといって、あの状況がうまく変わるようには思えないんですがねえ」

「……がんばります」

「いや、だから、先生ががんばるだけじゃあ、もう、どうしようもないところまで来てるんじゃないかと思うから、こっちもいろいろ考えてるんですよ」

少しずつ、教頭の本音があらわになってきた。

「正直なところを言いますとね、七月に救急車を呼んじゃったでしょ。それはそれで、もちろん、赤ちゃんも先生もご無事でよかったんですがね、学校に救急車が入ってくることじたい、異例なんですよ、あってはならないことなんですよ。子どもたちも動揺しますし、なんと言いますか、ご近所の噂もね、バカにできないんですよ。あることないこと言いますから。それは先生もご承知かと思うんですがねえ」

「……ですから……家庭訪問も……」

「知ってますよ、夏休み返上で先生ががんばってこられたことは。でも、それで解決すると思いますか？　もう六年生ですよ。親の前では素直に反省したふりぐらい、簡単にできるんですよ」

蟬時雨がひときわ大きくなった。

教頭は扇子をパタンと音を立てて閉じて、険しい顔で美咲先生を見つめた。

「だいいち、家庭訪問をして、原因はわかったんですか？　寺島くんがなんであんなに反抗的になっちゃったのか、その原因がわからないままだと、どんなに家庭訪問をしても意味がないんじゃないですか？」

美咲先生はなにも答えられない。教頭は、「そうでしょ？」と自分の考えの正しさを押しつけるように言って、さらにつづけた。

「私が見たところ、他の子はおもしろがってるだけでしょう。問題は寺島くんなんです。寺島くんがなんであんなになっちゃったのか……先生、あなた、ほんとうに見当もつかないんですか？」

「……すみません、でも、どんなに考えても……」

「先生にとっては軽い気持ちの一言でも、寺島くん本人にとっては、傷つくような一言……そういうのも、まったく心当たりありませんか？」

「……はい」

「しかしですね、子どもの変化には必ずなんらかの理由なり原因なりがあるんですよ」

「でも……」

「逆に言いますとね、その理由が見つからない時点で、先生、クラス担任として、ちょっとまずいんじゃないでしょうかねえ」

蝉時雨は、さらに大きくなる。

いや――違う。夏の終わりだ。聞こえてくる蝉の鳴き声は、一筋か二筋でしかない。それが美咲先生の耳の奥、胸の中で、何重にも重なり合い、教頭の声を覆い尽くすように響き渡っているのだ。

「ねえ、先生」

教頭は再び扇子を広げて、顔をあおぎはじめた。

「私もね、困ってるんですよ。中学受験をする子もいるわけですから、このまま授業が成り立たない状況が九月以降もつづいたら、先生一人に任せておくわけにはいかないんですよ。それはわかってもらえますよね、先生にも」

「……ええ」

「とにかく、寺島くんなんです。彼がなにを思ってるか、なんです。それがわからないと、どうしようもないんですよ、この問題は」

美咲先生は黙ってうなずき、そのまま顔を上げなかった。

ふくらみの目立ちはじめたおなかを見つめるまなざしが、揺れる。

泣いているんだ――と、わかった。

＊

二学期が始まった。

あいかわらず騒がしい教室で、美咲先生は子どもたちに声をかける。

「じゃあ、総合学習の宿題、出してくださーい。テーマは『命』、みんな、どんな研究をしてきたのかな？」

口調は明るい。

表情も笑っている。

だが、それは、崩れ落ちそうになる心を懸命に支えながらの、ぎりぎりの明るさだった。私にはわかる。早鐘のように打つ先生の鼓動が、記憶の中の光景を不安定に揺らしつづけているから。

最後列の子が集めたプリントが、教卓に載せられた。

先生はそれを一枚ずつめくって、「そっかあ、佐野（さの）くんちのワンちゃん、死んじゃったんだね」「白石（しらいし）さんは田舎でお墓参りしたのね」「川野（かわの）さんは金魚、飼いはじめたんだね」と子どもたちに声をかける。

その手と声が、ぴたりと止まった。

卓也のプリント――。

写真が何枚も貼ってあった。

すべて、死体の写真――それも、赤ん坊や胎児の死体ばかりだった。

インターネットで拾ってきたのだろうか。窓の外をぼんやりと見つめている卓也は、なにを思い、どんな表情をして、パソコンのディスプレイに映る無数の死体と向き合っていたのだろう……。

「ごめん……ちょっと……」

先生は逃げるように教室を出て、おなかをかばいながら廊下を小走りに進んだ。トイレまで間に合わず、水飲み場の流しに、嘔吐(おうと)した。

見ていられない。先生の記憶の中から、一刻も早く抜け出したい。

このありさまをルビィに伝えたい。卓也は——おまえの弟は、いったいどうしちゃったんだ、とルビィに訊きたい。

「いるよ」

声が聞こえた。

「さっきからずっと、見てるよ」

振り向くと、暗闇の中、ルビィがいた。悲しげな顔で、嘔吐をつづける先生の背中を見つめていた。

7

二学期に入ってからの教室は、すさみきってしまった。美咲先生の記憶に刻み込まれた光景は、もう、それがいつのもので、どんな順番で並んでいるのか、わからない。困惑や動揺を超え、混乱しきって……脈絡なく次々に浮かび上がる教室の光景は、まるで激しい地震に襲われたように揺れ動いている。

いつも、卓也がいる。

授業中、不意に席を立って教室を出て行ったり、スナック菓子を食べはじめたり、ヘッドホンで音楽を聴いたり……先生と目が合っても、もう逃げない。冷ややかに笑って、ぞっとするような暗いまなざしで先生を突き刺してくる。

喧嘩の場面もあった。友だちと殴り合っているところではない。教室の後ろで揉み合いになって、誰かが割って入って、喧嘩相手が捨て台詞(ぜりふ)を残して自分の席に戻りかけた、そのとき――女子の悲鳴が響き渡り、卓也たちを取り囲んでいた人垣が真っ二つに割れて、ちょうど教室に入ってきたところだった美咲先生の目に飛び込んできたのは、コンパスを振りかざした卓也の姿だった。とがった針を相手に向けて、「ぶっ殺すぞ、この野郎」とすごむ。

「やめなさい！」

先生は叫んだのだ。「お願い！　寺島くん！　そんなことやめて！」と泣きながら懇願したのだ。

卓也はコンパスをかまえたまま先生を振り向き、ほんの一瞬気(け)おされた顔になった。だが、すぐに眉をひくつかせ、にやりと笑って、「身代わりになってよ、ババア」と言う。「あんたが身代わりになればいいじゃんよ、クソババア」

「……コンパス、しまいなさい」

「身代わりになる？」

「いいから、しまいなさい、早く」

「ならない？　ババア、生徒を見殺しにするわけ？　自分の命が助かればそれでいいわけ？」

にやにや笑いながらまくしたてた卓也は、最後に「サイテーの教師だよ、こいつ」と吐き捨てて、やっとコンパスを下ろした。

それで一件落着したわけではない。卓也は一転、上機嫌な顔になって友だちに向き直り、「クビにしようぜ、生徒を見殺しにする教師なんて」と言って、「辞ーめろ！　辞ーめろ！」と美咲先生を囃(はや)しはじめたのだ。

その声に、一人また一人と、男子が応じていく。面白がっているのだ。やってはいけないことだとわかっていて、それが逆に面白さをつのらせて、びくびくしながら、うわずった声で、けれど臆病さや真面目さを仲間に悟られたくなくて、みんなの声は少しずつ大きくなっていく。

女子の中には「ちょっと、やめなさいよ」と止める子もいないわけではなかったが、ほとんどは、また始まったか、という白けた顔をしていた。醒めたまなざしは、卓也よりもむしろ美咲先生のほうに向けられる。

なにもできない無力な教師。怒っても怖くない教師。困ってしまうと、いつも涙ぐむしかない教師。教師として失格の、教師――。

教室の光景が激しく揺れて、渦を巻くようにゆがみ、子どもたちの姿が見分けられなくなった。

声だけが聞こえる。

「辞ーめろ！　辞ーめろ！　辞ーめろ！　辞ーめろ！」

なぜだろう、実際に声をあげているのは卓也をはじめ男子が数人なのに、美咲先生の記憶は、女子の声で「辞ーめろ！」の連呼を刻み込んでいる。

*

「なんとなく、わかる気がするけどね、それは」

ルビィは言った。

暗闇に戻った美咲先生の記憶の中で、ぼうっと、ほの白く、ルビィの姿だけが浮かび上がっている。

「女の先生って、男子に手を焼いてるように見えても、ほんとうは、女子のことがいちばん怖いんだよね」

それは——私にも、わかるような気がする。

「ダザイさんがシンクロしてる間に、いまの教室でなにがあったか教えてあげようか」

「ああ……」

「ひどかったよ」

「どんなふうに？」

「めちゃくちゃだった」

自分から話を振っていながら、ルビィはそれきりしばらく黙り込んでしまった。うつむいて、唇を嚙んで、漏れそうになるため息を必死にこらえているようにも見える。

「……卓也くん、か」

小さくうなずき、「『くん』なんて要らないってば」と言って、踏ん切りをつけるようにもう一度うなずいて、つづけた。

「授業、なんとか始まったの。まだ席についてない子もいたし、みんな騒いでたんだけど、もう無視するしかないって感じで、美咲先生、教科書を開いて説明を始めたの」

すると——。

卓也が不意に声を張り上げたのだという。

「落ちる！」——と叫んだのだ。

「ベランダの手すりの上に、お茶のペットボトルを置いてたの」

「卓也が？」

「そう。授業が始まってすぐにベランダに出て、ペットボトルを置いて、教室に戻ったら……風が吹いて、落ちたの」

校舎の三階から、落ちた。

美咲先生は卓也の叫び声にギクッと背中をこわばらせ、ペットボトルだと知るとほんのわずか安堵(あんど)したが、頰がゆるんだ瞬間を見逃さずに、卓也は言った。

「中に赤ん坊が入ってたんだけど」——にやにや笑って、うれしそうに、「死んじゃってるよなあ」と付け加える。

「先生は無視したの。次の休み時間に拾いに行きなさいって卓也に言って、また授業をつづけたんだけど、それでよかったんだと思う」

「どういうこと？」

「ペットボトルの中、ほんとに赤ちゃんが入ってたの。ケータイのストラップに付いてるような、小さなマスコットなんだけどね」

もしも美咲先生が自分で拾いに行ったら、それを見てしまうことになる。あるいは、いますぐ卓也に拾いに行かせても、おそらく卓也はペットボトルを先生の目の前に突き出して、笑いながら、「ほら、赤ちゃんがいるじゃん」と言うだろう。

「そんなことされたら、マジに、あの先生……壊れちゃうでしょ」

美咲先生の記憶は、まだ暗闇のままだった。さっきの場面で卓也にまつわる記憶は終わった――はずはない。もっとひどい、とても直視できないような光景は、まだ残っているはずだ。この闇は、暗転の幕なのだろうか。先生は、いちばんつらい記憶を、いま必死に封じているのだろうか。

「たぶんね」

ルビィは私の胸の内を読み取って応え、「でも……」とつづけた。「見なきゃいけないんだよ、わたしたちはそれを」

私は漆黒の闇を見つめて言った。

「なんでここに入ってきたんだ？」

「わたし？」

「ああ……美咲先生のどこにシンクロしたんだ？」

「同じだったの」

「なにが？」

「卓也を見る目が、わたしも美咲先生も、同じだったから……」

ルビィの表情はわからない。だが、声の沈み具合からすると、きっとうつむいているのだろう。

だから黙って、ルビィの言葉のつづきを待った。あせるな。たとえ長い時間がかかっても待つつもりだったし、待たなければならないんだ、とも自分に言い聞かせた。

美咲先生の記憶は闇に封じ込められたまま、まだ浮かび上がってくる気配はない。いまの教室の様子はここからでは見えないが、騒がしいなりになんとか——少なくとも、先生がひどく動揺せずにすんでいる程度には収まっているのだろうか。

「わたしのせいだよ……」

ルビィはぽつりと言った。

「卓也があんなになっちゃったの、わたしが自殺したからだと思う……美咲先生もそのことはわかってて、だから……叱りたくてもなかなか本気で叱れなくて……」

くぐもっていく声を無理に張り上げて、「あの先生、いい先生だよ」と言う。

だが、声に張りがあったのはその一言だけだった。つづける言葉は、また沈んで、震えて、ため息が溶けて、つぶやくように低くなった。

「……美咲先生は、卓也のこと、わたしと同じように見てる。あんなにひどいことされてるのに、卓也を憎んだり恨んだりなんかしてなくて……卓也に、ごめんねって……あなたをこんなふうにしちゃってごめんねって……謝ってくれてるから……」

「どういうこと？」

ルビィを振り向いた。ルビィも、私がそうするのを待ちかまえていたようにこっちを見つめていた。

目が合った。

ルビィのまなざしは、どこまでも深く、どこまでも寂しげだった。

「先生に赤ちゃんができたから……新しい命が生まれるから……卓也は悲しくなったんだと思うの」

私をじっと見つめたまま、ルビィは言った。

「あの子は、命の終わりを知ってるから……わたしが教えちゃったから……命の始まりを受け容れられないんだと思うの。だから、悲しくなって、どうしていいかわからなくなって、それが先生への憎しみに変わって……先生と、先生のおなかにいる赤ちゃんのことを、許せなくなって……」

ルビィは高ぶる感情を必死にこらえた声で言って、「かわいそうだね、あの子」と笑った。

ごまかさなくてもいいのに。逃げなくてもいいのに。ありもしない余裕など、とりつくろうことはなにもないのに。無理やり笑うから――大きな瞳に涙が浮かぶ。

「たぶん、今日……あの子、先生と赤ちゃんを殺しちゃう」

涙が下のまぶたからあふれて、頬を伝う。

「殺人になるのか、それとも事故なのかはわからないけど、卓也のせいで、二人は死ぬの」

そして――。

「卓也も……死ぬ」

涙が顎から、足元に落ちた。その瞬間、私たちを包んでいた暗闇に光が射した。美咲先生が封じ込めて、決して思いだすまいとしていた記憶が、よみがえったのだ。

*

記憶の舞台は、教室でも職員室でもなかった。

マンションの和室――。

美咲先生は、中年の女性に導かれて部屋に入った。

おなかはふくらんでいる。だが、いまほどではない。ブラウスは長袖だったが、上着はなく、ゆったりとした薄手のカーディガンを羽織っているだけだった。秋の初め——一ヵ月ほど前といったところだろうか。

美咲先生は、部屋の隅にある仏壇に目をやって、「お線香をあげさせてもらってよろしいですか？」と女性に訊いた。

女性は恐縮した様子で「ありがとうございます」と頭を下げ、「娘も喜ぶと思います」と言った。

まさか——と、私ははじかれたようにルビィを見た。

ルビィの横顔は凍りついたようにこわばっていた。口が小さく、おかあさん……と動いたが、声にはならなかった。

美咲先生は仏壇の前に膝を揃えて座り、線香をあげて、合掌(がっしょう)した。

花や果物が供えられた仏壇の中で微笑んでいるのは、ルビィだった。

＊

合掌を終えたあとも、美咲先生は仏壇の前から動かず、あらためてルビィの写真を見つめた。

「卓也くんと、目元が似てますね」

寂しそうに微笑んで言うと、ルビィの母親は座卓でお茶の支度をしながら、「父親に似てるんです、二人とも」と、先生よりさらに寂しそうな笑顔になった。

「もう何年になるんですか？」

「三年目……ですね」

「じゃあ、卓也くんが三年生の頃だったんですか」

母親は小さくうなずき、申し訳なさそうに「すみません」と言った。

卓也のこと――だった。

この場にいないことだけでなく、学校での態度や行動すべてをまとめて、母親は「ほんとうに、すみません」と頭を深々と下げる。

「いえ……今日は、卓也くんにはなにも言わずにおうかがいしたんですし、もしかしたら、勝手に家まで上がり込んじゃって、卓也くんに怒られちゃうかもしれないんですけど」

先生はそこで言葉を切って、自分自身を納得させるように、ゆっくりとつづけた。

「でも、一度はお姉さんにお線香をあげなきゃいけないと思ってたんです、ずっと」

母親はさらに恐縮して、肩をすぼめた。

「ほんとうに、卓也がご迷惑ばかりおかけして……家でもキツく叱ってるつもりなんですけど……主人やわたしがいくら言っても……」

「でも、六年生って、女子はもちろんですけど、男子でもしっかりした子はだんだん難しくなりますから。わたしが頼りないからだめなんです。かえって卓也くんに迷惑かけてるんだと思います」

「いえ、そんな……」

「それに、わたし、無神経でした。四月に、総合的な学習の時間で、命の重さと尊さを勉強しようなんて言いだして……卓也くんのお姉さんのこと、知らなかったわけじゃないんですけど、つい……自分に赤ちゃんができたうれしさで、舞い上がっちゃったんでしょうね……」

先生は、まるでルビィにも詫びるように仏壇に小さく会釈して、母親に向き直った。

「四月の初め、新学期が始まった頃なんですけど、卓也くんになにか変わった様子はありませんでしたか？」

母親は眉を寄せて首をかしげ、「特には、なにも……」と答えた。

「わたしのことは？　わたしが妊娠したこと、なにか言ってませんでしたか？」

「それも……特には……」

答えかけた母親は、ああそうか、という顔になって、ため息交じりにつづけた。

「先生に赤ちゃんができたこと、わたしは卓也から聞いてないんです。五月の保護者会で、他の友だちのお母さんから初めて聞いて……そんなことなかったんですよね、五年生の頃は、学校であったことはなんでもしゃべってくれて、先生のことも、今日美咲先生があぁだったとか、こうだったとか……でも、先生の赤ちゃんのことは、なにも……」

母親は話しているうちにうつむいて、最後は涙ぐんだ声になった。

卓也は、わが子を自殺で亡くした両親のことを気づかったのか。

それとも、卓也自身が、それを口にすることで認めたくなかったのか。

いずれにしても——。

「優しい子ですもんね、卓也くん」

美咲先生も涙ぐんでいた。

8

「卓也くん、お姉さんと仲良しだったんですね」

美咲先生が言うと、母親は、そりゃあもう、と大きくうなずいて、寂しそうな思いだし笑いを浮かべた。

「歳が離れていたから、一緒になって遊ぶってことはあまりなかったんですけどね、そのぶん、卓也は『おねえちゃん、おねえちゃん』って甘えて、お尻にくっついてばかりで、どんなに邪険にされても、ほんと、懲りずにお姉ちゃんを追いかけてね……」

「わかります、わたしにも兄がいましたから」

「そのくせ近所の友だち同士で遊ぶときにはガキ大将でいばってるんですよ、卓也」

「なんか……目に浮かびますね、そういうところ」

美咲先生はおかしそうに――うれしそうに笑って、だからこそ、笑ったあとの顔に差す影が濃くなった。

母親もゆるんでいた頰をひきしめた。楽しかった思い出話を聞くために美咲先生はここまで来たわけではない。それは、母親にもわかっていた。

美咲先生は、また仏壇に目をやって、言った。

「もしさしつかえなかったら……失礼な質問だとはわかっているんですが、お姉さんが死を選ばれた理由は……」

母親はため息を吞み込んで、小さくかぶりを振った。

「それがわかると、のこされたほうも少しは楽になれるのかもしれないんですけどね……」

つぶやくような母親の声は、もちろん、私の隣で美咲先生と母親の姿をじっと見つめるルビィにも聞こえている。

「まったく突然、だったんですか」

「ええ……遺書も、なにも……のこしてくれませんでした、あの子は」

ルビィの反応はない。すぐそばにいるのに、しわぶき一つ伝わってこない。

私は決めていた。ルビィに呼ばれればすぐに振り向く。けれど、ルビィがそれを望まないのなら、決してルビィのほうは見ない。

「親として情けない話なんですけど、ほんとうに、なにもわからなかったんです。学校の先生や友だちにも訊いてまわったんですけど、誰もなにも知らなくて……」

衝動的だったんでしょうね、と母親はつづけた。問われて答えるというより、自ら――胸の中で滞っていたものを吐き出したかったのかもしれない。

「……警察のひとは、そんなふうに言ってたんですよ。自分の部屋で手首を切ったんです。リストカット……リスカっていうんですか？　それをやってて、そのまま死んじゃったんじゃないか、って……」

ルビィは黙っている。

もしも違っていれば「なに言ってんの」と声をあげて、たとえ正解でも、おそらく意地を張って「ぜんぜん違うよ」と言わずにはいられない――そんな性格のルビィが、いまはただじっと黙り込んで、母親の話を聞いている。

「ということは……」

美咲先生はかすかに声を震わせて、「お姉さんは、死ぬつもりはなかった、ということなんでしょうか」と訊いた。

母親は少し間をおいて、こっくりとうなずいた。

「わたしは、そうだと思っています。あれは事故で、あの子に死ぬつもりなんてなくて、リストカットっていうのを一度やってみたくて、実際にやってみて、それで傷が思ったより深くて、血が止まらなくなって、助けを呼ぼうとしたけど、その前に出血にショックを受けて気をうしなって、そのまま……わたしは、そう信じてるんです」

母親は最後に、美咲先生にではなく自分自身に言い聞かせるように言った。

美咲先生は黙ってうなずいた。

「いまごろ後悔してると思いますよ、あの子」

母親は無理に笑った。「あんなことしなきゃよかった、って」とつづけると、笑顔にうっすらと涙が交じった。

「生きていれば、二十歳なんです、今年」

「ええ……」

「去年はね、成人式の振袖のダイレクトメールがたくさん届いて……ああいうの、中学校の卒業生名簿なんかを使ってるから、死んだことがわからないんですよね、業者さんには」

「はい……」

「まあ、抗議をしてもしょうがないし、かえって悔しい思いや悲しい思いをするだけなんですけどね……振袖のパンフレットをぱらぱらめくって、あの子にはこの柄が似合うだろうな、でも、あんがい『着物なんかにお金かけるんだったら、そのぶんお祝いのお小遣いちょうだい』なんて言うのかな……ちょっとクールなところのある子だったから、そっちのほうが可能性あるな……なんて考えてるとね、やっぱりね、もう立ち直ったつもりでも、あの子のこといろいろ思いだしちゃって……だめなんですよ、わたしも主人も……」

母親は泣き笑いの顔になって、洟をすすりあげた。美咲先生もハンカチを目元に押し当てる。

ルビィはまだ黙ったままだった。

照れ隠しの「だったら最初からパンフレット見なきゃいいじゃない」ぐらいは言うはずの場面だし、そう言ってほしいとも思っていたが、ルビィは無言で母親と美咲先生を見つめるだけだった。

私が振り向いたほうがいいのだろうか。目が合えば、ルビィもいつもの調子を取り戻して……。

いや、違う、と思い直した。そんなものを取り戻す必要なんてない。

これは再会なのだ。

ルビィは母親と、いま、美咲先生の記憶の中で、思いがけないかたちで再会しているのだ。

それを邪魔するのはよそう、と決めた。

「ごめんなさい、こんな暗い話してると、おなかの赤ちゃんによくないですよね」

母親は気を取り直して笑い、目尻に残った涙を指先でぬぐいながら立ち上がった。

「お茶、いれてきますね」

部屋を出ていく母親を、中腰になって「おかまいなく……」と呼び止めようとした美咲先生だったが、その声を途中で呑み込んでため息に変えて、また座り直した。

＊

「ここから、だよ」

不意にルビィが言った。

振り向く私のまなざしには応えず、美咲先生が一人で残された和室の光景にじっと目を凝らして、「このままで終わるはず、ないんだから」と言う。「これで終わるんだったら、美咲先生が記憶を封印するわけないでしょ」

「……ああ」

「ほんとうにつらい出来事は、いまから起きるんだよ」

いままで黙り込んでいたぶん、ルビィの声は凜として、強く響く。

母親に再会して、のこされた家族の悲しみをあらためて目の当たりにして、自分の選んだ人生の閉じ方を悔やんでいるのかと思っていたが、声には感傷的なもろさはかけらもなかった。

「言っとくけど、わたし、お母さんみたいにウエットな性格じゃないから。顔も性格も似てないの、お母さんとは」

私の胸の内を勝手にどんどん読み取っていくのも、元通りになった。

だからこそ──何重にも折り畳まれて、隠された、ルビィのいちばん本音の本音が透けて見えるような気もする。

「考えすぎ」

「……そうか？」

「作家の想像力って、ここまで身勝手でもいいわけ？」

言い返そうとしたとき、玄関のドアが開く音が聞こえた。

ぼそぼそとした話し声が、あとにつづく。

一人は、母親の声だった。

そして、もう一人は——。

和室にいた美咲先生も、声の主に気づいて、あわてて、逃げるように腰を浮かせた。

床を踏み鳴らす足音が聞こえる。おとなのものとは違う、軽く高い足音だったが、そのぶん、とがったいらだちが耳に突き刺さってくる。

「卓也、やめなさい！」

追いすがる母親の声を振り払って、卓也は和室の戸口に姿を見せた。

おなかをかばいながら、おびえた顔で立っている美咲先生を、険しい顔でにらみつけた。

「……帰れよ」

教師に対する言葉ではない。

敵——それも、憎悪に満ちた敵にぶつける言葉だった。

「……寺島くん、あのね、ちょっと聞いてほしいの」

「帰れよ」

「寺島くんに黙って家まで来ちゃってごめん、それは先生が悪かったから謝る、でもね、寺島くん……」

「帰れ！」

怒鳴り声と同時に、卓也は襖を殴りつけた。鈍い音をたてて、襖に穴が空いた。

美咲先生はビクッと身をすくめ、顔をこわばらせて、おなかに両手を巻き付けた。

卓也は戸口から部屋に足を踏み入れた。

「来ないで！」

先生は叫んだ。無意識のうちにおなかをかばって、卓也に背中を向けていた。

「お願い！　こっちに来ないで！」

教師として決して教え子に言ってはならない言葉を——美咲先生は言ってしまった。

卓也の顔から、さっきまでの興奮がすうっと消えた。冷静に、いや、醒めきった表情になって、薄笑いが浮かんだ。

「先生……死んでくれない？」

抑揚のない声で言う。

「先生が死んでくれたら、オレ、真面目に授業受けるけど」

美咲先生の顔から血の気が退いた。卓也を見つめるまなざしから光も消えた。

「死にたくないんだったら、代わりに、赤ちゃん殺してよ。赤ちゃんが死ぬんだったら、オレ、それでもいいよ」

卓也は、ヘヘッと笑う。

ヘヘッ、ヘヘッ、ヘヘヘッ、とひらべったい声で笑いつづける。

母親が泣きながら頬を平手で張っても、卓也の笑い声はやまなかった。

＊

美咲先生の記憶はそこで途切れ、あとにはすべての光が呑み込まれてしまったような深い暗闇が広がった。

闇の中にたたずむのは、ルビィと私だけだった。

「……そういうこと、か」

ルビィは、さっきまで卓也が立っていたあたりの闇を見つめて、なるほどね、とうなずいた。

「もしも美咲先生の赤ちゃんが死んじゃったら、卓也は、死ぬほど後悔するよね、自分の言ったことを」

闇を見つめる目を動かさずにつづける。

「で、もしも、赤ちゃんが自分のせいで死んじゃったら、卓也も……死ぬよ、たぶん」

ルビィがなにを思っているのか、私にはわからない。こちらの胸の内はルビィにあっさりと読み取られても、私がルビィの思いを探ることはできない。そのいびつな関係が、いまほどもどかしく悔しいときはなかった。

だが、ルビィは——決して私のためにではなく、暗闇に向かって自分の思いを口にした。

「卓也はさぁ、ほんとは優しい子だもん。あんたは気が弱くて、臆病で、甘えん坊で、ほんとはすごくいい子なんだもん。お姉ちゃん……知ってるもん、それ……」

まるで闇の中に卓也がたたずんでいるかのように、語りかける。

「どうしよう、ねえ、卓也……あんた、ほんとに美咲先生と赤ちゃんを死なせちゃうかもしれない……あんたのせいで、先生も赤ちゃんも死んじゃうかもしれない……そうしたら、どうする？　あんたも死んじゃうよね、生きていけないよね、死んでもお姉ちゃんに会えるとか、思ってるでしょ、ばかだから、あんたは……」

ルビィは泣いていた。

泣きながら、暗闇に消えた卓也に向かって語りかけていた。

背中が強い力でひっぱられた。暗闇が遠ざかっていく。シンクロが終わるんだ、とわかった。

ルビィも私と同じように、美咲先生の記憶から抜け出るところだった。

遠ざかる闇と入れ替わりに、背後からほの白い光が広がりながら迫ってくる。私たちは、また現実の世界に戻っていく。美咲先生と、先生のおなかの中の赤ちゃんと、そして卓也の最後の一日へ――。

「ダザイさん、卓也にシンクロして」

ルビィは言った。

「あの子を、救って」

涙声で、つづけた。

9

教室の私語はやむことがない。男子の数人は廊下やベランダまで使って追いかけっこをしている。とても授業にはならない。

「ねえ、席に着いて……席に着いて、先生の話、聞いて……」

教壇の美咲先生は懸命に訴える。もはや懇願や哀願に近い口調になっていた。声もしわがれている。ルビィと私がシンクロしている間、ひたすら声を張り上げつづけていたのだろう。

一組の山本先生が廊下で遊んでいた男子を怒鳴りつけた。

三組の佐藤先生はベランダに回って、外にいる女子を叱った。

それで多少は騒がしさがおさまっても、引き替えに美咲先生はいたたまれない顔になってうつむいてしまう。同僚に迷惑をかけ、同僚の助けがないと子どもたちを教室に入れることすらできない……教師失格だ。うつむいたまま顔を上げられない美咲先生は、右手をおなかに添えた。

おなかの中の赤ちゃんに「ママを助けて」と祈っているのか。それとも、「こんなママでごめんね」と詫びているのだろうか。

「違うよ」

ルビィが言った。先生を見つめる横顔が険しくなっていた。

「痛いのよ、おなかが」

「……そうなのか？」

「うん。生理痛がひどいとき、わたしもあんな感じでおなかさすってたから」

確かに、美咲先生はおなかをさすりながら、微妙に腰を退いていた。教卓についた左手で体を支え、息を止めたりゆっくり吐き出したりを繰り返して、少しずつ腰を退く角度が深くなって……「く」の字のように、体が折れ曲がってしまう。

教室のざわめきに、怪訝な声が交じってきた。おしゃべりをしていた子どもたちも、一人また一人と困惑した顔になって、先生を見つめる。

卓也も――いた。

教室の後ろの掲示板によりかかって立って、床のサッカーボールの上に足を載せて、ボールを軽く前後させながら、先生を見つめていた。

「先生、具合悪いの？」

前のほうの席から、女子の声が聞こえた。

美咲先生は苦笑して、「ううん、だいじょうぶ」と答えた。だが、頬はうまくゆるまない。声も、しわがれたまま、危なっかしく揺れている。

「赤ちゃん、生まれそうなの？」

男子の誰かが訊いた言葉に、教室は「うそぉ」「マジ？」とまた騒がしくなった。皮肉なものだ。いまの騒がしさはさっきまでとは違う。ばらばらにしゃべったり遊んだりしているのではなく、いまはクラス全員が美咲先生のほうを見て、美咲先生のことを話題にしてしゃべっている。ほんとうは、素直で優しい子どもたちなのだろう、みんな。素直で優しいからこそ、たった一人――卓也のつくりあげたすさんだ空気に、あっけなく呑み込まれてしまったのだろう。

「だいじょうぶよ」

先生は顔を上げ、腰を伸ばして笑う。必死にそうしているのだとわかる。さっきまで紅潮していた顔色は見る間に青ざめてきて、額やこめかみに汗の玉が浮いている。

「……やっと静かになったんだから、この調子でがんばって勉強しようね、みんな」

子どもたちにも、ただならぬ気配は伝わっているはずだ。おなかの痛みに耐えて授業をしようとする先生の思いも、きっと——。

気がつくと、自分の席から離れているのは卓也一人になっていた。

卓也は少し気まずそうな表情になり、視線も足元に落ちた。

それでも、席に戻らない。

足元のボールを前後に揺すりながら、意地を張っている。

ルビィは、そんな弟の姿をやるせない表情で見つめて、「バカなのよ、卓也は……」とつぶやくように言った。「子どもの頃から、最初に謝るタイミングを逃しちゃうと、『ごめんなさい』の一言がどうしても言えなくなっちゃうの」

「不器用なんだな」

「そう、不器用だし、意地っ張り」

「でも……わかるよ」

「ダザイさんもそうだった？」

かぶりを振った。私は逆だ。すぐに謝って、しかし骨身に染みていないので、また同じことを繰り返してしまう。

「でも、卓也みたいな奴、友だちにたくさんいた。だから、いまの卓也の気持ちは……」

私の言葉をさえぎって、ルビィは「『理解できる』じゃだめなの」と言った。「その程度じゃシンクロできないから」

「……うん」

卓也にシンクロして、彼の記憶に刻まれた光景や思いを目の当たりにすることで、ほんとうに運命を変えられるのかどうか――。

それはわからない。このまま卓也を外から見つめるだけでは、なにも変わらない。やがて訪れる悲劇の瞬間を、ただ、待つことしかできない。

「そっちはどうなんだ？　卓也みたいに依怙地(いこじ)になっちゃうタイプじゃないのか？」

質問というより、かなりの確信を持って尋ねた。

だが、ルビィは少し考えて「違うね」と言った。「悪いけど、わたし、意外と素直な子だから」

嘘をついた。それくらいわかる。

それでも、卓也にシンクロすることを拒む気持ちも、わかる。

誰かの記憶を覗くというのは、見たくないものを見て、知りたくないものを知ってしまうことでもある。それが怖い。自分の愛するひとの記憶であれば、なおさら――。

美咲先生は国語の授業を始めた。男子の一人、さっきまで卓也と一緒に大騒ぎしていた子を指名して、「三好(みよし)くん、読んでくれる？」と音読させた。

卓也はまだ教室の後ろに立っている。美咲先生は、もちろん卓也のことに気づいているのだが、なにも声はかけない。知っているのだ、へたに声をかけるとますます依怙地になってしまうことを。

三好くんの音読が始まった。他の子どももおとなしく教科書を開いて、文字を目で追っている。

美咲先生は安堵した表情になったが、それで逆におなかの痛みがぶり返したのか、すぐに顔をしかめ、おなかをさすった。

だいじょうぶなのだろうか。美咲先生と卓也を待ち受けている悲劇は、いつ、どんな形で訪れるのだろう。

三好くんが最初の段落を読み終えたところで、先生は「はい、ありがとう」と止めて、初めて卓也に目をやった。

「次を……寺島くん、読んでみる?」

命令ではなく、誘いかけの口調で、おなかの痛みに耐えながらせいいっぱいの笑みを浮かべ、「どう?」とうながした。

卓也はうつむいて、なにも応えない。気まずさが全身を包んでいるのがわかる。

「……じゃあ、次の次っていうことでいいかな?」

先生の笑顔は、気まずさの上からさらに卓也を包み込む。うつむいた卓也の顔は、赤く染まっていた。サッカーボールを前後に揺する足の動きからも、さっきまでの挑むような余裕は消えた。むしろ、幼い子どもがいじいじと迷っているようなしぐさに見える。

あと少し、ほんの一歩、なにかのきっかけさえあれば、席に戻るかもしれない。私にもわかる。だが、そのきっかけを見つけるのがなによりも難しいんだということも、わかっている。

先生は「次の次だからね、よろしく」と念を押して卓也からまなざしをはずし、「はい、じゃあ伊藤さん、読んでくれる?」と前の席に座っていた女子を指名した。

卓也はうつむいたまま、ポケットから出した手を口元に運んだ。

爪を嚙んだ。

いや、違う、卓也が嚙んでいるのは爪の横の指の皮——神経が通っていないので痛みを感じない皮を、糸切り歯で嚙みちぎっているのだ。

同じだ。

私も子どもの頃、気まずかったり落ち着かなかったり不安だったりしたとき、よく爪の横の皮を嚙んでいたのだ。

同じ——俺たちは、同じ癖を持っている。

まなざしが、ふわっ、と浮いた。引き寄せられるように卓也に近づいていく。シンクロできる。卓也の中に入っていける。

「ダザイさん」

ルビィが言った。

「お願い、卓也を助けてやって」

その言葉に応える間もなく、私は卓也の心の中に吸い込まれていった。

*

暗闇に最初に浮かんだのは、ルビィの姿だった。

自宅のリビング——ソファーに座ってぼんやりと、音を消したテレビを観ているルビィに、パジャマ姿の卓也は戸口から「どうしたの、おねえちゃん」と声をかけた。

眠たげな声で、目もこすりながら「まだ起きてたの？」と訊く。

「うん……寝付けないから、気分転換」

ルビィはテレビの画面を見つめたまま答え、「あんたは？」と聞き返した。

「おしっこ」

あ、そう、と軽くうなずいたルビィは、「わたしもすぐ寝るから」と付け加えた。

「じゃあ、おやすみ」

「うん、おやすみ」

ドアを閉めかけた卓也を、ルビィは面倒くさそうな声で「ねえ」と呼び止める。

「なに？」

「あのさ……卓也、あんた、お父さんとお母さんのこと、好き？」

「はあ？」

「好きだよね、あんた甘えんぼだから」

「……なんなの？」

「べつにどうでもいいんだけど」

ルビィはそう言って、やっと卓也に目をやった。

「ねえ、卓也。お父さんとお母さんのこと、よろしくね」

「……って？　なに、それ」

「親孝行しなきゃだめだよ」

卓也はきょとんとして、首をかしげるだけだった。

だが、ルビィはそれ以上はなにも言わず、もういいから、あっち行ってなさい、と手の甲を払って「おやすみ」と言った。

さっぱり要領を得ないまま、目の前の光景は消えて、また私は暗闇に包まれる。

まさか――。

ふと思った。

ちょっと奇妙ではあっても、ありふれたと言えばありふれているこのやり取りが、なぜ、卓也の記憶に残っているのか――。

答えは、ほどなくわかった。

暗闇が薄れ、再び目の前に新たな光景が浮かび上がる。

朝の食卓だった。

両親と卓也が朝食をとっている。

トーストを食べ終えた卓也に、母親が声をかけた。

「ねえ、タク、ちょっとおねえちゃんを起こしてきてくれない？　もう七時半過ぎてるんだから、遅刻しちゃうわよ」

「おねえちゃん、ゆうべ一人でテレビ観てたよ」

「そうなの？　何時頃？」

「二時か三時。おしっこに行ったとき、おねえちゃん起きてたから」

「もう、ほんと、夜更かしばかりしてるんだから」

母親は顔をしかめ、朝刊を読んでいた父親は「まあ、外で遊んでるよりいいだろ」ととりなすように笑って、「タク、おねえちゃん起こしてきてやれよ」と言った。

「はーい」

「返事なかったら、もう、中に入っちゃってもいいからね。七時半過ぎてるんだから、ほんと、遅刻しちゃったら困るんだから」

「はーい」

ダイニングキッチンから駆け出した卓也は、「立ち入り禁止」のステッカーを貼ったドアの前に立ち、ノックをしながら「おねえちゃん、朝だよーっ」と呼んだ。

返事がない。

「あれ？」と首をかしげて、もう一度、さっきより強くノックをした。

だが、部屋の中からはなにも聞こえてこない。

「おねえちゃん、開けるよ、中入っちゃってもいい？」

卓也はドアノブをひねって、ドアを開けた。

その瞬間――記憶の中の光景から、音が消えた。

ルビィはベッドに横たわっていた。

左の手首にタオルを巻き付けて、そのタオルが赤く染まって……ベッドの下には、血のついた剃刀が落ちていた。

＊

卓也は、ルビィの遺体の第一発見者だった。大好きだったおねえちゃんの変わり果てた姿を、誰よりも先に――しかも、たった一人で、目の当たりにしてしまった。

＊

光景に音が戻った。

卓也はルビィの遺体には手を触れず、廊下に戻ってドアを閉めた。

呆然とした表情だった。

焦点の合わない目からは、光が消えていた。

ふらふらと、宙に浮くような足取りで、ダイニングキッチンに戻る。

「起きてた？」

母親がフライパンを流し台で洗いながら訊く。

父親は朝刊を畳んで、ワイシャツにこぼれたトーストのパンくずを払い落としながら「起き抜けは機嫌が悪いから、タク、大変だったただろ」とのんきに笑った。

卓也は呆然とした顔のまま、「あのね……」と力の抜けた声で言った。

「どうしたの？」

「あのね……お母さん……なんかね、よくわかんないんだけど……おねえちゃん……ヘンなの」

「はあ？」

「おねえちゃん……ベッドでね、寝ててね……あのね……よくわかんないんだけどね……手がね……なんかね……血が流れててね……呼んでも起きなくて……動かなくてね……なんか、ぼく、よくわかんない……」

流し台に、フライパンが落ちた。

父親は椅子を後ろに倒して、ダイニングキッチンから駆け出した。

追いかけて、母親もルビィの部屋へ向かう。

母親の絶叫が聞こえた。父親が血相を変えて戻ってきて、電話機のプッシュボタンを何度も押し間違えながら、１１９番通報をした。

卓也は動かない。

呆然とした顔で、光の消えた目で虚空をぼんやり見つめながら、うわごとのように「わかんない……ぼく、よくわかんないんだけど……」と繰り返す。

そのつぶやきをかき消して、救急車のサイレンが響き渡る。

10

卓也は問う。

なんで――？

一心に問いつづける。

ねえ、なんで——？

駆けつけた救急隊員が、ルビィを担架に乗せる。一人の隊員が、そばにいた別の隊員と目を見交わして、小さく首を横に振った。

母親は半狂乱になってルビィにとりすがる。父親は救急隊員に「早くしてください！　早く病院に！　早く！」と叫ぶ。

邪魔になるからと廊下に出された卓也は、おとなたちの背中をぼんやりと見つめながら、ただひたすら問いを繰り返す。

なんで——？

小学三年生の幼い心では、その問いの先にあるはずの答えには届かない。いや、それはおとなの誰にだって答えようのない問いだ。

場面は救急病院に切り替わる。

卓也は両親に挟まれて、パイプ椅子に座っている。父親も母親も、もう取り乱してはいない。呆然とした顔をして、焦点の合わない目で、寝台に横たわるルビィを見つめている。

薄暗い部屋だ。オレンジ色の明かりは、三人を浮かび上がらせるというより、むしろ影になった部分のほうをくっきりと際立たせていた。線香の細い煙が、揺れながらたなびく。ここは——病院の地下にある霊安室だった。

ルビィの顔は白い布で覆われていた。ほんのわずかな風で吹き飛ばされてしまいそうな薄っぺらな布なのに、その一枚に隔てられた、こっち側の世界と向こうの世界は、あまりにも遠い。

父親がため息交じりにつぶやいた。

「……まいったな」

母親は泣き腫らした目をゆっくりと瞬いて、「ケーキ……」とつぶやいた。「予約していたのに」

「なんだ？　それ」と父親が、母親に目を向けずに訊く。

「お誕生日のケーキ、あの子の」

「……来週だよな」

「そう。今年はザッハトルテがいいっていうから、おととい予約したの、ほら、駅前のメヌエットで」

「ああ、あそこのケーキは美味いからな」

「でも、予約しとかないと、早い日はお昼過ぎで売り切れちゃうから、だから電話で予約して、お金も先に払って……でも、どうしよう、キャンセルしないと」

「しなくてもいいだろ」

「だって……」

「まあいいや、俺がキャンセルの電話しとくよ、あとで」

「お金、返してもらえるのよね、こういう場合」

「お金は……まあ、どうでもいいだろ、うん……」

「ザッハトルテ、楽しみにしてたのよ、ほんとにあの子……」

両親の話す声は、線香の煙よりもさらに軽く、頼りなく、ふわふわと虚空に浮かぶ。

いまの状況を忘れてしまったかのような、意味のない会話――私の小説には、決して出てこない。そんな会話が成り立つなど、想像の片隅ですら思っていなかった。だが、それが「死」のリアルなのだと、いまはわかる。作家と名乗っていながら、いままでなにをやっていたんだろう、と自分が情けなくもなる。

ドアがノックされた。

病院の関係者が入ってきて、「お父さんかお母さん、ちょっとよろしいですか。どちらかお一人でけっこうですから、外でお話をさせてほしいんですが」と控えめな声で告げた。その背後に立つ険しい顔をした男は、おそらく警察だろう。

両親は二人そろって、どちらからともなく席を立った。「一人でいい」と言われたことを聞いていなかったのか、それとも、警察の事情聴取に一人で応じるのが怖かったのか、両親は黙って、目を見交わすこともなく、二人で外に出て行ってしまった。

霊安室には、卓也が一人で残された。小学三年生の少年が、自殺した姉のなきがらと、たった一人で向き合う――そんなシチュエーションは、私の作家としての想像力の中にはありえない。たとえ、それをふと思いついたとしても、すぐさま打ち消したはずだ。ふつうは両親のどちらかが一緒に残るはずじゃないか、と決めつけて、卓也を一人きりにはしないだろう。

だが、これが「死」のリアルだ。何度でも嚙みしめたい。生きていた頃にはわからなかったものが、いまはわかる。わかってしまう。

卓也はじっとルビィを見つめる。両親と同じように呆然とした顔で、しかし、両親とは違って、目の焦点はしっかりと合っていた。

なんで――？

卓也は問う。

ねえ、なんで――？

問いつづける。

答えには決してたどり着けない問いが、卓也の幼い心に貼りついて離れない。

いまも、そうなのだろうか。卓也は結局「なんで？」を消し去れないまま、ルビィのいなくなった三年間を過ごしてきたのだろうか。それを思うと、いたたまれなくなってしまう。やめろよ、もういいんだよ、忘れてしまえよ、なにも考えないほうがいいんだよ……。肩を抱いて、声をかけてやりたい。だが逆に、子どもが背負うには重すぎる荷物を放そうとしない卓也に、たまらないいとおしさも感じる。肩を抱いて、声をかけて、それからゆっくりと、強く、深く、抱きしめてやりたい。

卓也は立ち上がる。

部屋を出て行くのかと思ったら、そうではなかった。

ルビィの顔を覆う白布の端に手をかけて、そっとめくり上げた。

ルビィの顔があらわになる。傷一つついていない、きれいな死に顔だった。眠っているように見える。軽く揺り動かせば、ふっと目を開けて「おはよう」と笑いそうな気もする。だが、閉じたまぶたは永遠に開かないんだということも、赤みの消えた顔を見ているとわかる。

なんで——？

卓也は問う。

「おねえちゃん……なんで……？」

つぶやきが漏れる。

卓也の右手が、ルビィの頬に触れた——その瞬間、はじかれたように肩が揺れた。

ビクッという音が聞こえそうなほどだった。腕が縮まり、頬に触れていた指が浮いた。

肌の冷たさなのか。それとも、固さに驚いたのだろうか。

これが「死」だ。小学三年生の少年は、確かに「死」のリアルに触れたのだ。

記憶の映像が消える。あたりはまた闇に包まれる。

なんで――？

繰り返し問いつづける卓也の声だけが、暗闇に響く。

ねえ、なんで――？

次の光景はなかなか現れない。闇は薄くなるどころか、どんどん暗く、重くなる。

ルビィはいない。卓也とシンクロするきっかけが見つけられないのではなく、たぶん、シンクロしない、と決めているのだろう。

なんで――？

暗闇に響く、ひときわ大きな声を最後に、私のまなざしはあとずさるように遠ざかっていく。

シンクロの時間は終わったのだ。

＊

六年二組の教室に戻ると、張り詰めた静けさに迎えられた。

美咲先生が教壇でうめいている。教卓についた右手で体を支え、左手をおなかに添えて、痛みに耐えている。女子が口々に「保健室行く？」「誰か呼んでくる？」と心配そうに言う。だが、先生は懸命に頬をゆるめ、「だいじょうぶ」と答える。「おなかの赤ちゃんが、ちょっと元気に遊んでるだけだから……」

ルビィは教壇の横にたたずみ、険しい顔で先生を見つめていた。

「どうなったんだ？」

私が訊くと、怒った声で「見ればわかるでしょ」と返す。「もう、おなかの痛み、限界なのよ」

「……生まれるのか」

「そんなの知らない」

どうすればいい——と重ねて訊きかけた言葉を、苦い思いで呑み込んだ。私たちにはなにもできない。美咲先生に自分の存在を知らせることすらできないのだ。

「それより、ダザイさん、どうだった？　卓也の記憶」

「……ルビィのこと、死んだ日のことが、真っ先に出てきた」

自分でも予想していたのか、ルビィは軽くうなずいて、「悲しんでた？」と訊いた。

「悲しむっていうより……困ってたな、すごく」

「なにに困ってたわけ？」

「理由が、わからないから」

耳の奥には、卓也が繰り返す「なんで――？」の声が、まだ残っている。たぶんそれは、卓也自身も同じだろう。ルビィが死んでから三年間ずっと、その声は消え去ることなく胸に残っていたのだろう。

「遺書、書かなかったのか」

ぽつりと訊くと、ルビィは少しぎこちなく笑って「忘れてた」と言った。「それに、遺書なんて書いてたら、死ぬ気がなくなったかもしれないし……」

「ほんとに死ぬ気だったのか」

「うん、だから死んだの」

「なんで」

「さあ……」

ルビィはまた笑う。さっきよりもさらにぎこちない笑い方で、自分でもそれに気づいているのか、「役に立たなかったんだね、シンクロしても」と話を打ち切った。

もう一度卓也の記憶の中に飛び込めば、今度はどんな光景を目にするのだろう。大好きだったおねえちゃんを喪(うしな)ってしまってからの日々、卓也は人間の「死」や「命」について、どんな思いを育んでいったのだろう。

知りたい。

だが、美咲先生の様子を見ていると、もはや卓也にシンクロする余裕はなさそうだった。

卓也はまだ教室の後ろに立って、所在なげにサッカーボールを蹴っている。席につくタイミングを逃してしまって、仲間を誘って騒ぐこともできず、美咲先生のほうをちらちら見ながら、それでも目が合いそうになるとあわててそっぽを向く。

寂しそうだった。

一人きりだから寂しいのではなく、自分で自分をどうしたいのかわからずに途方に暮れている寂しさだった。

ふと横に目をやると、ルビィも卓也をじっと見つめていた。

二人の顔立ちは決して似ているわけではないが、寂しそうな顔になると、ああ、やっぱりきょうだいなんだ、と気づく。

寂しがっているときの顔が似ている姉と弟——なんだか、それはとびきりせつないことのようにも、逆に、とびきり美しいことのようにも思えるのだ。

＊

美咲先生の腹痛は、ついに限界に達してしまった。授業が終わるまであと数分というところだったが、チャイムが鳴るまで耐えきれそうにもなかった。

「あのね……みんな、ちょっとごめん……赤ちゃんがね……ずーっと騒いでて……元気よすぎるから、男の子なのかな……」

「先生、だいじょうぶ？」と女子の一人が泣きだしそうな顔で言った。

「うん……平気……なんだけど、ちょっとね……保健室に行って、お薬もらってくるから……」

先生の顔は真っ青になり、額やこめかみには玉のような汗が浮かんでいた。

「悪いけど、みんな……自習しててくれる？　廊下に出て騒いだりしないで、静かにして……すぐ帰ってくるから……」

教卓についていた右手を放すと、それだけで体は大きく揺らぎ、前のめりに倒れそうになる。

「先生、ついていこうか？」「保健委員、誰だっけ」「やっぱり他の先生呼んだほうがいいんじゃない？」と心配顔の子どもたちが言う。

だいじょうぶ。声にならない声で応え、ありがとう、と口だけ動かして、先生は歩きだす。足元がふらつき、唇をわななかせていても、かすかにうれしそうな笑みを浮かべたのは、子どもたちの心をもう一度信じてみたくなったから、だろうか。

先生は歩く。教壇を降りて、戸口に向かって、一歩ずつ、進む。

「先生！」

涙声で女子の誰かが声をかける。

「先生！」

男子も、泣いている。

「ごめんなさい……もう授業中に騒いだりしないから、先生……ごめんなさい……」

立ち上がって言ったのは、卓也と一緒に、相棒のように大騒ぎしていた男の子だった。

「先生、ほんとにだいじょうぶ？　わたしも一緒に行く！」

女子の一人は、戸口まで追いかけて言った。それはクラス全員の思いでもあるのだろう、席に残ったみんなも、先生さえ許してくれるのなら、すぐにでも立ち上がって駆け出しそうな気配に満ちていた。

先生は追いかけてきた子の頭をそっと撫でて「ありがとう」と言った。「でも、だいじょうぶ……みんなは教室で待ってて……ほかのクラスに迷惑かけないように、静かに自習しててね……お願い……」

先生は一人で教室を出た。

子どもたちは追いかけられない。いままで授業中に大騒ぎをして先生を困らせ、ほかの教師にまで迷惑をかけてきた、その報いを嚙みしめるしかなかった。

先生は廊下を歩く。壁に手をついて体を支え、うつむいて、息を詰め、一歩ずつ、ゆっくりと。

ルビィと私も教室を出た。

「だいじょうぶなのか？」

「知らないってば、そんなの」

「なあ、俺たち……ほんとに……」

「なにもできないの。なんべん言えばわかるわけ？」

ルビィは、いらだっている。それは、美咲先生を待ち受ける悲劇がすぐ目前にまで迫っているという証でもあった。

「ダザイさん、後ろ」

「え？」

振り向くと、六年二組の教室から卓也が廊下に出てきたところだった。

足元には、サッカーボールがある。戸口の前にたたずんで先生の背中をじっと見つめている。逆光になっているので表情まではわからなかったが、全身から目に見えない霧のようにたちのぼっているのは――さっきシンクロしたときと同じ、深くせつない寂しさだった。

先生は気づいていない。

卓也も先生を呼び止めず、ゆっくりと、ボールをドリブルしながら、先生を追って歩きだす。

先生は階段を降りる。段差がキツいのだろう、手すりを両手で持って一段ずつ降りていく。

ルビィと私は階段の上から、先生と卓也を交互に見つめる。二人の距離が少しずつ縮まってくる。卓也が先生になにを告げたいのか、なにをしたいのか、わからない。だから、たまらなく怖い。

途中の踊り場まで来た先生は、精根尽き果てたように手すりに抱きついた。

卓也は私たちのすぐ隣に立って、踊り場を見つめた。

11

美咲先生は振り向いて、卓也に気づいた。驚いた顔になったのは一瞬だけだった。それ以上の反応を示す余裕は、もう、なかった。

おなかの痛みに耐えながら、懸命に笑顔をつくって、「どうしたの?」と卓也に訊く。

「教室で自習してて……お願い……」

卓也は黙って、教室にいたときと同じようにサッカーボールの上に足を載せ、じっと先生を見つめる。

まさか——。

嫌な予感がした。

ルビィが息を呑む気配も伝わった。

「ダザイさん、シンクロして」

「いや、でも……」

「いいから早く！」

「見つからないんだ、なにも……」

困惑してあせる脳裏に、くっきりと、次に起きる光景が映し出された。想像したわけではない。自分の意志とは無関係に、鮮やかな映像が目の前にたちのぼったのだ。

卓也は、サッカーボールを蹴る。先生を本気で狙っていたのかどうかはわからない。ただ、ボールはまっすぐに先生の顔に向かう。

先生は悲鳴をあげてボールをよける。片手をかざして顔をかばい、もう片方の手でおなかをかばう。とっさのことに、体のバランスが崩れる。ふらっと上体が揺れる。膝と腰が崩れ落ちて、何歩かあとずさって、踊り場の縁から足を踏み外して――。

落ちたのだ。

先生は、短い悲鳴とともに、階段を真っ逆さまに落ちていった。

二階の廊下まで落ちる手前で止まった。脚が不自然な角度で曲がっていた。骨折したのかもしれない。いや、それよりも――真っ赤な血が、太股の内側を伝っていた。

鮮やかな赤い色だった。それは、死のにおいがする禍々しい赤でもあった。

卓也は三階の廊下にたたずんだまま呆然としていた。自分がやってしまったことの重さを背負うのも忘れて、焦点の合わない目で、先生の姿が消えた踊り場をぼんやりと見つめていた。結局先生に当たることのなかったサッカーボールは、踊り場の壁と床に当たって、何度かバウンドしたすえに、まるで先生を追いかけるように、ゆっくりと階段を転げ落ちていった。ポン、ポン、ポン、ポン……とボールが弾む、音ともつかない音まで、くっきりと聞こえた。

そして、やがてその音は、心臓の鼓動に変わっていく。

トクン、トクン、トクン……と最初は規則的だった鼓動は、しだいに間隔が空き、か細くなっていく。先生の心音なのか。それとも、先生のおなかにいる赤ちゃんの心音なのか。

いずれにしても、二人とも死ぬ。運命が、そう定めている。

それだけではない。

卓也もまた——今日、死ぬ。

筋道が見えてきた。

美咲先生は、すぐに病院に運び込まれるだろう。だが、先生も赤ちゃんも、助からない。その最悪の結果は、もちろん卓也にも知らされる。すべての責任が自分にあるんだと思い知らされた卓也は——考えたくないが、きっと、自ら……。

「やめてよ！」

ルビィの叫ぶ声が、足元から聞こえる。ふと見ると、ルビィは床に倒れ込み、卓也の足元のサッカーボールを抱きかかえていた。蹴らせまいとしている。だが、体を持たない透き通ったルビィにはなにもできない。

「ねえ、ダザイさん！　お願い、卓也にシンクロして！」

「俺だってしたいよ！　でも、なにもないんだ！」

どんなに怒鳴っても、私たちの声は卓也にも先生にも聞こえない。

だから、先生は困惑した顔で卓也に言う。

「あとちょっとで休み時間だから、お願い……それまでは教室で自習してて……」

卓也の表情が微妙にゆがむ。なにかを言いたいのだ。伝えたいのだ。だが、それをうまく言葉にできないでいる。

「先生……」

「なに？」

「おなか、痛いの？」

「そうなの……ごめんね、授業中なのに、ごめんね、ごめんね……すぐ保健室に行って、お薬もらって、すぐに帰ってくるから……だから、お願い、教室に入ってて

「……」

「赤ちゃん、生まれるの？」

「……わからないの、でも、痛いの、だから……お願い、教室に……ねえ、先生をもうこれ以上困らせないで、お願い、早く保健室に行かせて……」

先生はなにも悪くない。当然のことを言っただけだ。それでも、卓也にとっては――まだ幼い小学六年生の男の子にとっては、自分が突き放されたように感じてしまったはずだ。

卓也の表情は、またゆがむ。

なにかを言いたい。伝えたい。けれど、それを言葉にすることが、できない。サッカーボールを踏みつける足が、ぐらぐらと前後に揺れる。床に倒れ込んだルビィがどんなにしがみついても、ボールを止めることはできない。

はじけるな――。

祈るしかない。

頼む、思いが言葉にならないもどかしさをしっかりと受け止めて、このまま教室に戻ってくれ――。

祈りは無駄になる。蹴ってしまうのだ、卓也は。ボールは先生をめがけて飛んでいくのだ。そこから先のことを、私は幻覚よりもリアルに目の当たりにしてしまったのだ。

それでも、祈る。祈りつづける。先生を死なせないでくれ。先生のたいせつな赤ちゃんを死なせないでくれ。そして、なにより——卓也、おまえが自ら命を絶ってしまうと、ルビィはどうなる……？

先生は「ごめんね……すぐ帰ってくるから……」とうめき声で言って、手すりに両手でつかまったまま歩きだした。

卓也の顔がゆがむ。苦しそうに、せつなそうにゆがむ。

そうだ——。

私だって、そうだった。

子どもの頃、自分の心をうまく伝えられずに、悔しい思いや悲しい思いをしたことは、何度もあったじゃないか。

おとなになってからもそうだ。言いたいことや伝えたいことを、すべて、百パーセント、きちんと相手に伝えられるひとなんて、いったいどこにいるのだろう。

同じだ。私と卓也は、同じなのだ。

シンクロできる——。

「ダザイさん！　急いで！」

ルビィの叫び声を聞いたのと、私のまなざしが卓也に吸い込まれていったのは、同時だった。

＊

暗闇に、少年がぽつんとたたずんでいる。

いまの――小学六年生の卓也だ。

暗闇の奥にじっと目を凝らして、身じろぎもせずに立ちつくしている。

そのまなざしの先に、もっと幼い頃の卓也の姿が浮かび上がる。一人ではない。一緒にいるのはルビィだ。小学校に上がるか上がらないかの頃の卓也が、「おねえちゃん、おねえちゃん」とルビィにまとわりついている。

「タク、こっちおいで」とルビィが振り向いて手招く。「バーカ、タク、死んじゃえっ」と、あっかんべえの顔をする。いたずらをして母親に叱られる卓也を、ルビィは「まあ、いいじゃん、そんなに怒らなくても」とかばう。だが、場面が変わると、一転、ルビィは「なんでわたしのアイス食べちゃうのよ！　バカタク！」と顔を真っ赤にして怒って、空になったアイスクリームのカップを卓也にぶつける。

おねえちゃん、おねえちゃん、ねえ、おねえちゃんってば……。

卓也の甘えた声が暗闇に響く。

タク、タク、なにやってんのよタク、もうしょうがないなあタクは、タク、タク、ほらバカタク……。

ルビィと卓也は、並んで遊園地のジェットコースターに乗っている。年格好からすると、これは、ルビィが自殺する少し前の記憶なのだろうか。同じ遊園地のスナックコーナーで、二人はお互いのジュースを交換しながら飲んでいる。ストローでジュースを啜ったまま顔を見合わせて、フフッと笑い合う。両親も加えて、家族四人で、観覧車に乗った。ルビィはほんのわずか疲れた表情で、ぼんやりとカゴの窓から下界を眺めていた。

「いま、カゴが落ちたら……死んじゃうよね、この高さだと」

ぽつりとルビィは言う。両親は一瞬きょとんとした顔を見合わせて、「なに言ってんだ」「縁起でもないこと言わないでよ」と笑う。卓也も笑いながら「いいもん、俺、カゴが落ちても空飛んじゃうから、ビュイーンって」と両手を前に伸ばして、スーパーマンのような格好をした。

ルビィは「バーカ」と卓也の頭を小突いて、また、カゴの外に目をやった。今度は空を見上げて、誰にも気づかれないよう、そっとため息をついた。いや、違う、卓也だけはわかっていた。ため息には気づいていても、その理由や重みがわからなかった。

なんで——卓也はいま、暗闇に問いかける。

——？

ねえ、なんで――？

さっきシンクロしたときと同じだ。卓也はずっと、行き場のないその問いを胸に抱いたまま、ルビィのいない三年間を過ごしてきたのだ。

私はそっと卓也に近づき、背後から横に回った。卓也は暗闇を見つめて――にらみつけていた。悲しい怒りをたたえた目に、涙が浮かんでいた。

「……卓也くん」

思わず声をかけた。卓也は驚いて振り向く。もちろん、卓也は私を知らない。自分の記憶の中に忍び込んできた見知らぬ中年男に、きょとんとした顔で、「誰ですか」と訊いた。

「……おねえさんの知り合いなんだ」

これもとっさに出た言葉だった。意識をなくしたわけではないのに、口が勝手に動き、言葉が勝手にこぼれ落ちる。

「おねえさんが死んでから知り合ったんだ、俺は」

「……わけ、わかんないけど」

「元気だよ、おねえさんは。もう卓也くんには会えないんだけど、でも、元気なんだ」

卓也の顔がゆがむ。口がわななないて、「わけ、わかんないって！」と叫ぶ。

「心配してるんだ、きみのことを。おねえさんは、ずっと、きみを見てて、きみが苦しんでるのを見てて……おねえさんも、苦しんでる……」

卓也はむずかる子どものように、その場で足を踏み鳴らしながら、「嘘つき！」と叫ぶ。「嘘つき！　嘘つき！　死ね！　ぶっ殺す！」

「嘘じゃないんだ。俺とおねえさんは、さっきから教室にいて……卓也くんのことをずっと見てて……卓也くんが美咲先生に……先生のこと好きなのに、ひどいことを……」

「あっち行け！　嘘つき！　死ね！」

卓也は私の胸ぐらをつかみ、体当たりをするように肩や頭をぶつけてくる。

その手を払いのけて、体当たりをかわすことは簡単だったが、私はなにも抵抗せず、卓也のやりたいようにやらせた。

卓也のためでも、ルビィのためでもなかった。私は、自分ののこした家族のことを考えていた。葵も、卓也と同じように「なんで――？」の問いを一生抱きつづけなければならないだろう。その答えは、いつになってもわからないままだろう。私は逃げたまま、誰よりも守らなければならない一人娘に、なによりも深く苦しい問いを背負わせた。一人で逃げてしまったのだ。

「嘘つき！　嘘つき！　ぶっ殺す！」

卓也はひたすら叫び、私の胸ぐらを強く揺さぶる。膝を蹴られた。頭突きを胸にくらって、激しく咳き込みそうになった。

痛い。苦しい。肉体を喪ったはずの私が、いま、生身の体と同じ痛みや苦しさを感じている。報いなんだと思った。一人で逃げ出した者は、あとにのこされた者の怒りと悲しみを受け止めなければならない。これは罰なんだ——とも、思う。

「嘘つき！　嘘つき！　嘘つき！」

繰り返す卓也の声は、しだいに涙交じりになった。

頰を殴られた。小さな拳では、頰に痛みはほとんど感じない。だが、そのぶん、悲しみが胸に染みる。

ルビィ——。

俺たちは、こんなにもつらい思いを家族に背負わせたんだな——。

胸が熱いもので一杯になり、閉じたまぶたから涙があふれ出た。

と、気づく間もなく、私は卓也を抱きしめていた。

言葉にはならない。胸の内の思いをすべて言葉にして伝えられるわけではない。子どもも、おとなも。子どもはそれを暴力という形でしか置き換えられない。おとなは違う。おとなには、子どもを抱きしめることができる。

「やめろよ！　離してよ！」

最初はもがいていた卓也も、ほどなくおとなしくなった。私の胸に顔を埋めて、声を押し殺して泣きじゃくった。私も、卓也を抱きしめたまま動かない。ずっとこうしていたい。子どもの体は、おとなより体温が高い。生きる力がみなぎっているから、体の奥で命が熱をたたえている。それを、私はいま、なによりも尊いことなのだと感じる。自分自身の命の熱がついえてしまったいま、生きている子どもの体の温もりが、たまらなくいとおしい。

どれくらい抱きしめていたのか、ふと気づくと、私たちを包み込む暗闇がほんのりと明るくなっていた。

ルビィが――いた。

目が合うと、おだやかに微笑んで、ゆっくりうなずいた。

「タク……」

声が響く。耳だけに流れ込むのではなく、体のすべてが、ルビィの声を受け止める。私は卓也の背中に回した手をゆるめた。だが、卓也は私の胸に顔を埋めたまま、まだルビィの声は聞こえていないようだ。

「タク……」

ルビィはもう一度声をかけた。卓也はのろのろと私の胸から顔を離す。私はそっとあとずさる。

「……おねえちゃん？」

涙の名残の鼻づまりの声で、卓也は言った。ルビィは「ひさしぶり、タク」と笑い返し、卓也が呆然として向き直るのを待って、つづけた。

「先生に赤ちゃんが生まれるんだってね。すごいね、うれしいね」

「……ねえ、おねえちゃん、生き返ったの？　帰ってきてくれたの？」

「おめでとう、って先生に言ってあげなきゃだめじゃん。赤ちゃんが生まれるって、すごいことなんだよ。新しい命が生まれるんだよ。いままでいなかった赤ちゃんが、もうすぐ、いるんだよ。すごいと思わない？」

「おねえちゃん……死んでないの？　ねえ、死んでないんだよね！　そうだよね！」

ルビィは寂しそうに微笑んで、首を横に振った。

「タク……生きてるって、すごいよ。新しい命が生まれるのもすごいけど、あんたがこんなに大きくなって、元気で生きてるのも、すごいことなんだよ。すごい、マジ、おねえちゃん負けちゃった、タクに」

そして、ルビィは言った。

「おねえちゃん……死んじゃったから、そのこと、わかったの。生きてるってすごいよ、あんた、すごいんだよ、みんなすごいんだよ」

ルビィの目から、涙が一筋流れ落ちた。

12

ルビィは卓也に両親の様子を尋ねた。二人とも元気だと卓也が答えると、ほっとした顔になって笑う。

「お母さん、毎月、おねえちゃんのお墓参りに行ってるよ」

「いまも？」

「そう。仏壇にお祈りするのは毎朝だし、お菓子とか果物とかもらったりするじゃん、絶対に最初は仏壇にお供えするんだよね」

「……ふうん」

「あと、お父さんも、たまにだけど、昔のアルバムとかビデオ見てる。最初はさ、もう絶対に見ないんだとか、捨てちゃおうとか言ってたんだけど、最近は見るようになったんだよ」

幼すぎて父親の思いがピンと来ないのか、それともわざとなのか、卓也は「なんなんだろうね」と首をかしげながら笑って、「泣いてるときもあるよ、お父さん」と付け加えた。

ルビィはもう笑わない。

寂しさの翳りが、頬に落ちる。

二人の様子を少し離れたところから見つめる私も、知らず知らずのうちにうつむいていた。ルビィの両親の気持ちは、私にもわかる。わかるからこそ、聖子と葵のことを、思う。仕事場で首を吊って命を絶つとき、二人が早く忘れてくれるよう祈った。私のことなど早く忘れて、早く新しい人生に足を踏み出して、早く幸せになってほしい……。だが、それはあまりにも身勝手でずるい願い事だったんだと、いま、気づいた。

ひとには、記憶がある。

私にまつわる記憶は、死んだからといって聖子や葵の胸からきれいに消え去るわけではないし、生身の体を喪ったあとも、記憶の中で、家族とともに育ったり年老いたりすることだってあるだろう。

「いつまでも覚えていてほしい」と願うことと、「すぐに忘れてほしい」と願うこと――どちらがわがままなのか、いまは、わからない。

「おねえちゃん……」

卓也はルビィに向かって、一歩、二歩と歩きだしながら言った。

「ねえ、おねえちゃん……ずっと、いるの?」

ルビィは黙ってかぶりを振った。あとずさっているわけではないのに、卓也との距離は縮まらない。どんなに近くても、卓也には決してたどり着けない場所に、ルビィと私はいる。

「ねえ、タク」

「なに？」

「生きてるって、すごいよ。何度でも言うけど、あんた、いま、すごいことやってるんだよ。お父さんもお母さんも……昔はさ、お父さんのこと、フツーのオヤジってサイテーとか思ってたけど、違うよ。お母さんのことも、センギョーシュフで、なにが楽しくて生きてるんだろうとか思ってたんだけど、それ、違ってた。お父さんもお母さんも、すごいんだと思う。生きてるからすごいし、わたしやタクまで……お父さんとお母さんがいたから生まれたわけじゃん、二人がいないと、わたしもあんたもいないんだよ。それって、すごいことだと思わない？」

「……よくわかんないけど」

「わかんなくてもいいから、覚えてて。お父さんとお母さんだって、おじいちゃんとおばあちゃんがいたから生まれたわけ。おじいちゃんとおばあちゃんも、ひいおじいちゃんとひいおばあちゃんのおかげで生まれて、その前も、ずっとご先祖さまがいて……で、タクもおとなになったら、結婚して……」

「俺、結婚しないよ」

唇をとがらせる卓也の幼さが――胸に染みる。

話の腰を折られたルビィも、苦笑交じりに「結婚してもしなくてもいいんだけどさ」とつづけた。

「おとなになって、子どもが生まれるかもしれないじゃん」

「うん……」

「その子は、タクがいたから生まれたわけだよね？　タクが生きてるから、生まれたんだよね？　そうでしょ？」

「……だよ」

「すごいと思わない？　すごいことなんだよ、人間が生きてることや、赤ちゃんが生まれるってことは」

いつもの冷ややかなそっけなさは、かけらもなかった。じっと卓也を見つめる目はさっきの涙の名残で赤く潤んでいたが、まなざしには、おとなの私がたじろいでしまうほどの強い光が宿っていた。

「美咲先生の赤ちゃん、きっと可愛いよ、すごく。タクもそう思うでしょ？」

卓也はためらいながら、小さくうなずいた。気おされているのか、ふてくされているのか、さっきからルビィと目を合わそうとしない。

それでも――わかる。ルビィの思いは、きちんと卓也に伝わっている。

私たちが記憶の中に入り込んだことは、卓也の記憶そのものには残らない。シンクロを終えてしまうと、卓也はルビィと再会したことすら思いだせないだろう。だが、なにかが変わる。卓也自身も気づかないうちに、なにかが――変わっていてほしい、と思う。

「先生に、赤ちゃんを抱っこさせてもらうといいよ。すごくちっちゃくて、すごくやわらかくて、熱いの、赤ちゃんの体は。その感触をずーっと覚えててよ、あんたがおとなになるまで。そうすれば、あんたは絶対に、ひとを殺さないし、自殺もしない。ほんとだよ、絶対にほんと」

暗闇が、静かに流れはじめる。

違う、流れているのは、私の体とまなざしだ。

シンクロが終わる。ルビィの姿もしだいに薄くなり、闇に溶けはじめた。

「おねえちゃん！」

卓也が叫ぶ。「教えて！」とすがるように訴える。ルビィに駆け寄っても、どんなに走っても、卓也の手はルビィの体に触れることはない。

「おねえちゃんは……なんで、死んじゃったの？」

ずっと背負いつづけてきた問いだ。小学三年生から六年生まで、まだ人生を考えるには幼すぎる心で、卓也は必死にその問いを背負ってきた。

答えを与えてやれば、卓也は楽になる。もう、あんなふうに苦しまずにすむ。

だが――。

ルビィは静かに言った。

「理由なんて、なかったよ」

「だって……」

「軽かったの、命が。だから風に吹き飛ばされちゃった。それだけ」

「嘘だよ、そんなの……」

「死ぬつもりなんて、なかった」

軽い口調だったが、耳に届いたあと、いつまでも消えない――そんな声だった。

「疲れちゃってただけなんだよね、生きることに。だから、ちょっと休もうかなって、ほんと、それだけだったんだよ」

「……冗談だったの?」

「そのつもりだったんだけど、けっこう手首から血が出てさ、ヤバいかもって思って、お母さん呼ぼうとしたんだけど、こんなの見たらお母さんショックで死んじゃうかもしれないって……お父さんもチョー怒るだろうなって……そういうのヤだなあって思ってたら、なんか頭がぼうっとしてきて、起き上がったり声を出したりするのもメンドくなって、布団が真っ赤になっちゃったなあとか、あとで洗濯するの大変だなあとか、そんなこと考えてるうちに、なんか眠くなっちゃって……」

ルビィは笑顔だった。

卓也の表情がこわばっていることに気づいていても、いや、たぶん、気づいているからこそ、「サイテーだよね」と、薄っぺらに笑う。

卓也は黙っていた。信じられないのか。許せないのか。それとも、ただ、むしょうに悲しいのだろうか。

「だから、ほんと、軽かったの、生きることも死ぬことも」

ルビィは言った。顔は笑ったままだったが、つづく言葉の前に、薄笑いは、ふっと消えた。

「いまは違うよ。いまは、生きることも死ぬことも重いんだっていうの、わたしも知ってる。生きることは、どんなに疲れてたりキツかったりしても、休めないんだってことも、わかってる」

透き通っていったルビィの姿は、もう暗闇に半ば溶け込んでしまった。

「でも、わたしはもう間に合わない」

声だけが、闇に響く。

「タク、あんたは生きて。大変だと思うし、キツいと思うけど、生きるってことは、すごいことなんだから。わたしは、もう生きられなくなってから、それに気づいたから。あんたは、おねえちゃんみたいな失敗しちゃだめだからね……」

私を包む暗闇も、流れていく。

大河のように強く、深く、そして不思議と温かな流れだった。

＊

卓也は、階段の上にまだたたずんでいた。サッカーボールも、足の下にある。間に合ったのだろうか。なにかが変わってくれたのだろうか。

美咲先生は踊り場から、ゆっくりと階段を下りていく。手すりを両手でつかんで、一歩ずつの足取りが重たげで……その体が、がくん、と崩れ落ちた。

「先生！」

卓也は叫びながら階段を駆け下りる。

「先生！　おなか痛いの？　ねえ、だいじょうぶなの？」

階段の途中でしゃがみ込んでしまった先生は、苦しそうにうめくだけで、なにも答えられない。

いったん先生の手を取って体を起こそうとした卓也も、自分一人ではどうにもならないと察して、「先生、ちょっと待ってて！」と階段を駆け下りた。二階の教室——階段を下りてすぐの場所にある五年一組の教室のドアを開ける。「助けて！　先生、美咲先生が大変なんです！」と五年一組の担任教師に伝え、また階段へ駆け戻る。

「先生、しっかりして！　先生！　先生！　がんばって！」

美咲先生の背中をさすりながら、懸命に声をかける。

「先生！　先生！　先生！」

五年一組の担任教師が助けに来てくれた。五年生と六年生の他のクラスの教師も、卓也の声を聞きつけて教室から飛び出し、美咲先生のもとへ駆けてくる。

だが、卓也は、先生を最後まで守るのは自分だと言わんばかりに、叫びつづける。

「先生！　死なないで！　赤ちゃんが生まれるんだから、死んじゃだめだよ！　先生！　先生！　先生の赤ちゃん、抱っこさせてよ！　ねえ、先生！　死なないで！　お願い、死なないで！」

涙声になった。

伝わっていた。ルビィの言葉はすべて――卓也の記憶の奥深くに、しっかりと刻み込まれていたのだ。

美咲先生は苦悶の表情を必死にゆるめて、「ありがとう……」と卓也に言った。「うれしい、寺島くんが、赤ちゃんのこと待っててくれて……」

先生が差し出した手を、卓也は両手で包み込むように握った。

「先生……いままで、ごめんなさい……」

泣きながらわびる卓也の声をかき消して、教師たちの声が響く。

「寺島くん、だいじょうぶだ、あとは先生たちがいるから」「おい、保健室に誰か先に行って」「その前に電話だ、救急車だ」「片山先生、しっかり」「だいじょうぶですよ、もう、安心してください」「寺島くん、もういいぞ、ありがとう、あとは先生に任せろ」「１１９番しました、救急車、すぐに来ます」「じゃあ動かさないほうがいい、すぐに担架を運び込めるように、誰か校門の前で救急車を待って」「私が行きます」「頼んだぞ」……。

それでも、卓也は美咲先生の手を離さない。泣きながら、詫びながら、先生と赤ちゃんの命を自分が守るように、床に膝をついて、決して先生のそばを離れようとしない。

美咲先生も泣いていた。うれしそうに頰をゆるめ、目を細めて、大粒の涙をぽろぽろ流していた。

救急車のサイレンが聞こえる。

間に合った——。

ほっとする私の肩を、ルビィはポンと叩いた。

「ダザイさん、行こう」

「……え？」

「もうだいじょうぶだよ。美咲先生も、赤ちゃんも、卓也も」

「いや、でも……」

「必死に生きようとしてるひとを見てるとさ、なんか、居心地悪くて」

いたずらっぽく笑う。

いつものクールでひねくれたルビィに戻っていた。

だから、私も——「行こうか」と笑い返して、うなずいた。

ルビィの体が、ふわっと宙に浮かぶ。追いかけて私も、ルビィに比べるとずいぶんぎごちない動きだったが、虚空に泳ぎ出す。

「いいのか？」

「なにが？」

「卓也くんとお別れしなくて……」

ルビィは振り向かずに「ま、元気でやってくれれば、それでいいよ」とだけ言って、さらに高く——校舎の壁をすり抜けて、空に舞い上がる。

あとを追う私は、校舎の壁をすり抜ける直前、ちらりと階段に目をやった。

美咲先生は、駆けつけた救急隊員に担架に乗せられるところだった。同僚の教師たちは心配そうに先生を囲んでいた。その人垣のいちばん内側に、卓也がいる。まだ先生の手を握っている。だいじょうぶ。絶対にだいじょうぶ。先生は無事に赤ちゃんを生み、卓也はいつかその赤ちゃんをおっかなびっくりの手つきで抱っこして、満面の笑みを浮かべるだろう。

階段の上には、サッカーボールだけが残されていた。

窓から差し込む陽光を浴びたサッカーボールは、きらきらと光り輝いて、艶(つや)やかな果実のようにも、宝石のようにも、見えた。

＊

小学校の正門前には、ちょうど駅行きのバスが停まっていた。

ルビィは「とりあえず、駅に戻ろうか」と言ってバスに乗り込んだ。

ここまで来たのなら両親の姿も見て行けばいいのに。ふと思うと、その胸の内を読み取って、ルビィは「タクに元気だって聞いたから、それでいいの」と笑う。

バスが走りだす。車内はがら空きだったが、私たちは二人がけのシートに並んで座った。そばにいたい。男とか女とか、好きとか嫌いとか、そんなものを抜きにして、ルビィのそばにいたい。

嫌がって「あっちに行ってよ」と言うだろうかと思っていたルビィも、なにも言わなかった。意外とルビィも人恋しさがつのっているのかもしれない……と思った胸の内もあっさり読み取られて、「悪いけど、オジサンほど寂しがり屋じゃないから」と切り捨てられた。

「でも、ルビィ……なんで最後に卓也とシンクロしたんだ？」

「思ってることをうまく言えないのはわたしもタクも同じだし、ダザイさん一人じゃ心配だしね」

そうかもしれない。私一人では、あそこまで卓也の心の奥深くへは入り込めなかっただろう。私が他人だからというのではなく、ルビィのあの言葉は……やっぱりすごかったよな、とあらためて思う。

「よかったよ、ほんと」

素直に認めよう。「俺が自殺する前にルビィにシンクロしてもらって、あの話を聞いてたら、おそらく死ななかったと思うよ」——本音だ。

ルビィは「あ、そう」とそっけなく応えて、「これで何人の命を救ったっけ」と訊いてきた。

合計六人。ルビィが天国へ向かうためのノルマは、あと一人——。

「最後の一人はどこで探すんだ？」

ルビィは窓の外に目をやって、「探す必要ないよ」と言った。

そして、そっぽを向いたまま、私を指差した。

「ダザイさんが、七人目」

エピローグ

私たちは、走るバスの窓から外に出た。閉じたままの窓ガラスを体がすり抜けて、そのまま、ふわっと宙に浮かぶ。最初の頃はその感覚にただ困惑するだけだったが、透き通った体で一昼夜を過ごして、ようやく慣れた。

そう──。

まだ一昼夜しかたっていないのだ、ルビィと出会ってから。

なのに、何日も、何週間も、何ヵ月も……もしかしたら何年もたっているんじゃないかと思うほど、ルビィと過ごした時間は密度が高かった。

「わたしだから、じゃないよ」

虚空に浮かんだルビィが、振り向いて言う。

「他人の記憶に入り込むっていうのは、やっぱり、そのひとの人生にも入るわけだから……ダザイさんは、昨日から、何人分もの人生を生きたようなものなんだよ」

確かにそうかもしれない。

銀行員の前川。

デリヘルのサヨコ。

タクシードライバーの島野。

小学校教師の美咲先生。

美咲先生のおなかにいる赤ちゃん。

そして、卓也。

ルビィが神さまに課せられたノルマは、あと一人で達成されることになる。

その最後の一人が――。

「ダザイさんだよ」

ルビィはまた振り向いて、念を押して言った。

「違うだろ」

「なんで？」

「だって……そのまま放っておいたら死んじゃうひとを助けるんだろ？　俺は、もう遅いよ」

すでに死んでいるのだ。

私たちが虚空に浮かんでいる「いま」が、仕事場で首を吊った日から何日たっているかは知らないが、もはやすべては終わっている――はずなのだ。

だが、武蔵野中央駅の遊歩道にふわっと降り立ったルビィは、私が地上に着くのを待って、言った。

「最初から決めてたの。七人目はダザイさんにしよう、って」

「いや、でも……そんなの……」

「ねえ、ダザイさん」

「うん？」

「わたしたち、いま、どこにいると思う？」

「駅前……だよな」

「じゃあ、いつの、ここ？」

ルビィの言葉にタイミングを合わせたように、駅ビルから軽やかなメロディーが聞こえてきた。ビルの壁面を使った、からくり時計が作動しはじめたのだ。壁のパネルがぱたぱたと開き、そこから動物たちの人形が顔を出しては引っ込んでいく。

それを追いかけて、電光掲示板が最新のニュースを伝えた。

〈10月29日・正午の国内ニュース〉

右から左へ、川のように流れていく文字を、私は確かに見た。

この日だ――。

いや、違う。私が仕事場で首を吊ったのは、十月二十九日の夜だった。正午なら、まだ生きている。

「間に合うんだよ、ダザイさんは」

流れていく電光掲示板の日付は、フレームに吸い込まれて消えた。

呆然として声も出ない私に、ルビィはつづける。

「想像してみて。なにも起きなかった場合の、今朝の新聞を」

社会面のトップニュースは、おそらく『エリート銀行員、渋谷のホテルで風俗嬢と無理心中』だろう。島野の引き起こした自損事故は、ありふれた事故として、片隅に小さく『タクシー運転手、交通事故死』と出る程度だろうか。

認知症になった前川の母親は、息子の悲劇を、厚みのないまなざしでただぼうっと見つめるだけかもしれない。

島野が愛したミツコは、かつての恋人の悲報を、幸せなわが家の幸せなリビングルームで受け取るだろう。車のトランクの中に隠し持っていたウイスキーに酔いつぶれたすえにガードレールに激突したタクシードライバーは、おそらく、同情よりも非難のほうをより多く浴びてしまうだろう。

「明日の朝刊は、どうなってるんだろうね」

トップニュースには、美咲先生のことが出るだろう。さすがに卓也の名前や顔写真が載ることはないだろうが、『学級崩壊のすえに妊娠中の担任教師が事故死、原因となった児童も自殺』という事件は、おそらく当日の記事よりも、その後、教育論議や少年問題にからめて大きく扱われるだろう。

　そして、私の自殺は——。

「ちっちゃいだろうね、扱いは」

　ルビィはいたずらっぽく笑う。

「まあな……」と苦笑交じりに認めるしかない。追悼記事が文化面に載るほどの作家ではない。訃報欄に見出しが立つかどうかも……ちょっと無理だろうな、と認める。三面記事で小さく載ったとしても、〈関係者によると最近仕事に行き詰まっていたという〉などという一文が入っているかもしれない。それは確かに事実だ。だが、悔しくないと言えば嘘になる。聖子や葵はもっと悔しいだろうな、とも思う。

　ルビィはそんな胸の内を軽く覗き込んで、「最後の最後まで見栄っ張りなんだからら」と笑う。「どうせ死ぬんなら、もっと大きく扱ってもらえるようになってから死ねばいいんだよ」

「……それができれば苦労はないんだけどな」

「どっちにしても、一晩だよ」

「なにが？」

「一晩たてば、もう、みんな忘れちゃう。前川さんの事件も、島野さんの事故も、美咲先生と卓也のことも……明日になれば、また新しい事件や事故が起きて、みんな忘れちゃうんだよね。昨日まで生きてたひとが今日死んじゃったっていうのに、明日になれば忘れられてるの。そういうのって、やっぱりさ、なんかさ、哀しいと思うんだよね……」

ルビィ自身もそうだったのだろう。女子高生が自宅で手首を切って自殺――ありふれた事件の一つとして、もしかしたら、新聞に載ることすらなかったかもしれない。

「だったら、生きたほうがいいじゃん。そう思わない？」

私は黙って、大きくうなずいた。

「ダザイさんなんかさ、一晩ももたないかもね。新聞を一枚めくったら、もう忘れられてるの」

あいかわらず憎まれ口をたたく。

だが、その目には、うっすらと涙も浮かんでいる。

ルビィは遊歩道から街を見渡して、「だから……」と話をつづけた。

「間に合うんだから、ダザイさんは」

「うん……」

「間に合うひとは、ちゃんと戻ればいいんだと思う」

ルビィは――？

訊きかけて、やめた。

ルビィは、もう戻れない。

戻れないからこそ、私に、戻れ、と言っているのだ。

「ダザイさん」

「うん？」

「新しい小説、やっぱり書けそうにない？」

まっすぐに届くルビィのまなざしを、正面から受け止めた。

「書けるよね？」

ルビィは言った。

「……書きたいよ」

答えると、かぶりを振って打ち消された。

「書きたい、じゃなくて、書く、って言ってよ」

「……書く」

小さな声でしか答えられない。

だが、その声が揺れることは、なかった。

ルビィも満足した笑顔でうなずいて、「書けるよ」と言ってくれた。「ダザイさん
……いまなら、書けると思う」

そうだな、と笑い返したあと、そうじゃないんだ、と思い直した。

書かなければいけない。

前川の絶望を。

島野の孤独を。

彼らと同世代の一人として、なにがあっても書き残しておかなければならない。

子守歌を歌うサヨコの優しさを。

恋人の夢の終わりに立ち会わなかったミツコの決断を。

ひとりぼっちで子どもたちに向き合う美咲先生の覚悟を。

男と女の違いはあっても、同じ時代に生きる仲間として、書き残しておかなければならない。

卓也――。

おまえは、美咲先生を憎みつづけ、美咲先生を憎む自分をもっと深く憎みつづけていた少年時代を、大きくなってから、どんなふうに振り返るのだろう。

書き残しておかなくてはいけないんだ、と思う。それは、いまよりもむしろ、卓也がおとなになって、父親になって、子どもの孤独や悲しみと向き合うときにこそ必要になるのかもしれない。

そして、ルビィ――。

「俺の命を救ったら、もう、こんなふうに現実の世界に戻ってきたりはしないのか？」

「うん。だって、天国は遠いんだもん。遠くて、遠くて、遠くて……一度行ったら、もう二度とこっちの世界には戻れないんだよ」

「……会えないのか」

「うん、そう」

あっさりとうなずいて、「天国に行ったら、もう、それまでのことはぜんぶ忘れちゃうんだって」とつづけた。「生きてた頃のことも、ダザイさんと一緒にいたことも、ぜーんぶ消えてなくなっちゃうの」

絶句する私をからかうように「ま、すっきりしていいけどね」と笑って、私を見つめたまま、一歩、二歩とあとずさる。

「ダザイさん、元気でね」

「おい……ちょっと……」

「最後にいいこと、教えてあげる。わたしね、ダザイさんの小説、読んだことあるんだ。模試で出題されたからっていうんじゃなくて、ちゃーんと自分でお金払って文庫本を買ったの」

まだ新人だった頃の作品だった。

た。

「どうだった？」と訊くと、ルビィは少しはにかんで「面白かった」と言ってくれた。

「でもさ、太宰治と比べちゃうと、まだ全然だめだよね、ダザイさんも」

最後の最後まで、ルビィは私をほんとうの名前では呼ばなかった。それでいい。私も、最後の最後まで、彼女を「ルビィ」と呼ぼう。

「今度は、あの小説よりもっといい小説書かなきゃね」

「……ああ、書くよ」

だが、ルビィはそれを読むことはできない。ルビィ自身もそのことに気づいたのか、「ま、べつにどうだっていいけどね」とそっけなく付け加えて、「でも」とつづけた。

「リクエスト、一つだけ、していいかなあ」

「ああ……なんでも言ってくれ」

「あのね、三年前のわたしみたいに、生きることにも死ぬことにも実感が持てなくて、だから生きることも死ぬこともナメちゃってるような子、いまもたくさんいると思うの」

「……うん」

「これからも、たくさんいると思うんだ、そういう子って」

「……おとなもそうだよ、たぶん」

「で、そんなひとが読むわけよ、ダザイさんの新作を。どーせストーリーとかキャラとかつまんないと思うんだけどさ、我慢して最後まで読んだら、やっぱり生きるの『あり』じゃん、って……本を閉じるときに思うの。そういう小説を書いてほしいの、絶対に」

「……約束する」

「あんまり期待しないで待ってるから、よろしく」

ほんとうに、最後の最後の最後まで、ルビィはひねくれた奴だった。

「じゃあ、ダザイさん、やり直しの人生がんばってね」

「……うん」

「生まれ変わった気持ちだもんね、文字どおり」

「ああ……そうだな」

「ま、どーせ、やり直してもたいした人生にはならないと思うけどさ」

ルビィはフフッと笑って、私に背中を向けた。

ゆっくりと歩きだして、何歩か進んだところで、バスケットボールのシュートをするみたいに、膝を軽く曲げて、ジャンプ――。

ルビィの透き通った体が、空に舞い上がる。自分の力で昇っていくというより、天に引き寄せられるように、見る間に高く上がっていく。

青空に吸い込まれるルビィの姿は、最後に星がまたたくようにキラッと光って――消えた。

私はその場にたたずんだまま、ルビィがいなくなった青空をしばらく見つめた。

体に輪郭が戻る。色がつき、厚みが加わり、温もりが宿って、胸にそっと手を当てると、心臓の鼓動を確かに感じた。

ルビィを真似て膝をバネにしてジャンプしてみたが、ほんのわずか路面から浮き上がっただけで、すぐに落ちてしまった。

私は、もう空を飛べない。その代わり、大地を踏みしめて歩いていける。

遊歩道の雑踏を、歩きだす。

仕事場に帰ろう。書きかけの原稿のプリントアウトや資料が乱雑に散らばった部屋に入ったら、すぐに机に向かおう。遺書を書くつもりだったパソコンで、新しい小説を書こう。

「ダザイさん」という売れない作家と一人の少女が出会う物語だ。それは、透き通った体になった二人が一昼夜の短い旅をする物語でもあるし、何人かのひとたちの記憶にもぐり込む物語でもある。

そして――。

ルビィ、私の書いた新しい小説は、きみのリクエストに応えられているだろうか。

初出

「週刊アサヒ芸能」二〇〇五年十二月二十九日・二〇〇六年一月五日合併号〜二〇〇六年八月三日号連載「火曜日のルビィ」に加筆・修正し改題したものです。

JASRAC 出 2006594-001

|著者| 重松 清　1963年岡山県生まれ。早稲田大学教育学部卒業。出版社勤務を経て、執筆活動に入る。'91年『ビフォア・ラン』でデビュー。'99年『ナイフ』で坪田譲治文学賞、『エイジ』で山本周五郎賞、2001年『ビタミンF』で直木賞、'10年『十字架』で吉川英治文学賞、'14年『ゼツメツ少年』で毎日出版文化賞をそれぞれ受賞。小説作品に『流星ワゴン』『定年ゴジラ』『きよしこ』『疾走』『カシオペアの丘で』『とんび』『かあちゃん』『あすなろ三三七拍子』『空より高く』『希望ヶ丘の人びと』『ファミレス』『赤ヘル1975』『なぎさの媚薬』『どんまい』『木曜日の子ども』『ニワトリは一度だけ飛べる』『旧友再会』『ひこばえ』他多数がある。ライターとしても活躍し続けており、ノンフィクション作品に『世紀末の隣人』『星をつくった男　阿久悠と、その時代』、ドキュメントノベル作品に『希望の地図』などがある。

ルビィ

重松 清（しげまつ きよし）

講談社文庫
定価はカバーに
表示してあります

2020年9月15日第1刷発行

発行者――渡瀬昌彦
発行所――株式会社 講談社
東京都文京区音羽2-12-21　〒112-8001
電話 出版 (03) 5395-3510
　　 販売 (03) 5395-5817
　　 業務 (03) 5395-3615

デザイン―菊地信義
本文データ制作―講談社デジタル製作
印刷――大日本印刷株式会社
製本――大日本印刷株式会社

Printed in Japan

落丁本・乱丁本は購入書店名を明記のうえ、小社業務あてにお送りください。送料は小社負担にてお取替えします。なお、この本の内容についてのお問い合わせは講談社文庫あてにお願いいたします。

ISBN978-4-06-520865-6

講談社文庫刊行の辞

二十一世紀の到来を目睫に望みながら、われわれはいま、人類史上かつて例を見ない巨大な転換期をむかえようとしている。

世界も、日本も、激動の予兆に対する期待とおののきを内に蔵して、未知の時代に歩み入ろうとしている。このときにあたり、創業の人野間清治の「ナショナル・エデュケイター」への志を現代に甦らせようと意図して、われわれはここに古今の文芸作品はいうまでもなく、ひろく人文・社会・自然の諸科学から東西の名著を網羅する、新しい綜合文庫の発刊を決意した。

激動の転換期はまた断絶の時代である。われわれは戦後二十五年間の出版文化のありかたへの深い反省をこめて、この断絶の時代にあえて人間的な持続を求めようとする。いたずらに浮薄な商業主義のあだ花を追い求めることなく、長期にわたって良書に生命をあたえようとつとめるところにしか、今後の出版文化の真の繁栄はあり得ないと信じるからである。

同時にわれわれはこの綜合文庫の刊行を通じて、人文・社会・自然の諸科学が、結局人間の学にほかならないことを立証しようと願っている。かつて知識とは、「汝自身を知る」ことにつきていた。現代社会の瑣末な情報の氾濫のなかから、力強い知識の源泉を掘り起し、技術文明のただなかに、生きた人間の姿を復活させること。それこそわれわれの切なる希求である。

われわれは権威に盲従せず、俗流に媚びることなく、渾然一体となって日本の「草の根」をかたちづくる若く新しい世代の人々に、心をこめてこの新しい綜合文庫をおくり届けたい。それは知識の泉であるとともに感受性のふるさとであり、もっとも有機的に組織され、社会に開かれた万人のための大学をめざしている。大方の支援と協力を衷心より切望してやまない。

一九七一年七月

野間省一

講談社文庫 最新刊

木原音瀬（このはらなりせ）
罪 の 名 前
この人、どこか〝変〟だ——。『嫌な奴』の著者による人間の闇を抉りとる傑作短編集。

和久井清水
水際のメメント
〈きたまち建築事務所のリフォームカルテ〉
札幌の建築事務所にはイケメン二人と猫一匹。幸せを呼ぶミステリー。〈文庫書下ろし〉

古野まほろ
禁じられたジュリエット
「囚人」と「看守」に分けられた女子高生八人。すべてのミステリー愛読者必読の書。

江波戸哲夫
リストラ事変
〈ビジネスウォーズ2〉
名門電機メーカー元人事部長の死の謎を、経済誌編集者・大原が追う！〈文庫書下ろし〉

佐川芳枝
寿司屋のかみさん サヨナラ大将
最愛の伴侶の闘病と死を乗り越えて。人気店名登利寿司女将の細腕繁盛記、幸せの鮨話！

輪渡颯介
物 の 怪 斬 り
〈溝猫長屋 祠之怪〉
忠次らと師匠の蓮十郎は〝出会うと二晩目に死ぬ幽霊〟に遭遇。果たして彼らの運命は!?

倉阪鬼一郎
八丁堀の忍 (四)
〈隻腕の抜け忍〉
黒幕は鳥居耀蔵——！ 打倒・裏伊賀に燃える鬼市の前に風とともに現れた男の正体は!?

佐々木 実
竹中平蔵 市場と権力
「改革」に憑かれた経済学者の肖像
この国を〝超格差社会〟に作り変えてしまった「経済学者」の虚実に迫った評伝。

講談社文庫　目録

真保裕一　天魔ゆく空(上)(下)
真保裕一　ローカル線で行こう!
真保裕一　遊園地に行こう!
真保裕一　オリンピックへ行こう!
篠田節子　弥勒
篠田節子　転生
重松　清　定年ゴジラ
重松　清　半パン・デイズ
重松　清　流星ワゴン
重松　清　ニッポンの単身赴任
重松　清　愛妻日記
重松　清　青春夜明け前
重松　清　カシオペアの丘で(上)(下)
重松　清　永遠(とわ)を旅する者〈ロストオデッセイ 千年の夢〉
重松　清　かあちゃん
重松　清　十字架
重松　清　峠うどん物語(上)(下)
重松　清　希望ヶ丘の人びと(上)(下)
重松　清　赤ヘル1975
重松　清　なぎさの媚薬(上)(下)
重松　清　さすらい猫ノアの伝説
柴田よしき　ドント・ストップ・ザ・ダンス
新野剛志　八月のマルクス
新野剛志　美しい家
新野剛志　明日の色
殊能将之　ハサミ男
殊能将之　鏡の中は日曜日
殊能将之　キマイラの新しい城
殊能将之　子どもの王様
首藤瓜於　脳男
首藤瓜於　事故係生稲昇太の多感
島本理生　シルエット
島本理生　リトル・バイ・リトル
島本理生　生まれる森
島本理生　七緒のために
小路幸也　高く遠く空へ歌ううた
小路幸也　空へ向かう花
小路幸也　スターダストパレード
小路幸也 原案 山田洋次 平松恵美子　家族はつらいよ
小路幸也 原作・脚本 山田洋次 脚本 平松恵美子　家族はつらいよ2
小路幸也 原作・脚本 山田洋次 脚本 平松恵美子　妻よ薔薇のように〈家族はつらいよIII〉
島田律子　私はもう逃げない〈自閉症の弟から教えられたこと〉
辛酸なめ子　女修行
柴崎友香　ドリーマーズ
柴崎友香　パノララ
清水保俊　機長の決断〈日航機墜落の「真実」〉
翔田　寛　誘拐児
白石一文　この胸に深々と突き刺さる矢を抜け(上)(下)
白石一文　神秘(上)(下)
小説現代編 石田衣良他著　10分間の官能小説集
小説現代編 勝目　梓他著　10分間の官能小説集2
小説現代編 乾くるみ他著　10分間の官能小説集3
朱川湊人　冥(めい)の水底(みなそこ)(上)(下)
柴村　仁　夜宵
柴村　仁　プシュケの涙
柴田哲孝　クズリ〈ある殺し屋の伝説〉
塩田武士　盤上のアルファ

塩田武士　盤上に散る
塩田武士　女神のタクト
塩田武士　ともにがんばりましょう
塩田武士　罪の声
芝村凉也　孤闘の寂〈素浪人半四郎百鬼夜行(六)〉
芝村凉也　邂逅の紅蓮〈素浪人半四郎百鬼夜行(七)〉
芝村凉也　終焉の百鬼行〈素浪人半四郎百鬼夜行(八)〉
芝村凉也　追憶の翰〈素浪人半四郎百鬼夜行(拾遺)〉
真藤順丈　畦と銃
柴崎竜人　三軒茶屋星座館1〈冬のオリオン〉
柴崎竜人　三軒茶屋星座館2〈夏のキグナス〉
柴崎竜人　三軒茶屋星座館3〈春のカリスト〉
柴崎竜人　三軒茶屋星座館4〈秋のアンドロメダ〉
城平京　虚構推理
周木律　眼球堂の殺人〈～The Book～〉
周木律　双孔堂の殺人〈～Double Torus～〉
周木律　五覚堂の殺人〈～Burning Ship～〉
周木律　伽藍堂の殺人〈～Banach-Tarski Paradox～〉
周木律　教会堂の殺人〈～Game Theory～〉

周木律　鏡面堂の殺人〈～Theory of Relativity～〉
周木律　大聖堂の殺人〈～The Books～〉
下村敦史　闇に香る嘘
下村敦史　生還者
下村敦史　叛徒
下村敦史　失踪者
下村敦史　緑の窓口〈樹木トラブル解決します〉
九把刀　阿井幸作／泉京鹿 訳　あの頃、君を追いかけた
杉本苑子　孤愁の岸(上)(下)
鈴木光司　神々のプロムナード
鈴木英治　大江戸監察医
杉本章子　お狂言師歌吉うきよ暦
杉本章子　大奥二人道成寺〈お狂言師歌吉うきよ暦〉
杉山文野　ダブルハッピネス
諏訪哲史　アサッテの人
菅野雪虫　天山の巫女ソニン(1)　黄金の燕
菅野雪虫　天山の巫女ソニン(2)　海の孔雀
菅野雪虫　天山の巫女ソニン(3)　朱鳥の星
菅野雪虫　天山の巫女ソニン(4)　夢の白鷺

菅野雪虫　天山の巫女ソニン(5)　大地の翼
鈴木大介　ギャングース・ファイル〈家のない少年たち〉
鈴木みき　日帰り登山のススメ〈あした、山へ行こう！〉
瀬戸内寂聴　新寂庵説法　愛なくば
瀬戸内寂聴　人が好き［私の履歴書］
瀬戸内寂聴　白道
瀬戸内寂聴　寂聴相談室 人生道しるべ
瀬戸内寂聴　瀬戸内寂聴の源氏物語
瀬戸内寂聴　愛する能力
瀬戸内寂聴　藤壺
瀬戸内寂聴　生きることは愛すること
瀬戸内寂聴　寂聴と読む源氏物語
瀬戸内寂聴　月の輪草子
瀬戸内寂聴　新装版　寂庵説法
瀬戸内寂聴　死に支度
瀬戸内寂聴　新装版　蜜と毒
瀬戸内寂聴　新装版　花怨
瀬戸内寂聴　新装版　祇園女御(上)(下)
瀬戸内寂聴　新装版　かの子撩乱

田中芳樹 創竜伝7〈黄土のドラゴン〉
田中芳樹 創竜伝8〈仙境のドラゴン〉
田中芳樹 創竜伝9〈妖世紀のドラゴン〉
田中芳樹 創竜伝10〈大英帝国最後の日〉
田中芳樹 創竜伝11〈銀月王伝奇〉
田中芳樹 創竜伝12〈竜王風雲録〉
田中芳樹 創竜伝13〈噴火列島〉
田中芳樹 魔天楼〈薬師寺涼子の怪奇事件簿〉
田中芳樹 東京ナイトメア〈薬師寺涼子の怪奇事件簿〉
田中芳樹 巴里・妖都変〈薬師寺涼子の怪奇事件簿〉
田中芳樹 クレオパトラの葬送〈薬師寺涼子の怪奇事件簿〉
田中芳樹 黒蜘蛛島〈薬師寺涼子の怪奇事件簿〉
田中芳樹 夜光曲〈薬師寺涼子の怪奇事件簿〉
田中芳樹 魔境の女王陛下〈薬師寺涼子の怪奇事件簿〉
田中芳樹 タイタニア1〈疾風篇〉
田中芳樹 タイタニア2〈暴風篇〉
田中芳樹 タイタニア3〈旋風篇〉
田中芳樹 タイタニア4〈烈風篇〉
田中芳樹 タイタニア5〈凄風篇〉

田中芳樹 ラインの虜囚
田中芳樹 幸田露伴 原作 運命〈二人の皇帝〉
田中芳樹 土屋守 「イギリス病」のすすめ
田中芳樹ほか文 皇名月画 中国帝王図
田中芳樹 赤城毅 中欧怪奇紀行
田中芳樹編訳 岳飛伝(一)〈青雲篇〉
田中芳樹編訳 岳飛伝(二)〈烽火篇〉
田中芳樹編訳 岳飛伝(三)〈風塵篇〉
田中芳樹編訳 岳飛伝(四)〈悲曲篇〉
田中芳樹編訳 岳飛伝(五)〈凱歌篇〉
高田文夫 誰も書けなかった「笑芸論」〈森繁久彌からビートたけしまで〉
高田文夫 TOKYO芸能帖〈1981年のビートたけし〉
高村薫 李歐
高村薫 マークスの山(上)(下)
高村薫 照柿(上)(下)
多和田葉子 犬婿入り
多和田葉子 尼僧とキューピッドの弓
多和田葉子 献灯使
高田崇史 QED〈百人一首の呪〉

高田崇史 QED〈六歌仙の暗号〉
高田崇史 QED〈ベイカー街の問題〉
高田崇史 QED〈東照宮の怨〉
高田崇史 QED〈式の密室〉
高田崇史 QED〈竹取伝説〉
高田崇史 QED〈龍馬暗殺〉
高田崇史 QED ～ventus～〈鎌倉の闇〉
高田崇史 QED〈鬼の城伝説〉
高田崇史 QED ～ventus～〈熊野の残照〉
高田崇史 QED〈神器封殺〉
高田崇史 QED ～ventus～〈御霊将門〉
高田崇史 QED ～flumen～〈九段坂の春〉
高田崇史 QED〈諏訪の神霊〉
高田崇史 QED〈出雲神伝説〉
高田崇史 QED〈伊勢の曙光〉
高田崇史 QED ～flumen～〈ホームズの真実〉
高田崇史 毒草師〈QED Another Story〉
高田崇史 QED〈～flumen～月夜見〉
高田崇史 試験に出るパズル〈千葉千波の事件日記〉

講談社文庫　目録

2020年6月15日現在